A Snake falls to earth

从天而降的小蛇

[美] 达西·利特尔·白吉尔 著
刘勇军 译

中信出版集团 | 北京

请允许我满怀爱意，将这本书献给我的妈妈，一位知识的保护者。献给T，无论伟大还是渺小，他努力救助每一只动物。献给"家人"，那些我们在意想不到的地方发现的生命。

——达西·利特尔·白吉尔

图书在版编目（CIP）数据

从天而降的小蛇/（美）达西·利特尔·白吉尔著；刘勇军译. -- 北京：中信出版社，2024.6
书名原文：A Snake Falls to Earth
ISBN 978-7-5217-6020-0

Ⅰ.①从… Ⅱ.①达… ②刘… Ⅲ.①儿童小说－长篇小说－美国－现代 Ⅳ.①I712.84

中国国家版本馆 CIP 数据核字(2023)第 200250 号

A SNAKE FALLS TO EARTH
Text copyright © 2021 by Darcie Little Badger
Jacket art copyright © 2021 by Mia Ohki
Jacket design by Jade Broomfield
Published in cooperation with Levine Querido
All rights reserved
Simplified Chinese translation copyright © 2024 by CITIC Press Corporation
ALL RIGHTS RESERVED
本书仅限中国大陆地区发行销售

从天而降的小蛇

著　者：［美］达西·利特尔·白吉尔
译　者：刘勇军
出版发行：中信出版集团股份有限公司
　　　　　（北京市朝阳区东三环北路27号嘉铭中心　邮编　100020）
承 印 者：北京盛通印刷股份有限公司

开　本：889mm×1194mm　1/32　　印　张：11.5　　字　数：252千字
版　次：2024年6月第1版　　　　　印　次：2024年6月第1次印刷
京权图字：01-2023-4982
书　号：ISBN 978-7-5217-6020-0
定　价：38.00元

版权所有·侵权必究
如有印刷、装订问题，本公司负责调换。
服务热线：400-600-8099
投稿邮箱：author@citicpub.com

目录

第一章　妮娜，9岁 ·················· 1

第二章　水腹蛇离家 ·················· 7

第三章　妮娜，13岁（1） ·················· 20

第四章　水腹蛇被怪物追杀 ·················· 29

第五章　妮娜，13岁（2） ·················· 42

第六章　水腹蛇邂逅郊狼姐妹 ·················· 53

第七章　妮娜，14岁 ·················· 79

第八章　水腹蛇遇见了库柏鹰布莱斯特和一个阴险的陌生人 ··· 93

第九章　妮娜，15岁 ·················· 104

第十章　水腹蛇遭遇赏金猎人 ·················· 114

第十一章　水腹蛇来到岔路口 ·················· 133

第十二章　妮娜，16岁（1） ·················· 137

第十三章　水腹蛇直面死亡 ·················· 143

第十四章　妮娜，16岁（2） ·················· 151

第十五章　水腹蛇结识抄写员 ·················· 157

第十六章　妮娜，16岁（3） ·················· 168

第十七章　水腹蛇心生一计 ·················· 176

第十八章　妮娜，飓风登陆前三天（1） ·················· 184

第十九章	水腹蛇出发前往第四峰	190
第二十章	妮娜，飓风登陆前三天（2）	197
第二十一章	水腹蛇遇见始祖羊	201
第二十二章	水腹蛇落入地球	224
第二十三章	妮娜，飓风登陆前三天（3）	226
第二十四章	妮娜，飓风登陆前两天（1）	235
第二十五章	水腹蛇出演动作大片	250
第二十六章	妮娜，飓风登陆前两天（2）	259
第二十七章	水腹蛇对峙冒名顶替者	262
第二十八章	妮娜，飓风登陆前两天（3）	273
第二十九章	水腹蛇回忆美好时光	284
第三十章	妮娜，飓风登陆前不久（1）	293
第三十一章	水腹蛇、鹰和郊狼姐妹对抗狂风	307
第三十二章	妮娜、水腹蛇和郊狼大战龙卷风	319
第三十三章	水腹蛇返回映像世界	323
第三十四章	妮娜，飓风登陆前不久（2）	328
第三十五章	水腹蛇心口中弹	331
第三十六章	妮娜挑战梦魇	335
第三十七章	骑士被风吹走了	341
第三十八章	两周后	343
第三十九章	一年后	351
致谢		355

第一章
妮娜，9岁

　　罗茜塔躺在医院的病床上正在做梦。她身体虚弱，身体两侧垫着白色的薄枕。周围摆放了很多相片，有的相框是金属的，有的是塑料的，还有的是木头的。照片里都是她的朋友和家人，摆放在那里，就像有一群观众在注视着她。然而，病房里只有一个来探病的人，这个人就是妮娜。这会儿，她坐在帽架式输液架旁的一张锡椅上。

　　妮娜目不转睛地盯着一张橡木框里的已显棕褐色的照片。相框支在窗台上，照片里的人是年轻时候的曾曾祖母罗茜塔，照片是在数码相机出现很久以前拍摄的。那时，人们在四四方方的相机前摆姿势拍照，要等上好几天才能知道自己有没有眨眼。在这张照片里，年轻的罗茜塔脖子上挂着好几串淡色的籽珠，搭在胸前的鹿皮衣服上。有些籽珠闪闪发光，每一颗玻璃珠都像一面镜子,反射着阳光。年轻的罗茜塔留着一头漂亮的黑发,发丝对称地垂在脸的两侧。她的黑眼睛炯炯有神,直直地望着相机镜头,像是在和摄影师比赛,看谁先眨眼睛。在大多数旧时代的照片中,照相的人都神情严肃,但年轻的罗茜塔嘴角上扬,仿佛在强忍笑意,似乎等不及要把刚刚想起的笑话讲出来似的。

而病房里的罗茜塔,头发已经稀疏变白,在枕头上呈扇形散开。此时,她那双深陷下去的眼睛无力而缓慢地睁开了。已界耄耋之年的她面容枯瘦,骨骼突出,曾经丰满的脸颊不见了。罗茜塔没戴假牙,两片薄唇向内瘪着。罗茜塔看向妮娜。她是不是想要什么东西?是要喝水吗?还是又该吃药了?妮娜很有先见之明,打开了手机里的语音-文本转换翻译软件。

"别担心。"她说,"爸爸很快就回来了,吃完午饭,奶奶也会来。"妮娜的父亲正在紧闭的门外与医生谈话。"感觉怎么样?曾曾……祖母?(A...buelita?)"曾曾祖母不太会讲英语。不幸的是,妮娜的西班牙语更糟糕,但她这么一说,确实起作用了。一听到"曾曾祖母"这个词,罗茜塔的嘴角便开始上翘,露出一抹充满期待又温柔的微笑,与旧照片上一模一样。

"想不想听故事?(Quieres escuchar una historia?)"她问,声音虽然沙哑,却很有力。妮娜手机上的翻译软件自动译出了这句问话。

妮娜点点头,把椅子挪近了一些,金属椅腿摩擦光滑的白色地面,发出指甲划黑板般的吱吱声,听到这个声音,她的眉头皱了起来。罗茜塔拍了拍她身体周围的枕头,寻找一个灰色的遥控器。只要按下上面一个箭头形状的按钮,她背后的床板就会随着轻柔的机械呼呼声升起,轻轻地使她改为坐姿。

"这很重要。(Esto es importante.)"

"一定要记住我们的历史。(Recuerda nuestra historia.)"

妮娜又点点头,没有显露出心里的疑惑。以前,罗茜塔第一次说 historia 这个词时,手机应用翻译成了"故事"。现在,翻译软件给出的译文则是"历史"。那么,曾曾祖母所指的,究竟是哪种意思呢?

罗茜塔说话时,妮娜才发现这款手机应用是多么不可靠,尽管它得到了 4.8 星的高分评价,以前用着也挺顺手。罗茜塔讲的故事大部分被识别为"未知语言"。这是什么情况?这款手机应用拥有先进的人工智能语言识别技术,能识别出世界各地的几千种方言。它时不时能识别出罗茜塔说的一两句西班牙语,但实在太过零散,只用西班牙语翻译的话,妮娜还是没法儿搞懂她说的故事(或者历史)。

但妮娜也没敢打断曾曾祖母。9 岁的她从来没听过老人这么说话,就好似每个词语都连接到了一起,流畅无比。到最后,罗茜塔的声音变得沙哑起来,说了最后一个词:el pesadillo。说完她就不再言语,转过身闭上眼睛,靠在枕头上。

翻译软件显示,这个词的意思是"噩梦"。

"你做噩梦了吗?"妮娜问。她小心翼翼地摸了摸罗茜塔青筋遍布的手,只觉一阵冰凉,于是将它攥紧。"曾曾祖母?"

这一次,曾曾祖母不再报以微笑,只是发出绵长平稳的呼吸声。

"曾曾祖母?你还好吗?"这句话用西班牙语该怎么说来

着？她知道"bien"的意思是"好"。"你还……'bien'吗？"妮娜慌乱无比。"爸爸！爸爸！快来！"

转眼间，她爸爸和一位穿着粉色制服的护士就冲了进来，他们八成就站在门口等着。妮娜的父亲穿着一条破烂的蓝色牛仔裤，戴着一顶边缘点缀着黄红色珠饰的花哨黑色毡帽。"怎么了？"他问。

"她突然不说话，然后就睡着了，爸爸。"

护士的站姿马上放松下来。"宝贝，"她一边按下按钮放平病床，一边安慰道，"你曾曾祖母只是太累了，不用担心。她得好好休息。"

"爸爸，刚刚曾曾祖母好像……给我讲了个故事。"妮娜说。

"太好了！她肯定感觉好些了。"罗茜塔曾是个演员，肚子里装着一万个故事，每个故事都十分精彩、奇幻。她时不时给妮娜讲故事，虽然她知道故事里有的细节没法儿翻译出来，不过故事的精髓还是能够传递到的。

"你知道这是什么意思吗，爸爸？"妮娜举起手机，让父亲看屏幕上那一堆乱码和零星出现的译文。

"嗯……"父亲走到窗边，招招手让妮娜过去。他仔细看了看手机屏幕，皱着眉头猜测道："她说的可能是阿帕切[①]方言。罗茜塔的父母说利潘[②]语，那时候我们的族人为了生存，不得不融入其他文化。"

"等等，什么？"

[①] 北美西南部的印第安部族。——译者注
[②] 阿帕切族的一个分支。——译者注

"嘘！"父亲比了个噤声的手势，回头看了看病床，穿粉色制服的护士正在给罗茜塔量血压，"别把她吵醒了。"

"抱歉，"妮娜小声说，"我没想到她也会说利潘语。"从小时候起，妮娜的父母就一直教导她要复兴利潘语，虽然大家知道些短语和一些简短的句子，但没人能流利地说利潘语，连罗茜塔也不行。再说了，时间点也对不上。如果罗茜塔在年幼时就经历了美国政府对得克萨斯州土著人的屠杀并幸存下来，那意味着她19世纪就出生了，到现在至少也有150岁了。

诚然，妮娜家族里有不少近百岁的人瑞，但人类寿命不可能超过100岁太多吧？难不成妮娜面前这位是人类寿命纪录的保持者？

也不是没有可能，更离谱的事情也时有发生。

"我也没想到。"父亲说道，然后继续读起了屏幕上的文字，"拼写全乱了，但这个词应该是利潘语里的'家'……"他划着屏幕，在接近底部时停下了，"这个词语的意思应该是'动物人'。天哪，真是宝贵的财富，把她说的话都存下来，好吗？虽然我们可能永远也看不懂，但……"他转头看着橡木框里的棕褐色肖像，"不把它们存下来太可惜了。"

那天早上过后，曾曾祖母罗茜塔又在相片和家人的陪伴下，在医院度过了一个星期。清醒的时候，她会讲古时人类和动物精灵一起生活的奇异故事，比如郊狼人把世界上最美的民谣藏在一个小盒子里，或者聪明的姐妹逃出绑匪魔爪，与土拨鼠一家过冬，等等。

在医院的最后一天，罗茜塔精神最好，妮娜鼓起勇气问道："曾曾祖母，你上次说的噩梦是什么？（Que es... la historia...

del pesadillo?)"

淡淡的笑容再次浮现在曾曾祖母的脸上，但又马上消失不见，仿佛被一阵悲伤冲刷而去。她说话时，故意歪着头凑近妮娜的手机，翻译出来是：

那是我妈妈给我讲的最后一个故事。

不要忘记，她这么说。造物主啊，我父母离世的时候我太小了。现在，我只记得这些话，却不理解其中的含义。是不是很可怜？

"你多大了？（Cuántos años tienes?）"妮娜挪到座位边缘问道。但曾曾祖母只是耸了耸肩。

"没关系。"妮娜说，然后靠近病床，吻了吻曾曾祖母的额头。

那年年末，罗茜塔在家中离世。大家都说她走得很安详，就像心血来潮决定"就是今晚了"，然后闭上眼，在梦中安静地散着步去往来世。罗茜塔出生在风滚草遍布的荒漠里，没有任何官方文件证明她的出生日期。但妮娜的父亲把相框里的相片拿出来扫描时，发现相框背面写着一个日期：1894年。

第二章
水腹蛇离家

我已经忘记自己是在什么时候听到的"万能路"的故事了。这个故事似乎家喻户晓，像是流传已久的流言蜚语。但我永远忘不了——那天我满怀恐惧地在知更鸟森林里游荡时，它就那么毫无征兆地出现在了我面前。事实上，我走上那条路后，才发现它的特别之处。要是我早就知道，现在我又会身在何处？

母亲对我过分溺爱，直到我满15岁后，她才不会从家里追出来找我。事情发生在一个平静的夏日清晨。我正在河岸边打盹儿，做着晒太阳的美梦。那可是真正的太阳，阳光又亮又暖，几乎有些灼烫。但我身处映像世界，这里住着动物精灵与怪物，只能沐浴在偶尔照射到这个世界的昏暗光芒之中。我叫它假太阳，和真太阳当然没得比。母亲一个招呼没打，就把塞满了补给品的背包重重地塞在我怀里,气呼呼地说:"醒醒,奥利,到日子了。"

我把背包紧紧地抱在瘦得皮包骨头的胸前,希望这只是个噩梦。"真的吗?今天就得去?"

"对,今天,当然是今天。要不然你还想哪天去,小蛇?"她把一条叠得十分紧实的毯子放在背包上,这条羊毛毯子又厚又重,压得我直叫唤。于是我坐了起来,把背包的重量转移到膝盖上。

"我能去河下游住吗?"我一边摸索着眼镜一边问道。戴上眼镜后,世界才终于清晰起来。

"你要真想去,最好是在下游很远的地方,让我永远看不到你那条长满鳞片的尾巴。"听到我惊愕的喘息声,母亲的表情才缓和了下来,她又说道,"如果我让所有孩子都留在这里,食物、空间还有我的耐心都要耗光了。"

"我可以是个特例吗?"我小心翼翼地问。

"绝对不行,那不公平。"母亲用鼻子指了指南边,"快点儿吧,现在走还能在天黑前赶到水坝。海狸家一般能招待客人。"

"要是没房间了怎么办?"我嘟囔着问。

"喊,还能怎么办,你可是水腹蛇,"她不屑地说,"随便找个树丛睡一觉就行了。"

母亲显摆似的从化身形态变回了真身,她从衣服里滑出来,冲我龇了龇充满毒液的弯曲尖牙,让我赶快出发。

"好吧,好吧。"我最后满怀伤感地看了看我最喜欢趴在上面晒太阳的岩石和我们家的小屋,那是一栋低矮的圆顶小屋,由石头砌成,上面长满了苔藓。然后,我把背包扛在肩上,抱起毯子。毯子散发着鼠尾草和烟的味道,摸上去质地十分紧密。

"再见,妈妈。"我说。

她一言不发,直到我转过身顺着河岸吃力地走起来,她才说:"再见,奥利,你会没事儿的。"

我早就知道自己要远离家园,我本该早作准备,去新家附近看看情况的。母亲也早就警告过我。那个冬天,她去山谷对面的麻雀阿姨家借了一台超大的织布机,又在市场讨价还价买来了棕色和绿色的羊毛。"我要给你织毯子,"她警告我说,"这可是我最后一次送你礼物了。"但母亲那天大部分时候都以蛇身形态示人,用她自己的话说,她觉得自己的手指就像是外来的假肢,只能在纬线、经线和木条之间笨拙愚蠢地移动。我还以为自己能再享受一年,看来她打定主意今年夏天就要赶我走了。

她着急也是为我好,要是等到天冷的时候,估计刚出屋子我就冻僵了。就算在化身形态下,我们水腹蛇也受不了低温。想必正因如此,母亲最后才会送给我一条毯子。

我闷闷不乐地走着,突然感到肚子饿得发痒。母亲可能在我的背包里装了口粮,比如耐嚼的熏鱼和蜂蜜泡过的玉米面包。但这是应急食物,我不想现在就浪费掉。水坝镇上会有新鲜的食物,比如口感浓郁的炖菜啦,烤丝兰啦,多汁的火烤玉米啦。要是最近镇上有南方商人到访,我没准儿还能喝上一杯浓巧克力。一想到能吃上热饭,我往前走的动力就更足了。我甚至慢跑了几步,可一跑起来背包就重重地撞击我的背,于是我只能快步走。我本想换件束腰外衣，但这种布料对我骨瘦如柴的脊柱和肩膀几乎起不到缓冲的作用。

虽然我上次去水坝镇还是几年前全家一起坐船出游的时候，但要是没记错的话，我不用跑也能在天黑前赶到镇上。我安慰自己一切都会好的，实际上也确实如此。

然而，过了一会儿，河流的岔口出现在我的面前，这是一条叉骨形的路口。我犹豫不决，实在想不起来该走右边还是左边。

这时候，我才突然想起以前没有见过这个路口，更别提往哪个方向走了。当时乘船出游，甲板上又暖又舒服，我睡了一路。

我花了几分钟寻找周围有没有能帮上忙的人。虽然草丛里有蟋蟀，河面下也有闪闪发光的小鱼，但它们和我这种动物可不一样。信不信由你，在映像世界里，普通动物比动物人多得多。如果非要按照数量排列的话，我估计数量最多的是植物、真菌和普通动物，然后才是动物人，接着是怪物，最后是其他东西。

所以我得做出选择：往右还是往左。当下来看，我至少还有50%的概率能选对，看起来还不错。走对了路，我就能在夜幕降临前吃上热饭、睡上暖床。要是走错了，我就得吃背包里的口粮，扎营过夜，明天一早再走回来。这样一看，这种结果也还能接受。

但那时的我根本想象不到最坏的情况有多可怕。要是能早知道，我八成不会冒这个风险的。说老实话，要我去知更鸟森林里待一晚，还不如直接跑回家找母亲呢。

我选择了右边的岔路。它蜿蜒深入森林，一路上有榆树、橡树，还有树脂闪闪发光的松树。水坝镇并不缺少木材，尤其是海狸啃倒了很多树。意识到这里有海狸出没，我一下子紧张起来。可走了一个多小时，我还是没有看到伐木的迹象，没看到带有牙印或者伐木工具痕迹的树桩，也没有排列整齐的树苗。我本应相信直觉的，但我还是决定一条道走到黑。没准儿再走一英里就能看到伐木的痕迹了，要是还没看到，那就再走一英里。也许是我对到镇上的距离估计不足，我还是有可能赌对的。

但我赌输了。

看到河流在夕阳的照射下闪闪发光，我才不得不接受晚上没有炖菜吃、没有巧克力喝的事实。我双脚酸痛，饥肠辘辘，只想赶紧在河岸边找个合适的地方扎营。我想睡在水边，这样我变回真身后就可以游进水里躲避大部分危险，毕竟很少有陆地动物游得比水腹蛇快。再说了，小时候母亲告诉我，在森林里很容易迷路，有时候连大树都搞不清方向。在很长一段时间里，我都觉得母亲说得太夸张了。一棵树怎么可能会迷路呢？就算是在化身形态下，植物人也必须扎根于大地，要么是腿，要么是躯干。后来母亲告诉我，她有一次遇到一位活了千岁的榆树人，她的树皮比犰狳的背甲还硬。大家都叫她"尖叫榆树"，因为她整天都在叫："我在哪儿？"

我在寻找看上去安全的地方过夜时，心里对那位思乡的榆树人泛起深深的同情。我找到了一片半圆形的开阔空地，那里平坦、干燥、紧靠河流。这个地方简直完美，一间供一条蛇住的舒适小屋已经出现在我的想象之中。小屋旁会有一个用海狸啃下的原木制作的渔港，时不时还可以进城游玩，在温暖的河岸上小憩。我把毯子和背包扔在空地中央，四肢伸开躺在凉爽的草地上。夜虫和蟾蜍开始在森林的阴影中鸣唱，害了相思病的蛙人唱着歌，声音交织于各种刺耳的尖叫声和鸟鸣声之中。

"你在何方？"蛙人唱着歌，声音浑厚，饱含渴望，"你要去何方？你会和我在一起吗？"歌声渐渐消逝，仿佛随风而去。他肯定是一边在森林里走着，一边唱歌。也不知道在这么一个容易迷路的地方，大家是怎么找到彼此的。

睡前，我吞下了背包里一半的熏鱼，大口喝了河里的水。我打算以真身形态过夜。为了保护食物不被偷走，我把背包藏在一层干树叶下面。然后，我把衣服叠好，变了形，蜷缩在毯子旁边。在梦中，我本想唱歌，但我的声音被树木的尖叫声淹没了。"你为什么大喊大叫？"我问树木，"没关系的，你已经到家了呀。"

"那你为什么在这儿？"树人们问我，"如果这是我们的家，那你又是谁？"

尾巴上传来一阵剧痛，我猛地惊醒，感觉自己的骨头都快散架了。那一瞬间，我又惊又痛，在闪电般迅疾的本能反应下，我一嘴咬破了身旁那家伙的皮肤。

"哎哟！"那家伙惊叫起来。

下一瞬，我就飞到了半空中翻滚不停，直到受地心引力影响，才重重地摔到了灌木丛里。我激烈挣扎，终于翻起身来，肚皮贴地。

而那个先是踩了我尾巴又把我一脚踢飞的罪魁祸首,则在一旁大惊小怪起来,一边大喊着:"蛇来了!"一边用力跺着脚,把地上的树枝树叶踩得粉碎。还好踩的不是我。

在黑暗中,我圆圆的眼睛什么也看不见,但我从空气的味道中嗅出了她的特征:踩脚的是一头鳄鱼,而且是成年鳄鱼。如果她找到了我的藏身之处,我就死定了。我甚至没办法再去咬她了,我刚刚那一嘴用光了所有毒液,但也没能把她怎样。我也许可以变成人形溜之大吉,并祈祷她肿胀的脚踝能拖慢她奔跑的速度,但她没准儿会有远程攻击手段。

所以,我选择蜷缩在灌木丛下静静等待。没过多久,她的愤怒消散,渐渐安静了下来。接着我听到她扑通一声倒在地上,嘟哝着骂了几句难听的脏话,便陷入了长久的沉默。要是这家伙还醒着,我出去无疑是自寻死路。可我要怎么分清楚她是气得说不出话了,还是真的晕过去了呢?根本不可能分得清。我八成整晚都得在这儿待着!

天空从黑色渐渐变为深蓝色,我的担忧也成倍增加。她会不会发现我藏在树叶下的背包?还有我的毯子呢?那可是我最心爱的毯子!我悄悄挪动,透过枝叶稀疏的灌木丛向外看去。我的舌尖在空中轻拂,尝到了愤怒和鲜血的味道,还有毒液损伤组织的酸味。我看到空地中央有个结实的影子正伏着身,摆弄着一个很大的东西。但那东西太大,肯定不是我的包。即使有缕缕月光透过枝叶洒下,我还是没能看得太清。我能看到夜色中有东西在动,看得到大致的形状,也勉强能分清颜色。我的人形是个近视眼,平时都得戴银框眼镜。看来我也得给蛇形的自己配副眼镜了。

说是这么说，不过我不需要太好的视力，也能弄清这头鳄鱼下一步的行动。她开始在地上敲打并固定好几根杆子，时不时痛得低吼几声，然后把一大块防水布搭在杆子组成的金字塔框架上。

我的生存必需品就在眼前，她却在近在咫尺的地方搭了个帐篷。

我仰起头张开嘴，发出一阵无声的怒吼。我怎么会落到如此境地？连一天也没撑过去！我还不如回家求母亲大发慈悲呢。只要再和她住一年就好，最后再给我织一条毯子就好。

还是在这头爱骂脏话的鳄鱼这儿碰碰运气吧。

现在回想起来，我早就应该判断出这片空地会有其他食鱼动物出没，这头鳄鱼没准儿会在这儿待上好几天。她发现我的背包只是时间问题，想到一个陌生人翻我的背包，然后生气地一脚踏碎我的眼镜，我只想再次仰天长啸。

我决定趁鳄鱼不注意的时候，偷偷拿起我的东西开溜。她应该很快就要休息了，短吻鳄最喜欢在白天小睡。果然，上午才过了一半，一阵隆隆的鼾声就从帐篷中传出。她那富有韵律的如雷鼾声给了我勇气，我从灌木丛中滑出，朝空地滑行而去。来到盖在我背包上的一小堆树叶旁后，我变换了形态。由于我突然变大、变重，脚下的枝叶被我踩得嘎吱作响。我愣在原地，瞳孔急剧放大，大气儿都不敢喘一口。听到鼾声依然如雷，我松了口气，然后蹲下来一点点搬开背包上面的伪装。然后，我用蜗牛般的速度从地上提起背包，每次它发出沙沙的摩擦声都让我的心跳得快要蹦出嗓子眼儿，直到最后把背包挂在肩膀上，我才终于放下心来。背带勒进我裸露的皮肤里，让我意识到没穿衣服时我的化身有多么脆弱。我还需要我的运动鞋和裤子,我放在哪儿了来着?对,我把它们叠放在毯子上了,而毯子就放在空地另一边的树下。

真是怕什么来什么,我得用人形走过帐篷边。在这个形态下我没办法滑行,但用真身的话,我又带不动那么重的背包。我只能依靠自己的聪明才智了,只要脚步声和鼾声同步就行:她打一声呼噜,我踏一步。

她打了一声呼噜,我往前一步。

等待。

她又打了一声呼噜,我再往前一步。

等待。

还真管用!我现在离帐篷只有几步远,越发能感受到震天响的鼾声。不过也可能是我自己在发抖吧。只有最后几步路了,我安慰自己。

一只知更鸟落在附近的树枝上,鼓起红色的胸毛。"你在干什么?"他叽叽喳喳地说,"干吗在布伦小姐的营地里鬼鬼祟祟的?捣蛋鬼!"

"不不不,"我细声说,"不是你想的那样……"

"快醒醒,布伦!"知更鸟尖叫道,"有个没穿衣服的家伙在偷你的装备!"

"这是我的装备!"我喊道,"是我先来的!"

呼噜声戛然而止。我本想趁机冲过去拿走我的毯子和衣服,但知更鸟突然飞了下来,一边啄我的眼睛,一边叽叽喳喳地喊道:"你撒谎!骗子!"

"怎么了?"布伦小姐怒吼道。还没来得及回答,地上的帐篷就被她那火山爆发般的怒火掀到了半空。我面前这位六尺高的鳄鱼小姐穿着一袭长长的白色睡衣，被帐篷杆围在中间。和我一样，她的皮肤上也布满了鳞片。但我的鳞片光滑又有光泽，手臂上的鳞片是黑色的，眉毛处则分布着棕色鳞片。她的鳞片则十分尖锐，像盔甲一样覆盖在她的脖子、肩膀，还有最吓人的指关节上。她露出尖牙，粗鲁地指着我怒吼道："就是你这只小爬虫咬了我一口！"

"是你先踩到我尾巴了！"

"是你先把尾巴伸进我的鱼塘的。"她指尖向下，指着自己的右脚。它又红又肿，大脚趾上方嵌着一对紫色的牙齿。"要是我的脚指头没了，你就是我明天的早餐。"

"不会的！过几天应该就好了……"

"滚远点儿！"她从地上抓起一根木棍挥向我的脑袋，被我堪堪躲过。木棍带起的劲风在我耳边嗖嗖作响。

"我拿了毯子就……"

"不行！"她吼道。第二次挥击擦破了我的肩膀，木棍的碎屑落了一地。我惊叫一声，转身就跑。布伦的脚步声从身后传来：咚、咚、咚、咚。她的脚步声忽大忽小，像是只有一只脚能受力前进一样。知更鸟在我脑袋上方飞来飞去，叽叽喳喳地叫着："别回来了！你再也别回来了！我还能再抓住你一次，小家伙！"他一路跟着我，时不时停在树枝上说些难听的话，什么捣蛋鬼啊，啃脚的家伙啊，讨厌鬼啊之类的。

我跑得上气不接下气，速度渐渐慢了下来，我回头看了看。还好，视野里不见布伦的身影。她肯定是没再追了。终于能趁机喘口气了，我取下背包，解开了上面打的结。包里装着我多余的裤子和衬衫,还有一套餐具,以及我收藏的刷子:发刷、牙刷和画笔,还有一把粗糙的刷子,用来清理脏污和死皮。有时候蜕完皮,还会有几块顽固的死皮黏在我身上,那样子可不美观。换上裤子和衬衣后,我对知更鸟大喊:"看见没?包里都是我的东西!别烦我了!"

"那你咬人的事怎么说?你差点儿谋杀了我的朋友!"

"首先,她会没事儿的。"

"那是你以为。"

"我有99%的信心。再说了,我也不是故意咬她,只是本能反应。"

"是吗?你的意思是说,你根本控制不了自己?那你就更危险了。"

我垂头丧气地合上背包,戴上眼镜。"我现在就走,满意了吧?"

"啧啧,要走就快走。记住,在这片森林里,什么都逃不过鸟的眼睛。别再回来了。"

"我……我不会的。我本来也不想来这儿。"但这不完全是真话。我的毯子和漂亮的皮鞋还在那片空地上,在那头愤怒的鳄鱼的眼皮底下。鞋子还好说,可我一想到毯子就这么没了,就止不住地心疼。这是母亲送我的最后一份礼物,她希望我离开了她的壁炉还能暖暖的。我真想再冒着发生肢体冲突的风险去把它取回来,但也只是想想罢了。我把脏兮兮的双脚塞进一双便鞋里。身边的树枝摇曳不止,可现在一点儿风都没有。

知更鸟、燕子、麻雀、嘲鸫、莺、松鸦和其他各种各样的鸟一只接一只地降落在树冠上。他们圆圆的小眼睛闪着光,尖利的喙恼怒地咔嗒作响。我要是敢回到布伦那片空地,估计还没走一半就能被这群鸟的唾沫淹死。

于是我朝着森林深处走去,那只知更鸟和他的朋友们在我身后注视着我离开。渐渐地,空气中已经没有了河流的气息。没有了甜草、淤泥和淡水的气息,我心底渐渐慌了起来。就算是人形状态,我也能够感受到空气中的成分,以前我从来不会找不到河流在哪儿,也不会离开熟悉的环境。

我游荡了足够久,久到大多数鸟都看得厌烦了,我才终于有机会坐下来吃点儿东西。不幸的是,母亲只给我打包了够一天吃的鱼和面包,她肯定是觉得吃完之前我一定能赶到水坝镇。要是没有走错路,今天早上我原本可以吃上热乎乎的水煮蛋,和大家愉快地聊天的。我身边肯定都是友好、大方的店主。

没准儿我能找到其他去镇上的路呢?比如绕过森林?不过这样走可绕得太远了,八成还得走一整天。

我还有什么选择?

我内心的小恶魔警告我,我可能会迷路的。它嗞嗞地说:"奥利,沿着滔滔大河走你都能走错,你还指望自己能在一片陌生的森林里找到路吗?"好在这会儿情况有所好转,我身边充满了生命的迹象。所以我决定向我遇到的第一个陌生人挥手,寻求帮助。说不定还有人会陪我一起去镇上,免得我又和森林居民们产生更多误解。

不幸的是,看到成百上千只鸟追在我屁股后头,所有人都对我避而远之。至少看样子是这样。我走得越远,周遭的一切就变得越发黑暗、浓密,但我连一个人影也没见着。空气中萦绕着松鼠、负鼠、田鼠，甚至其他蛇的声音。我能感受到周围有动静，树叶沙沙作响，附近的灌木丛嘎吱响个不停。

"谁能告诉我大河在哪边？"我喊道，"有人吗？"

有句老话：如果森林里的一棵树倒下了，但没人听到，那么它到底有没有发出声音呢？这让我不禁想道：如果奥利在森林里求助，却没人回答，那么到底有没有人听见他说话呢？

就连愤怒的小鸟们都离我而去了。

根据我的睡意判断，现在是下午三点左右，早就过了午睡时间。虽然我很想找个阳光明媚的地方休息，但我必须在天黑前到达河边，一定要赶在森林深处的野兽出来狩猎之前赶到那里。

但野兽永远让我捉摸不透。

有时候，它们喜欢在白天狩猎。

第三章
妮娜，13岁（1）

本来还觉得能轻轻松松拿个 A 呢。

13 岁的妮娜盘腿坐在客厅地板上，凝视着罗茜塔肖像的扫描副本，身边放着记号笔和彩色美术纸。她要做一张族谱，这是社会科学课的作业，得分占平时成绩的 10%。由于部落的入学要求，妮娜早就知道她族谱上最近的分支，觉得应该费不了多大功夫。一开始也确实如此，她做得很轻松。首先，妮娜·阿罗约在一张亮绿色海报纸的底部写下了她的名字、出生日期和出生城市。两个分支向上延伸：里奇·N.阿罗约（父亲，书店老板）和艾丽西娅·T.阿罗约（母亲，翻译）。接下来，她的父母之上是四位祖父母（一位在世，三位已故），然后是八位曾祖父母（三位在世，五位已故），还有十六位曾曾祖父母（均已去世）。再接下来就有些棘手了，因为妮娜的曾曾祖母出生于19世纪70年代，活了150多岁才去世，老师肯定不会相信的。但就妮娜了解到的一切关于祖先的故事，都证明这是事实。

而且还有其他人。

包括妮娜的曾祖父（在与第四任妻子结婚后，到南卡罗来纳州的一家养老院居住）在内，罗茜塔的三个孩子都还活着。这几位都已经百岁高龄了。"我们家的基因就是幸运。"她父亲曾经这么说过，也不知道是什么意思。

"你也有幸运基因吗？"她当时问父亲，"我有吗？"

"只有时间才知道答案。"他回答说。

妮娜常常琢磨自己会不会喜欢百年后的地球。未来可能很奇妙，到处是机器人、克隆恐龙和虚拟现实眼镜，妮娜真希望未来是这样的。然而，当晚间新闻令人焦虑的嗡嗡声传到她的卧室，不安和痛苦的预言随之而来，预示着未来似乎更有可能像个噩梦。

至于未来到底如何，就只能用父亲的话来回答了：只有时间才知道答案。

现在，妮娜的思绪又回到了罗茜塔在去世前讲的最后一个故事。几年来，故事里的谜团深深困扰着她，她总是时不时就会想起。有时候，妮娜觉得曾曾祖母像是给自己留下了一个上了锁的宝箱。宝箱打开后，谁最开心？反正不是妮娜。很多视频在网上疯传确实有其原因，比如"我发现墙纸后面有一扇奇怪的密封门"，或是"打开我的时间胶囊"。再说了，罗茜塔确实是躺在临终病床上要求妮娜记住他们的历史。妮娜也发自内心地想这么做！

要是谜语也能用开锁工具或大锤打开就好了。

罗茜塔去世后,全家人都努力尝试解开她言语里的谜题。可惜的是,翻译软件把她说的大部分利潘词语弄乱了,根本无法恢复。甚至连妮娜的母亲,一位会说多种语言的翻译家,最终也放弃了。"信息实在是太少了。"她耸着肩膀说,"要是有录音会好得多,我就可以和类似的语言作比对,比如吉卡里拉语或纳瓦霍语。可翻译软件把她说的话全弄乱了,这东西根本翻不了阿萨巴斯卡语系。"

因此,过了这么长时间,大部分罗茜塔的故事还是无法理解,只有几个短语看得懂:

家乡／家
她很痛苦
治愈者
梦魇
动物人

动物人。

大家都知道他们在数千年前就离开了地球,但考虑到他们惊人的寿命,妮娜不禁有个问题想问。

"爸爸!"她大喊,"爸爸!"

父亲的喊声从厨房传来:"干吗?"

"如果我作业不及格,就怪你!"

"为什么?我不是给你买绿色美工纸了吗?"

"你家族里的人的寿命都和鹦鹉一样长!首先是罗茜塔,

她真是鸟人吗？我们是动物精灵的后裔吗？这是不是她故事里的大谜团？"

一串脚步声传来，说明父亲已经厌倦了大声喊来喊去，今天他大概是工作累了，毕竟平日里他很喜欢用和蔼的态度大呼小叫。他穿过走廊，地板发出吱吱作响的声音，像是在鬼屋一样。他坐在窗边的厚沙发上，低头看妮娜的作业。"我们是不是有十六分之一的鹦鹉人血统？"他说，"还好这根本不可能。"

"那我怎么办？我可不能只在罗茜塔名字下面写个'幸运基因'。"

父亲耸了耸肩。"干脆别写她的出生日期了。如果老师问起来，你就说没有正式的记录。这种情况很常见的。"

"可这不是真相啊。我们都了解家族历史，这可比正式记录来得可靠多了。"

"关键在于你怎么说，改下措辞其实也不算撒谎。这么说吧：罗茜塔没有正式的记录文件。"

"嗯……"妮娜咬了咬马克笔尾，然后在曾曾祖母的名字下面画了个大大的问号，"可是，她本来应该有记录的，爸爸。肯定有办法能证明她真的活了那么久，我们还有照片吗？"

父亲没有回答，而是把手放在躺椅扶手上，轻轻敲打着。妮娜发现，父亲在坐飞机时也会做这个动作，而坐飞机让他很紧张。

"怎么了？"她问。

他摇了摇头，笑了起来。"罗茜塔肯定不喜欢这样。还记得我们有一次要给她注册'图片天地'的账号吗？"

"哈哈，记得，最后闹得不欢而散。她从来都不相信互联网。"

"倒也不是因为互联网。"他站起来摸了摸妮娜的脑袋，朝厨房走去，"那些老电视剧她都是在网上看的。罗茜塔只是不喜欢被关注，比如社交媒体、个性化广告什么的。有的人就是不喜欢被陌生人了解。"

"那我们可访问不了她的'图片天地'账号了。"

"怪我。"他承认道，这会儿，他离妮娜越来越远，声音也越来越大，"是我告诉她有黑客这种东西的。"

妮娜对着他的背影喊道："她的职业呢？我该怎么写？"在她漫长的一生中，罗茜塔肯定做过十几份零工来赚钱和生存，但她总说自己是个讲故事的人。据妮娜所知，她从来没因为讲故事挣过钱。

"就说是表演者吧。"父亲回答道，他已经回到了走廊里。他瞥了一眼手腕上智能手表上的时间，只有一平方英寸的屏幕对他的手腕来说太小了，但这款手表还可以用语音操控。手表的人工智能甚至可以讲笑话或假装与人对话。有时候，妮娜会悄悄地嫉妒制作这款手表的公司。"别忘了给你妈妈打电话，"他提醒道，"在茫茫海洋里，现在这个时间正适合与她通电。"

妮娜希望网络状况能稳定些。上次她想联系母亲时，母亲船上的无线网络瘫痪了。妮娜在恐慌中度过了好几个小时，非常确信科考船和船上的八十个人都已经葬身北太平洋海底了。谢天谢地，无线网络一修好，母亲就发来了宽慰她的消息：

我一切安好，宝贝。

隔了一分钟，又有一条信息发过来：

我的意思是，我在和来自十五个不同国家的固执科学家们进行为期四个月的巡游，现在这个状况我已经很满意了。平时就连他们吵架我都得给他们翻译。毫无疑问，自从厨房里的甜饼干吃完以后，大家的心情就不太好了。等不及要回家了。爱你的妈妈。

妮娜的母亲很快就会回来，和丈夫女儿团聚三个月。然后，她又得回到太平洋上。她说，这都是为了钱。在得克萨斯不管找什么活儿，都拿不到去海上的一半。家里毫无疑问也需要这笔钱。不过，有时候妮娜也想知道母亲是不是很喜欢这样的冒险。

说实话，就算她喜欢，也没什么不对吧？

晚上的工作结束后，妮娜把学习用品推到了咖啡桌下。虽然下面很乱，但至少没有人会被记号笔绊倒。然后她回到卧室，翻遍衣柜里的旧日记，想找一本绿色的活页笔记本，那是她三年级的日记本。她在一堆日记本的底部找到了，本子的封皮上还贴着恐龙贴纸和蓝色的亮彩纸。如果妮娜没记错的话，自己当时写了几篇关于罗茜塔的日记。也许回过头再看看，会有新的体会和发现。就算没有，她也想回忆一下往事，看看能不能破解罗茜塔的故事。肯定有什么事触动了罗茜塔，让她想起了那些利潘词语。妮娜的父母觉得是药物的作用，也许的确如此。毕竟在静脉注射吗啡后，人都是晕晕乎乎的，总说些怪话。但妮娜怀疑，让罗茜塔回忆起历史的另有他物。

比如那条会说话的鱼。

妮娜打开日记本。她三年级时对水彩笔极为痴迷，不管写什么都要用五颜六色的墨水，仿佛五彩缤纷的数学作业和拼写作业看上去就不那么无聊似的。不过，这个习惯至少教会了她下笔之前要三思，毕竟水彩笔的痕迹无法擦除。尽管如此，翻看着这本彩虹似的日记时，妮娜还是发现了几行被划掉的句子。10月1日的一整页都被一道道歇斯底里的蓝色涂鸦盖住了。妮娜停下来想了想那天发生了什么，肯定是糟糕的一天。她把日记本放在台灯下，想要从混乱中找出真相。还好认真辨认之后，她还是看到了原来的字迹：

菲利帕真的走了。我所有的朋友都搬走了。课间时凯文和胡里奥总来捣蛋，他们就是看我一个人好欺负。我去荡了秋千，直到荡得想吐。荡那么高，我的胃很难受，但至少在天上时没人能伤害我。在联结时代的故事里，人们可以飞翔。我想念那种自由，也很想菲利帕。不过，对于你从未得到的东西，可以用"想念"来形容吗？

妮娜清楚地记得她最好的朋友搬到艾奥瓦州时的情景。菲利帕诚挚地说："别忘了我。"妮娜满含泪水，承诺道："永远不会。"

仿佛想要逃避这段回忆似的，妮娜飞速翻过纸页，略过了新年和3月。4月7日是罗茜塔住院的日子。那天，妮娜用深栗色墨水写道：

祖父去世后，祖母搬进了罗茜塔家。一场悲剧竟然能拯救生命，真奇怪。罗茜塔还在从她的大院子边上的一口老井里取水喝。她说这水比任何水槽里的水都好喝。我倒是觉得井水的味道就像没有气泡的苏打水。有的人就喜欢这种味道。总之今天早上，祖母起床后在屋里找不到罗茜塔。她很担心，因为通往老井的小路上常有蛇出没。天气晴朗又温暖，爬行动物最喜欢了。通常罗茜塔会拿拐杖轻敲地面，这样铜斑蛇、响尾蛇和水腹蛇就知道她要来了，不过还是可能会被蛇咬。

祖母出门去找罗茜塔，她大喊着："罗茜塔！你在哪儿？"她大概喊了不下一百次，因为她的声音现在特别沙哑，像是吞了满嘴沙子似的。祖母去看了橡树后面和长满青草的地方。然后，她在井边发现了罗茜塔的瓶子，水桶还在井下。于是祖母俯身向黑漆漆的井里望去。你知道她看到了什么吗？一头白发！祖母说她觉得罗茜塔肯定是溺死了。

但罗茜塔抬起头说道："我爬不上去，扔件救生衣下来。"（说的是西班牙语，因为她英语说得不好。）祖母马上去拿了一个救生圈，然后打了报警电话，又给父亲打了个电话。猜猜是谁先到的？是父亲。他平时过来要二十分钟，但今天他开车特别快，十五分钟就到了。父亲赶忙望向井里，大喊："罗茜塔，你下去井里干吗？"她虚弱得说不出话来，于是父亲用绳子爬下去查看情况。罗茜塔没事儿。他说表面的水是温热的，但深处的水简直冰凉得刺脚。还好不是整个井里都那么冷，要不然父亲肯定会得低温症，要进医院了。

"我看到下面有个小女孩，"罗茜塔小声说，"一副吓坏了的样子。但我下来想救她的时候，她就变成一条鱼游走了。"

"怎么可能？"父亲问，"下面没有通道，能游去哪儿？"

"向下游啊，我想她还在那里，就在我们脚下。"

急救队来了以后，包括罗茜塔在内，所有人都认为那条鱼只不过是她的错觉而已。要么是老年痴呆，要么是精神太紧张。后来他们就忙着救罗茜塔了。但妮娜选择相信另一种奇异的可能。

妮娜翻过了日记本里三年级的最后一天。接下来的日记说的都是她的假期和在家里待着的闷热无聊的日子，要么就是躲在有空调的"避难所"里，比如她的卧室，或者父亲书店的书架之间。整个夏天，她都在期待菲利帕的消息。但再也没有等到。

8月19日那天，罗茜塔去世了。那天的日记是用黑笔写的：

我的曾曾祖母已经不在我们身边了死了。

在这一句话后面，妮娜用整整三页纸写下了罗茜塔讲的那个故事，不过基本都是翻译软件上乱七八糟的文字。看着这些文字，妮娜觉得自己像是拿着一百块拼图碎片，要把它完整还原。

要是有参照物，拼起来会简单许多。比如说类似的故事，或者了解罗茜塔早年的生活。没准祖母能帮上忙。毕竟她和罗茜塔同住了几十年，整个得克萨斯州八成没人比她更了解罗茜塔了。

妮娜从衣柜里拿出一本空白日记。在红色封面上，她写了一个词：证据。

第四章
水腹蛇被怪物追杀

附近传来一阵有节奏的响声。嗒、嗒、嗒。就跟摇滚歌曲开始前两支鼓槌相互敲击的声音一样,只不过这声音后面并没有紧跟歌曲,而只有嗒、嗒、嗒。我分辨不出声音是从哪儿传来的,它似乎在林间不断回响,从各个方向冲击着我。疑惑间,我停下了脚步。

那声音也停了下来。

林子里怎么突然这么安静?甚至吵人的鸟叫声也消失不见了。早前我巴不得世界安静点儿。可现在我又觉得自己太孤单了。

好吧,也算不上那么孤单。敲打鼓槌的家伙显然知道我的存在,因为只要我继续走路,嗒嗒声就会再次响起。真是奇怪。就在几分钟前,我还渴望有人陪伴,现在却很害怕遇见这个敲鼓的家伙,于是我开始狂奔。要知道,有些声音代表着危险即将到来,比如响尾蛇尾巴的簌簌声。而这嗒嗒声比其他所有代表危险的声音加在一起更令人毛骨悚然。这声音越来越快。我也在空气中感受到一股不对劲的气息,这股气息像是来自另外一个世界,因为我根本辨别不出其中的成分。唯一的解释就是,它并非来自哺乳动物或是爬行动物,也不是来自昆虫、鸟类或是植物。但我还是能识别出这些成分是有机的,这就代表它是活物。那还能是什么?

怪物。

完了。

我甚至不知道该往哪儿跑。它可能会从任何方向袭击我。所以我站在原地一动不动。

嗒嗒声再次停止。不知道这是不是代表着怪物也停下了脚步。也许吧,因为这声音很像有人穿着木鞋踏在平坦坚硬的地板上。问题是,森林里的土地都是柔软的,所以脚步声不可能那么尖锐。也不可能是这头怪物一边跑一边挥舞鼓槌。没准儿它背了个包,每迈一步都会发出咔嗒声,就像我跑步时背包在背上弹跳时发出的咔嗒声一样。

如果真是这样,那我动它就动,我停它就停,就意味着它肯定是通过我发出的震动感知到我的,要么是听声音,要么是感受我的脚步。

为了证明我的猜想,我在地上跺了跺脚。

嗒、嗒、嗒。

这一刻,我无比希望背上的背包是一对翅膀。我想飞得高高的,飞到树冠之上,看到地平线和奔流不息的大河。步行要走一天的距离，飞行只需几小时就够了。难怪有翅膀的动物很少化为人形，会飞可真是天赐的礼物。

唉，我要是只鸟，就能和那只烦人的知更鸟交朋友，和他一起成为森林的守护者了。可现在我还在极力控制快饿扁了的肚子不要咕咕叫，免得引起那头怪物的注意。

做鸟儿多好，逃跑永远只需要一条路线：往上。

等等。

严格来说，我也可以做到。水腹蛇虽然不像巨蚺那般喜欢在枝叶上睡觉，但紧急情况下，我们也可以爬树。

我身旁就有一棵高大古老的白蜡树。我慢慢地卸下背包，把背带挂在一根低矮的树枝上。然后我用肉眼测量了一下我和树干之间的距离：只需用力一跳。树上并没有适合人形的手抓点和落脚点，不过没关系，我用真身可以爬得更快。

刚一变身，我的衣服、鞋子还有眼镜就一股脑儿掉在地上，那头怪物也随之发出嗒嗒声，像是在好奇发生了什么事。我把尾巴一甩便勾住眼镜叼在嘴上，昂首向那棵大树爬去。怪物再次发出声音，看来它已经离我很近了，要不然怎么会听到我移动的声音？我纵身一跃跳向树干，用全身肌肉的力量贴在树上，然后向上爬去。往上爬了几英尺，我就听见了几声尖锐刺耳的嘶吼。如果这是怪物想要吓我，那它已经成功了。但我还没有被吓到做出草率的决定，我才不会下到地面逃跑呢。我紧紧贴住树干，一个劲儿往上爬，虽然辛苦，但至少在稳稳地向上。很快，我就经过了挂在树枝上的背包，但我不会就此打住，毕竟爬得越高就越安全。

怪物没有再发出声音，但爬到离地十英尺时，我听到了一阵急促短小的嗒嗒声,像是它在来回跑着,寻找突然消失的足迹。我加快了速度,绕着越来越细的树干继续爬行。爬到这么高时,我附近已经有很多树枝了,随便挑一根躲在上面就可以。不过我选择的这棵树十分高大,说不准已经有几百岁甚至上千岁了。要是能爬到最高处的树枝,那森林里地面上的任何动物都不可能发现我。就算怪物发现我爬树逃跑了,它要怎么追我呢?高处的树枝肯定会被它一下就压断,除非它只有松鼠那么大。

我经过一个满是白色小蛋的鸟巢。看来它们和我一样,都还没真正长大。如果不出意外的话,它们会在夏末孵化。我不禁想道,我的兄弟姐妹们有多少熬过了长大独立的第一天?在这样一个危机四伏、冷漠无比的世界里,他们是怎么茁壮成长的?

我是九胞胎之一,有八个兄弟姐妹。我最勇敢的姐姐叫索娜,她10岁时就跳上了一艘过路的渡轮,再也没有回来,母亲甚至都没来得及给她准备临别礼物。其他兄弟姐妹也在11到14岁之间离开了家,每个人离开的时间都不一样,但大家都是独自离家的。我哥哥布里克收到的礼物是一把配有皮套的手枪;皮洛特、阿尔和弗里尔收到的是独木舟;另一个哥哥埃尔文特别想要一套非常华丽的衣服,所以母亲带他去了水坝镇的裁缝店,于是他就穿着一件鲜艳的丝绸衬衫、一条蓝色牛仔裤,系着一条银绿相间的饰扣式领带,戴着一顶宽边高呢帽,大步朝日落的方向走去。其他人也都收到了母亲亲手织的毯子。我猜这些礼物都是为了增加我们的生存机会。就算是那套华丽的衣服,如果配上对的人,说不定也能打开安全和好运的大门。然而，从我出门独立这一天半的经历来看，如果这才是真正的现实，那么母亲给我们的礼物根本不足以让我们拥有对抗世界的能力。

我已经爬到了比很多树要高的高度，但离树顶还有不少距离，于是我没有停下。我现在离地面已经有六十英尺了，垂直的树干变得很细，我的身体可以绕圈两周。最终我爬到了八十英尺高的地方，我抬起头，从这棵白蜡树顶部茂密树叶的缝隙间望了出去。

从高处俯瞰，之前隐秘的细节变得一览无余，有一棵棵大蘑菇似的落叶树，也有圆锥形的针叶树。西边的地平线上，灰色的云朵挤作一团，看来远处正在下雨。我搜寻着文明的迹象，比如袅袅升起的炊烟，或者树冠之间像是道路形状的缝隙，但我什么也没看到。甚至连大河也消失了。当然，可能是因为没戴眼镜的缘故，我看得不太清楚。我叼紧嘴里的眼镜，开始思考接下来该怎么办。要是我变回人形，突然增加的重量肯定会压垮树枝，就算我侥幸没被摔死，落到那头怪物面前也没活路。于是我眯缝着眼睛，歪着脑袋，试着看得更清楚些。在茂密的树叶之间，我看到了一条南北朝向的缝隙。我也不太确定，但这也许是道路的痕迹。这条缝隙很窄，可能是同一个人走了很多年形成的。但无论这条路通往何方，总会有个去处，总比现在跟没头苍蝇似的好多了。等下面的怪物没了耐心，我就沿着这条路走下去。

我缓缓地缩回脑袋，贴紧树干，耐心地等待着，静静地聆听着。咔嗒声再次响起，一阵一阵从远处传来，像是机枪扫射一般。声音持续了差不多十分钟。我一直闭着眼睛，不敢睁眼去看下面发生了什么。在我的想象中，这头怪物有镰刀般锋利的下颌，当它用一百条腿在森林的地面上拖着脚行走时，下颌在不停地咬合。要么它背着一袋叮当作响的骨头，那准是它从无数受害者身上取来的纪念品。

声音终于停了下来。我睁开眼睛，但仍紧紧贴在树上。林子里静得诡异。鸟儿们怎么不唱歌了？我的嘴因为叼着眼镜，所以没法儿探测空气中危险的味道，这种味道通常像烟雾一样刺鼻。我不得不信任鸟儿们的选择，正如那只烦人的知更鸟说的，他们的观察力都很敏锐。

空气渐渐凉了下来，天空也由湛蓝色变成了深蓝色。如果我想在天黑前找到那条路，必须现在就下树，毕竟从树上滑下来得花一些时间。而且我现在十分疲惫，又因为太冷而行动迟缓。可是我不想在树枝上过夜，眼下，寂静的森林里只能听见冷风飕飕刮着的声音。

是我谨慎过头了吗？我内心的魔鬼在指责我：胆怯的小蛇。居然是兄弟姐妹里最后一个离家的。你一直都是个胆小鬼，根本没法靠自己活下去。要不是迷路了，你早跑回去找母亲了。别在树上发抖了，也别想着森林会变成你母亲那间温暖安全的小屋了，这简直是痴心幻想。

内心的魔鬼说得没错，可我实在是太害怕了。那头怪物还在下面守着吗？虽然像条绷紧的弹簧似的缠在树干上看起来挺可悲的，但要是因为我一个劲地抱怨、失去耐心，到时被怪物把骨头扯出来当项链戴，我就后悔都来不及了。所以，我决定要小心一些，但也不能时时如履薄冰。我来到一根粗壮的树干上，舒展身体，决定在这儿待上一晚。我把眼镜挂到树枝上，甚至还抓了几只小飞虫当晚餐。这就是化身成水腹蛇真身的一个好处，我不需要太多食物就能饱腹。当然了，年龄再大些就不一定了。蛇类从不会停止生长，我们每年都会长得更长更粗，虽然速度会慢一点儿，但体重会增加，胃口自然也会变大。所以上了年纪的蛇都不太愿意变回真身。

有次我在水坝镇遇到了一条年老的水腹蛇。他在一个食品柜台吃午饭，弓着身子吃着一碗炖肉，用木勺咕噜咕噜喝着浓汤。那时我和兄弟姐妹们还小，尾巴尖儿还是绿色的。我们从来没见过哪个水腹蛇人有那么深的皱纹。母亲只有眼睛周围有一点点皱纹，脑门儿中间还有一条竖着的皱纹。

"他有多大年纪了？"皮洛特悄声道，"会不会是始祖蛇人啊？"

"不可能，"索娜说，"那些人怎么会来这种鸟不拉屎的小地方。"

"这里也没那么差吧……"我嘟囔道。

"他至少有两百岁了。"埃尔文猜测道，"他身上的鳞片全都变黑了。"

就算化成了人形，老人的脖子后面和手臂上方都还有鳞片，就像黑曜石碎片一样又黑又光滑。

"干脆去问问不就得了。"索娜说着，径直走上前去。他放下勺子，看着索娜爬到他旁边的空凳子上，好像很开心。我和其他兄弟姐妹在旁边挤作一团，我们始终没有索娜那么大胆。"老爷爷，你多大了？"她问。

"我也不知道。"他答道。

"你也不知道？真的？"

"那你记得自己呼吸了多少次吗？"他问。

索娜哼哼着，好像真的在计算答案似的，但很快就不情愿地说了一声："不记得。"

"为什么不记得呢？"老人问。

"因为没必要去记。"她说。

老人在座位上转过身来看着我，我的其他兄弟姐妹害羞地躲在我背后。"你呢？"他问道，"你记得自己呼吸过多少次吗？"

"150万次。"我胡乱猜了个数。

他没有回答，只是笑着摇了摇头，转身继续喝汤去了。

"所以你到底多大呀？"索娜不肯罢休。

"我看起来有多大？"

"不是，我说你的蛇形态有多大？"

"大到可以吞下一头牛，孩子。"他拍了拍手，模仿上下颌贴合的响声，"可我太大了，不可能抓住一头牛，除非它自己往我嘴里跑。"

说实话，到现在我还是不太相信老人说的话。毕竟一头牛那么大，很难想象会被一口吞掉。诚然，我们从不会停止生长，但生长的速度会越来越慢。我这个年纪的蛇，一年可以长半英尺，但到了母亲那个年纪，一年最多也就长几厘米而已。那些老年蛇可能就只长几毫米了。所以，要么是老人在说大话，要么他真的非常非常老了。

就像始祖蛇人，也就是最早出现的水腹蛇人那么老。

真希望我也能一口吞下一头牛。这样一来，说不定我打个大哈欠，下面那头怪物就莫名其妙成了我的晚餐。叫你再吓人，混蛋。

黄昏时分，一阵大风把我待的树枝吹得摇晃个不停，就像是山猫用爪子拨弄田鼠似的。我突然想起之前看到的那片雨云，看来它们现在没那么远了。这会儿的天气已经有些冻人了。到了晚上又会出什么幺蛾子？更冷的天气？更大的风？甚至吓人的闪电？要知道我所在的是视野里最高的一棵树，很容易遭雷劈。要是暴风雨真的来临，我可不能再继续待下去了，不然随时会变成烤蛇干。这会不会是鸟儿们沉默的原因？因为它们感知到了即将到来的恶劣天气？也没准儿它们只是累了而已，毕竟大多数鸟到了晚上都不会叫。

我内心的魔鬼再次开口："你现在本应在那条小路上了。"我感受了下空气里的味道，那头怪物似乎已经离开了。不过自从我爬上树以来，就没有感受到过其他味道了。我取下挂在树枝上的眼镜，往下滑到了低一些的树枝上。这高度依然安全，不过要是真下雨了，待会儿去找躲雨处也能少花点儿时间。越粗的树枝越结实，不会轻易在风中摇摆，我就能待得更稳当，可以稍微放松些。夜幕很快降临，没有缠绵的日落，而且不像地球，这里的天空中没有星星和月亮。所以当我发现自己能清楚地看到眼前的树叶时，想必你也能想象到我有多么惊讶了。从下面传来的一阵微弱红光照亮了树叶。出于好奇，我伸出脑袋往下望去。就在我身下的几根树枝上，两团像余烬似的光点摇曳不止。

光点忽地闪烁了一下：这是怪物在眨眼。

咔嗒。

我蜷缩在树枝上，向造物主和母亲祈祷：希望高处的树枝无法再承受怪物的重量了。

早晨，鸟儿准时开始歌唱。树干上有滴着汁液的深深的划痕，证明有什么东西用它锋利得足以划破骨头的爪子紧紧抓过树干。这些崭新的抓痕就在我下面五米处的一根树枝上。还好我的背包和下面的衣服没有损坏，显然怪物对它们并不感兴趣。

经历了一个不眠之夜后，筋疲力尽的我变成人形，迅速穿上衣服，徒步走向之前在树上观察到的那条小路。一路上我只停下来喝了一口树叶上闪闪发光的露水。我没再去寻找友好的陌生人，这根本就是浪费精力。似乎过了童年，这个世界就再也没有任何仁慈可言，我也不能回到过去。

这条小路虽然不宽，但一看就知道经年累月都有人走。在路中间，除了一层松软的草外，所有的杂草都被踩掉了。我随便选择一个方向往前走。背包把我的脖子和肩膀勒得很痛，我做起了白日梦，要是现在有辆手推车就好了，轮子肯定能轻松滚过这条路。小路完全是笔直的，像是由数学家建造的一样。柔和的阳光从叶子形状的阴影之间投射下来，温暖着我的脸，感觉很舒服。我的焦虑和恐惧几乎烟消云散。

人们说，"万能路"超脱于时间和空间的规则之外。它往往出现在动物精灵与怪物的世界，偶尔也会出现在地球上。它就像蛇一样，在森林里蜿蜒滑行，躲避那些想要抓住它的人。所以没有地图能够标注它的位置，就像地图也不会标明一群游荡的野狼在哪儿一样。我猜，这也是大多数人在不知不觉中走上这条路的原因。

当然，也有一些锲而不舍的人曾经追上这条路的脚步。你听过某位人类父亲的故事吗？几个世纪前，这位父亲在洪水中失去了儿子。河水泛滥，把孩子冲走了。每个人都认为他的儿子淹死了，但一直没有找到尸体。正是这种未知让这位父亲备受煎熬。他整夜不睡，悲怆地喊道："你去哪儿了，孩子，你去哪儿了？"如果孩子仍然在世，父亲想要带他回家；如果他已经死去，那父亲也想亲手埋葬他。这既是给孩子一个体面，也是给自己一个告别的机会。

就像我说的，"万能路"的故事每个人都知道，包括这位父亲。他也知道，这条路不喜欢被人追踪。所以他想了个主意。

每年，在儿子失踪那天，这位父亲都会在森林中心扎营。与此同时，他让朋友们去找万能路，这样就可以把它引到这位伤心的父亲的面前。

他用了十五年的时间。这十五年饱含他的耐心和一次次的失落，还有他无法磨灭的希望。终于，这位父亲踏上了万能路，他说："我想去我的儿子身边。"接着他就消失在一阵迷雾中，再也没有回来。很多人相信，万能路实现了父亲的愿望，让他到九泉之下和儿子相聚了。

但我们永远没法知道事情的真相，对吧？

谢天谢地，当我不自觉地踏上这条传说中的小路时，并不觉得自己有危险。相反，我抬头望着天，想象着自己有一个温馨快乐的小家。那里非常安全，我可以躺在舒适的石头上晒太阳、钓鱼，可以对亲切友善的邻居们说："早上好！"

突然，我的耳朵发出啵的一声，像是气压在瞬间改变了似的。我来到了一片平静、湛蓝的湖泊前。造物主保佑，这片湖的水面一直延伸到了地平线以外。这么大的一片湖怎么会突然出现在我眼前？我一头雾水，转过身观察情况。

我身后的小路已经消失了。

映入眼帘的是一块半埋在地下的平坦花岗岩，它的表面看起来温暖而诱人。银光闪闪的小鱼在浅滩里游来游去，附近还有很多不错的材料，可以用来建造房子、码头和木筏，正是我在这里生活下去所需的一切。

别高兴得太早了。上次你找到的完美之家，已经被一个混蛋给占了。要我说，这片芦苇后头没准儿就住着一家凶残的爬行动物捕食者呢。

"这块石头是谁的？"我大喊道。蟋蟀啾啾，知了鸣叫，但没人跑出来把我赶走。我心满意足地松了口气，躺在了温暖的花岗岩床上，张开双臂，享受着它带来的温暖。"那就是我的啦。"我闭上眼睛说。

看样子，除了那些唠叨不停的昆虫，我没有其他邻居了。然而，事实并非如此。还没能好好打个盹儿，我就感觉到有什么轻轻地拍了拍我的脸颊。这感觉不像蚊子叮咬那么刺痛，所以我没有拍打自己的脸，而是睁开了眼睛，我看到一只小蟾蜍坐在一英寸外。他看起来十分不同寻常，体形优美，身上有棕色和红色的斑点。他对我挥了挥四指小手。

"这是你的石头吗？"我问，"抱歉……"

蟾蜍摇了摇脑袋：不是。

"好吧，那怎么了？"

他又对我挥了挥手。

"你只是想打个招呼？"我反应了过来。

他点了点头。

我翻过身趴着,用手臂托着下巴。从这个角度,我能更清楚地观察到这只小蟾蜍。"我叫奥利,"我说,"三天前,妈妈把我赶出了家门,一路上我吃了不少苦头。那些长出黑色鳞片的人是怎么活那么久的啊?"

他用手拍了拍我的手指表示安慰。他的手还没我拇指宽。

"你会说话吗?"我好奇地问道。

他摇了摇头。

"变成人形也不行吗?"

又摇了摇头。我们盯着对方看了一会儿,谁也没吭声,这沉默虽然奇怪,却很友好。然后,一只黑苍蝇落在我的手腕上,但在它叮到我没有鳞片的柔软皮肤之前,小蟾蜍突然伸出舌头,下一刻就见他鼓着腮帮子嚼个不停。

"嘿,谢谢。"我说,"不过你也得谢谢我,帮你吸引好吃的过来……艾米。"

我只是看着他,他的名字就自动出现在了我脑海里,仿佛我只是看了一张纸上的字然后读了出来。其实,所有的动物人都有互相沟通的技巧。也许我们不讲同一种语言,但我们擅长理解所有的语言。而这一点我又特别擅长。

小蟾蜍半张着嘴,表情很像在微笑。我也开心地笑了,自从独立生活以来,这还是头一次。

也许现在你可以理解,为什么我招募了一群勇敢的动物精灵去地球执行任务了。有些东西值得你用生命来保护。

不过,在进入这部分故事之前,我想先介绍一下参与故事的冒险家们。

第五章
妮娜，13岁 (2)

妮娜盘腿坐在咖啡桌前，背靠着一堆装满玩具的纸板箱。祖母很喜欢给孙子和孙女们送礼物，所以总是在当地旧货市场搜寻玩具。她似乎忘了每年都会有孙辈长大，过了玩娃娃的年纪，或者搬到了危险地带的北边去。还住在得克萨斯州的只有妮娜一家了，13岁的妮娜也不需要用纽扣当眼睛的泰迪熊了（她床上已经堆满了毛绒玩具），但这并没有阻止她微笑着接受祖母的礼物，并热情地说："啊，谢谢！"

外面雷声隆隆，屋里灯光闪烁。妮娜把泰迪熊放在腿上，心里焦急不已。她的棉衬衣已经被汗浸湿，黏腻腻地和纸板箱贴在一起。即使被风暴云笼罩，得克萨斯州南部依然无比炎热。要是空调坏了，人们甚至可能会有生命危险，特别是对于祖母这种年事已高的人来说，他们要么活动不方便，要么根本不想动。可就算炎热，就算干旱，哪怕有飓风袭来，或是面临龙卷风、洪水和断电的问题，他们也不会搬家。

妮娜一家盖的房子有三间卧室，他们祖上几代人都生活在这片土地上。在得克萨斯州成为美国的一个州之前，妮娜的祖先就早已扎根于此，再也没离开过。当然，当《印第安人迁移法案》颁布，政府悬赏阿帕切人的人头时，族人也曾反抗过。而时至今日，反抗仍未停止。

20世纪初，罗茜塔在得克萨斯南部合法购买了十五英亩的土地。对于她名下的大部分土地，她都任其自生自灭，除了一片修剪得当的后院和一块用篱笆围起来的长角牧场之外，土地上到处长着浓密的灌木、豆科植物和长着绿色豪猪刺状叶子的针刺植物。每天清早，凤冠雉唧唧啾啾地歌唱；每天傍晚，猫头鹰咕咕鸣叫。在随后的一个世纪里，随着附近郊区的扩展，大地上渐渐立起了大同小异的黄色房屋、粉红色公寓以及名为"天堂"和"阳光谷"的封闭社区，这十五英亩土地变成了一座孤岛。

到了20世纪末，情况变得棘手起来。罗茜塔的土地变得太荒芜、太丑陋：至少市政府在指控时是这么说的。他们说，要么修整好它，要么失去它。因此，罗茜塔和年轻一些的家庭成员冒着日光暴晒，搭起了一堵石墙，把整片地围了起来。要是那帮住在"天堂"和"阳光谷"的家伙觉得这片地太难看，那就不让他们看了。

现在，这面已经残缺的石墙被不断生长的豆科植物挤压得摇摇欲坠。有的石头上，特别是家里人很少去的土地边缘，已经被画满了涂鸦。不过没关系。罗茜塔去世后，祖母接管了房子,她并不在意那些烦人的邻居,毕竟总共也没几个邻居了。"天堂"和"阳光谷"社区经历了可怕的地基沉降、洪水泛滥后,业主集体提起诉讼,后来就关闭了。也就是说,最近的邻居是两个性格内向、远离社交网络的已婚女性,她们一起住在一辆改装的房车里。她们很友好,平时也都独来独往,换句话说,她们是完美的邻居。不过,妮娜担心这种平衡的邻里关系马上会被打破,因为她发现祖母家的街道上有一个"出售"的标志。有人买下了"天堂"社区的旧址。为什么会有人做这种事?难道准备把这些全是涂鸦的房子翻修一遍,再卖出去?还是说要建别的东西,要把这些房子全拆了?只有时间知道答案,妮娜一家人对此无能为力,只能默默等待。

这年头,很多事情都是这样。

妮娜瞥了一眼电视屏幕,天气频道的画面是一幅地图,上面标示的天气非常糟糕。上一次看时,大多数天气预报都预测飓风正转向东方,威力最大的部分不会影响到他们。大概正如她父亲常说的那样,变天比变脸还快,所谓的天气预报都不靠谱。

"要提示吗?"祖母问,她发现妮娜心不在焉,似乎不太愿意输掉正在玩的跳棋。不过,雨点砸落在金属屋顶上,发出刺耳的砰砰声,把她的声音盖过去了。夏天的前半段非常干燥,但就在果树和庄稼快要枯萎死掉时,暴风雨来了。首先,一场2级飓风袭向波多黎各,接着向西边进发。随后,一周的雷雨天气在阿肯色州形成了龙卷风。现在,经历了剧烈降水后,一场4级飓风袭来,这场飓风在大西洋上空盘旋后,直接转向佛罗里达州。

在飓风季节的滚滚云层周围,有一条纤细的、微微发光的银线:每当天气频道预测有大风暴时,妮娜和爸爸都会去祖母家查看情况。他们会给食品储藏室加满罐头食品,准备发电机,检查手电筒里的电池还有没有电。眼下,爸爸正在最近的杂货店买苏打水、罐装汤和面包。他一回来,他们就直接回家。他们离家有两个小时的车程,而太阳落山后,在恶劣天气下驾车的危险系数会直线上升,因为即便是一团薄雾,在卡车明亮的大车灯照射下,也会变成一层厚重的帘子,让人找不到方向。

"奶奶,你今天真的不和我们一起走吗?"妮娜问,"我知道,虽然天气预报说了飓风不会经过得克萨斯州,可是……"妮娜回忆起她大概四五岁时,那时候祖母还在外面闯荡,罗茜塔每个月都会去一次书店。她们会一起读书,一起在狭小的厨房里做燕麦饼干。是什么变了?现在祖母也不爱出门了,更别提出县了。"肯定很好玩的。你得来看看我们对非小说那部分的改动,我把引用的历史名言都画在墙上了。"

"听起来真棒,有照片吗?"

"照片可比不上亲眼所见。"

"妮娜,我也想去。"祖母揉了揉前额,好像有些头痛,"可最近我实在没法儿动了,也许是真的老了吧。有些人想家时会哭,而我会偏头痛和消化不良。我半截儿身子都埋在土里了,对什么事儿都提不起兴趣了,亲爱的。"

"那你去看医生了吗?"

"当然,"祖母说,"要是真有人能治好我,我第一个去见的孙辈就是你。"

"这可是你说的。"妮娜用指尖在对角线上快速移动棋子,她麾下的棋子所剩不多,连皇后都没了,"谢谢。"

"不客气。"

换句话说,这段对话已经结束了。妮娜本来还想再问几句,但最终她选择尊重祖母的意愿。

"说点儿别的,"妮娜说,"对那些故事,我有个问题……"

"什么故事?"听上去对换个话题祖母非常欣慰。

"讲联结时代的那些老故事,就是说那个时候地球上还有动物人的事情。"

祖母笑了起来。"罗茜塔最喜欢了。"

"没错!我……我实在想象不出他们长什么样。他们身上是毛茸茸的吗?还是更像人类,只是有一些动物的特征?"网络上有上百万种不同的理论,但由于相机在联结时代之后才发明,那时候的人们能使用的视觉表现形式只有洞穴艺术、雕塑、寺庙绘画和象形文字,而根据表达内容的不同,这些形式的表现方法也大有差异。妮娜也不相信以"动物人的真实画面!!!"为题的网络视频,毕竟伪造这种视频太简单了。

祖母想了一会儿。"毛茸茸的?"她终于开口,"有些确实有毛发,比如哺乳动物。"

"不对,抱歉,是我没说清楚。毛茸茸的就是拟人化的动物……这样吧,我给你看个东西。说起来太复杂了,看一眼就明白了。电脑在哪儿?"

祖母指着一张金属桌子,上头堆满了信件、笔记本、杂志,还有各种可重复使用的购物袋。妮娜推开一堆生日卡片,露出后面那台21世纪初的显示器。黑色方形的屏幕上还有油腻的指印。"是不是有人觉得这块显示屏是触屏的？"她问道，自己都被这个荒谬的问题逗笑了。这台电脑算是老古董了。

"小乔恩上周来过。"祖母说，"捣鼓了半天电脑。"

"他最后用鼠标了吗？"

"当然。他聪明着呢。"

妮娜跪下，找到了方尖碑形状的电源开关。"不敢相信皮尔阿姨居然允许乔恩碰电脑，她之前说上完幼儿园才会让他知道互联网的存在。"

"这台电脑上不了网。"祖母解释道。

"真的？"妮娜惊讶地起身，差点儿撞到脑袋。互联网可是"毛绒控"的"栖息地"，上不了网还怎么和祖母解释？

"真的。"

"没事儿，还有办法。"妮娜拿起咖啡桌上的智能手机，看了看电量。只剩下 10% 的电了，实在不妙。不过讲句公道话，早上刚到祖母家的时候，她觉得最多也就在这儿待两个小时。而且她也没想到，这间房子就像世界上最杂乱的旧货铺，却找不出一个和她手机适配的充电器来。要知道，祖母可是"收藏"了长达几英里长的电线和电缆，几乎拉开每个抽屉都能看到一卷卷的绝缘电线。下午早些时候，妮娜翻箱倒柜，找到了各种数码相机充电器和已经报废的游戏机充电器，但没有一个能连上她的手机。

不过快速搜张图片应该耗不了多少电。妮娜打开手机浏览器，输入了"毛绒控"一词，然后点开一张图片，里面的人披着亮粉色皮毛，扮的是狐狸。他穿着空乘制服，还用托盘托着一杯苏打水和一盘椒盐卷饼。

"动物人是这个样子吗?"妮娜问。

祖母坚决地摇了摇头。"八成不是。"

"那郊狼人是怎么把世界上最甜美的歌曲装在盒式吊坠里的呢?用爪子好像做不到。"

"我一直觉得他们有两种形态。一种是动物形态的真身,另一种是人形化身。"

"看来他们对对生拇指情有独钟啊。要是我就选有触角的形态。"

祖母轻笑,紧了紧身上裹着的薄毯子,把自己包得像颗茧子似的。在夹杂着啪嗒雨声的寂静中,妮娜向前推了一颗棋子,数着咖啡桌上的污渍。祖母拥有许多杯垫、软木塞或纸板做的免费小玩意儿,都是从各个餐厅里带回来的。但她的孙子孙女们在这儿喝了无数杯果汁和冰甜茶,却从来没用过杯垫,祖母也从来没强迫大家用杯垫。

也许,这些在她的客厅和厨房随处可见的杯印儿反而让她心中欢喜,让她知道自己并不孤单?

"我也思考过他们为什么做出这样的选择。"祖母说,"毕竟可能性太多了,但唯一合理的解释……"她拍了拍心口,"就是当时人类成了地球上最危险的动物,所以他们选择变成人形。就像蝴蝶翅膀的花纹图案很像猫头鹰的眼睛一样,都是为了模仿有威慑力的捕食者。"

"这个选择算不上明智,毕竟人类也经常彼此伤害。"

祖母直直地看着妮娜的眼睛。"我知道。"然后,她只用了一步棋就吃掉了妮娜的两颗棋子,"这颗小兵升级成王后了。"

"真讨厌,你的棋下得太好了。"

"练得多而已。"

祖母把棋子都放回原位，妮娜说："如果你说的是真的，动物人有两种形态，那就意味着一个看上去受惊的小女孩在下一刻就可能变成鱼。"

祖母会心一笑。"就像罗茜塔的幻觉？"

妮娜则趴在桌子上，小声说："这是真的吗？"

"为什么那个鱼形小女孩会出现在井里，而且联结时代已经过去那么久了？"

"我也想问这个问题。你还发现其他不对劲的地方了吗？"妮娜指着窗外飓风肆虐的荒野，那口井就在杂草丛生的小径尽头。要不是罗茜塔每天都去散步，这条小路早就消失了。

出乎意料的是，祖母并没有立即回答妮娜的问题。她拿着一颗棋子嗒嗒嗒地敲着桌面，过了一会儿才说："那个打零工的男人很古怪。"

"谁？"

"我记不起他的名字了。也可能是他从来就没说过。我的印象非常模糊，毕竟过了太长时间。差不多十五年了。"

"没事儿，奶奶。那我们就叫他'零工'好了。他究竟哪里奇怪呢？"

"那时候罗茜塔养了几只下蛋的鸡，鸡窝搭在房子外面。我也尽力照料它们，给水喝，给食吃，时不时还得修理鸡窝。这片地界有土狼和狐狸出没，它们会咬破铁丝网来偷鸡。所以保持警戒是很重要的，脑子也要灵光些。信不信由你，只要你敢低估土狼的智商，它们就会得逞。所以鸡窝得不停修补改善。我跟你说，有一次土狼甚至把外面的儿童保护锁给打开了，我也不知道它们是怎么做到的。还好中间隔了第二道门，要是没有这扇门，那些鸡就只有死路一条了。

"总之，那天我和罗茜塔正在打扫鸡窝，看到一个男人在远处的牧豆树周围徘徊。他穿着一件长羊毛外套，戴着一顶钓鱼帽，背着一个徒步旅行背包。有时，人们会把我们家15英亩的土地误认为是露营地，他们不知道有人住在这里。不过罗茜塔也不介意，只要露营的人守规矩，尊重土地权就可以了。比如干旱的时候不能生火，不要乱扔垃圾之类的。所以我们挥手打了招呼，他也挥手回应。

"然后他走上前来，我一辈子也忘不了他的长相。他从脖子到脸颊都长有些胡楂儿，还是白色的胡楂儿。但他一定有些早衰，因为除了眼睛周围的笑纹，他脸上一点儿皱纹都没有。

"他先是夸了夸罗茜塔养的鸡：'这些鸡可真漂亮，我从来没见过那么健康的母鸡。'然后罗茜塔问他：'你在这儿干吗？都快夏天了，你怎么还穿羊毛外套？'原来他只是路过。'我把所有家当都带在身上，'零工解释道，'虽然的确很热，但我习惯穿件外套。'

"我不愿意招待陌生人。有时候，友好的微笑背后隐藏着深深的恶意。'那你快上路吧，'我说，'最近的镇子还有好几里地呢。'

"但他接着问：'在我走之前，想问问你们有什么活儿要帮忙干吗？只需一点点报酬，我就可以修剪草坪、修剪树木和修补房屋，甚至可以捅蜂窝。'

"这可戳中了罗茜塔的心窝子。想必是她自己受的苦太多，所以看不得别人遭罪。'我给你二十美元，帮我们喂鸡

吧,'她一边说一边把一袋鸡食递给他,'如果你饿了,也可以进来吃顿早餐。有咖啡、豆子和吐司。'

"他感激不尽,没过一会儿,我们就坐在了露台的长凳上,零工和我们一起喝黑咖啡,罗茜塔还问他要不要奶油。就连我也放松了警惕。我们三个像老朋友一样谈天说地。聊着聊着,我们就说起了你父亲的书店。我提到:现在经济不景气,小本生意不好做了。'他有信誉、有决心,也有梦想,'我说,'但他马上要养孩子了,现在挣的这点儿钱肯定不够。我儿子准备把书店卖了。'"

说到这儿,妮娜想起了远隔重洋的母亲,想起了每年至少会听到一次的争执。父亲说要把店卖了,再让母亲回家,母亲却问他经济这么不景气,上哪儿去找好工作。原来过了这么多年,经济一直都这么不景气吗?

"零工说:'小姐,你帮了我,现在轮到我帮你了。我认识很多特别爱读书的人,他们肯定愿意花大钱买下书店。'

"这个提议让我有些担心。我问:'他们喜欢什么类型的书?我们这儿的书都与……家庭生活有关,不知道你明不明白我的意思。'

"他看着我的眼睛,竹筒倒豆子般地说了起来:'教科书、俗气的神秘故事、浪漫故事、奇幻作品、纪实作品和小说。不管旧书、新书,总之是书就行。我希望这能回答你的问题,因为我和我的书呆子朋友们不会回答任何其他问题。就像我说的,谨慎为上。这是生死攸关的问题。所以,你感兴趣吗?'

"我想也没想就答应了他。反正最坏也坏不到哪里去,又不是说非得彻头彻尾了解一个人才能和他做生意。

"过了几个星期,有天一大清早,连公鸡和凤冠雉都还没起来打鸣,就有人来敲门了。三个穿着风衣的人站在门廊上,问了下去书店的路,然后扭头就走。"

"穿风衣?真的?"

"而且还戴了墨镜呢。"

"天都没亮戴什么墨镜?真有个性。"为什么世界上有那么多配饰,动物人却偏偏选择戴墨镜?难不成他们是通过狂看间谍电影来学习人类行为的?再说了,在动物精灵和怪物的世界里,有电影这种东西吗?

"妮娜,我觉得罗茜塔在井里八成没看到那条变成小女孩的鱼,"祖母接着说,"但如果不承认零工和他的书呆子朋友们身上有某种超脱尘俗的东西,未免思想太过封闭。很多人都说地球上已经没有动物人了,这其实是动物精灵为了人类的生存所付出的代价。但凡事必有例外,又不是说在联结时代以后他们就全部灭绝了。所以……胆子大些的动物人,没准儿也会时不时和人类接触。只不过隐藏得很深。我也不愿意去打扰他们。就像零工说的,谨慎是关乎生死的。"

两人没有说话,只有雨点击打屋顶的声音,还有远处的雷声。

接着,妮娜猛地抬起了头。

"奶奶,好像那些穿风衣的人现在还经常来书店。"

第六章
水腹蛇邂逅郊狼姐妹

里斯克和瑞恩是一对双胞胎姐妹，这在郊狼一族中可不常见，毕竟他们一窝至少能生三个。也不知道是不是出于这个原因，她们在族群里格外受宠。我是九胞胎之一，所以很难体会她们的感受。

我是在独立生活的两个月之后遇见这对姐妹的。回想起来，那段日子像是上辈子的事了，或者说本来就是。你知道脱胎换骨、焕然一新的感觉吗？我遇见里斯克和瑞恩之后就有这种感觉。

当时我正躺在那块花岗岩上打着盹儿晒太阳。我计划搭建一间石屋，但毕竟初来乍到，此时还住在无底湖湖畔僻静角落的一顶帐篷里。我在湖泊和森林之间的一片草地上安了家。我可以把我的木筏藏在浅水区的一片芦苇丛中，也从来不为晚餐发愁，因为光是鱼和虫子就能让我吃得饱饱的。此外，遇到危险我可以直接躲进湖里，毕竟它那么深。这里我必须得说明一下，这个湖真的非常深，但肯定还是有底的。"无底湖"这个名字多少有点儿误导人，在我看来，可能这个湖的确没有底，但也不可能深得无穷无尽。整个湖深入地下，呈马蹄铁形状，八成是古代某头十分巨大的怪物给弄出来的。如果你耐得住寒冷，扛得住水压，也不怕深处的水怪，那么你可以先往下潜游，过了几天再往上游，也许你最终会出现在世界另一头的另一个湖泊上。

有人甚至说，是水将我们与地球相连。那个时候，我觉得只有最强壮、最勇敢的游泳运动员才能证明这个观点。

午睡时，我听到身后传来一阵嘎吱声。短短一秒钟内，我就从岩石上跳进了水中。就像我说的，我的第一本能通常是"溜之大吉"，比如上次和布伦小姐相遇的事件说明，我嘴里的毒液可能无法有效阻止袭击我的人（尤其是对体形大又处于愤怒状态的家伙），而且要过很长一段时间才有毒液供我咬第二口。我从有着双臂双腿的人形转换回真身（人形在水里实在是太过笨拙了，也不知道长有四肢的动物到底是怎么游泳的），这时一个高亢的声音传来："嘿，等等！别害怕，毒蛇！我们不是故意吓你的！"

我把头探出水面，伸了伸舌头，感受到了岸上两只小郊狼的气味。她们不是来抓我的，所以我变回了人形，这样能看得更清楚。两只郊狼看起来年龄和我差不多大，样子像是一个模子里刻出来的，只不过身上衣服不同。她们都以人形示人，浓密而笔直的棕灰色头发随风飘舞着。她们的眼睛很大，瞳孔是黄色的，还长着长长的鼻子。右边那个穿着大码的红色毛衣，袖子挽到胳膊肘，不然八成连手都看不见。左边那个穿着一件粉笔拼接画似的粉色衣服，由于缝制手艺太差，只能勉强算是件"能穿的东西"。她看起来像一朵倒挂的玫瑰花，绽放着不同颜色的花瓣。

"你们吓了我一跳，"我咝咝地说，把湿漉漉的刘海从眼睛前拨开，"不要在别人睡觉的时候偷偷摸摸地靠近。"

穿毛衣的郊狼狡猾地笑了，露出一只尖尖的犬牙。"可你听到我们的脚步声了，对吧？"她问道。

"听是听到了……"

"那我们就不是偷偷摸摸。你仔细听。"她原地转了个圈，我没听到一点儿声音，"这才是偷偷摸摸。"

"算你有理。你们想干吗？"

"那是你的船吗？"穿得五颜六色的郊狼指着我的筏子问道。我之前找来几根圆木，绑在一起做了只筏子，虽然很普通，但胜在坚固牢靠，至少能浮在水面上。这只筏子不小，能坐得下五个人，但除了我一直没有别人坐过。我一般划着它去钓鱼。万一我需要紧急搬家，它也能载得动我的帐篷和其他家当。

"是我的。"我说。

"能借我们用用吗？"她问。

我向岸边游了游，站在水及腰深的地方。"你说的'借'，是借了就不还了，还是……"

她们叽叽喳喳地嘲笑我。"你这家伙倒是疑心挺重。"穿毛衣的郊狼说道。接着她举起一个粗麻袋，里头咔嗒咔嗒地响着，想必装满了坚硬的物件。"把船借我们一下午，这些手机都归你。至少十天内都不会坏！有些手机里还有游戏呢，想看看吗？"

说实话，我还挺想看的。受到空气中某种东西的侵蚀，地球上的东西在我们这个世界里老化得很快。小时候我就认识到了这一点，当时我在泥巴地里捡到了一只玩具小马，后来却大失所望。这只小马是用一种表面光滑、色彩鲜艳的人造材料"塑料"做成的。我真是走了狗屎运。有时候这些物件会从天上掉下来，更多时候是由在两个世界之间穿梭的拾荒者带来的。我把玩具带回家，塞进睡袋旁边的篮子里。我本以为那里很安全，但短短几天后，玩具小马就变成了一堆白色和粉红色的颗粒了。它们看起来像沙子，但比沙子更软些。又过了几天，就连这些小颗粒也全都消失不见了。

尽管如此，眼下并不是紧急情况，所以我不想让木筏离开身边半步。这并不是因为那对姐妹是郊狼，我不是那种心胸狭隘的人，不会相信"所有的郊狼都是骗子"这样的成见。但她们都是陌生人，而且我最珍贵的毯子已经丢了，现在木筏就是我最贵重的财产。虽然我大可以重新造一艘，但又得辛辛苦苦忙活三个月，毕竟事事都得亲力亲为。我费了九牛二虎之力才用小斧头砍倒了五棵树，把它们拖到水边，绑在一起，然后涂上防水的树脂。干完这活儿后，我手上全是木刺，而且腰酸背痛。我亲爱的朋友艾米是我的精神支柱，不过他那双小手最多也就能搬搬绳子的碎屑。

"抱歉，"我说，"除非是生死攸关的大事，不然我不愿意借出木筏。"

她们只是瞪着我，我捉摸不透她们的心思。

"一英里外住着个田鼠女叫费恩特，她有几条皮划艇，"我补充道，希望这个信息能让她们快点儿离开，我好接着回去睡大觉，"你们可以去问问看。"

双胞胎对视一眼，用"眼神"这种少数我不懂的语言交流了一下。然后，穿得五颜六色的郊狼慢慢趴在地上，跪了下来，微笑着挥了挥爪子，示意我注意聆听。她手背上有一块块心形的皮毛，指节下有圆形的凸起。"我叫瑞恩，那是我姐姐里斯克。跟你说实话，我们需要划船去湖心，就是水最深的地方。但救生筏被别人拿去用了，我们问了一天，找别人借船，但没人相信我们。"

里斯克仍然站着，但她稍稍向前倾了倾身子，看着我说："猜猜为什么。"

"猜什么？为什么没人信你们？"

她哼了一声。"不是，那也太侮辱人了。猜猜我们为什么需要用船。"

"是不是要把见不得人的东西扔掉？"我大胆地说。许多天真的陆上居民会划船到湖心，把他们的垃圾袋扔到水里。他们不知道的是，水下有很多拾荒者都靠敲诈谋生。

"不对。"她说，"再说了，我也没什么见不得人的东西。"

"她还真没有。"瑞恩说，"真是件怪事儿！"

我打了个哈欠，对姐妹俩露出了乳白色的口腔。"抱歉，不是故意的。天气太暖和了，叫人直打瞌睡。不过天冷的时候我也打瞌睡。这么看来，不管是冷是热，只要是极端温度，我就想睡觉。"

"没关系。"里斯克说道,"我就长话短说吧。你知道那些生活在深水下,比鲇鱼住得更深的远古水怪吗?它们住的地方连光都照不到。"

我点了点头。住在无底湖边的人都知道那些深水怪物,它们的身体比山脉还要长,大嘴一张就能吞下一头鲸鱼。反正就是,我们知道要离这些家伙远点儿。

"我们的阿姨……"里斯克左顾右盼,生怕有人偷听,然后跪在她妹妹身边。她的声音越来越小,几乎是悄悄话了,我不得不把头伸过去才能听到。"我们的阿姨,"她继续说道,"知道怎么和它们沟通,她还教会了我们沟通的方法。"

"你们为什么要去打扰一头怪物呢?"我问,"可别糊弄我。"

里斯克微微一笑,暗示这是个秘密。我看她笑得好像有点儿扬扬得意的意思。

"因为有好处啊。"瑞恩解释道,"比如可以获得知识,或是天赋。你想想,你比地球的创造者还要古老,所有的时间都在黑暗中不断地思考,世世代代守护着秘密。独自一人,而周围是沉没的宝藏。你有那么多答案,却没有什么机会分享。然后有一天,你收到了来自水面的问候:'你好!'要知道,已经很久很久没人和你说过话了,没准你会想聊聊呢?聊着聊着没准就成了朋友呢?"

我耸了耸肩。"的确有这个可能。"

"再说了,它们从来没离开过大湖。"里斯克补充道,一只袖子从她的前臂滑落下来,她烦躁地把它推回到胳膊肘上,"就算怪物真的觉得被打扰到了,最坏的情况也就是我们热脸贴了冷屁股而已。"

"那样倒是有些伤人了。"瑞恩承认道。

"至少你能保住小命,那就没什么大不了的了。"她姐姐尖声笑了笑,像是狼嚎似的,"所以,你这个没穿衣服的家伙,能把船借我们用用吗?"

没穿衣服?哎呀,还真是。我一开始本来穿着短裤和靴子,但变形后没了双腿,所有的衣物都直接掉进了湖里。好在衣服还找得着。我在午睡前也摘了眼镜。"我叫奥利,"我说,"我会护送你们到湖心。那样比较安全……"

"呀,"瑞恩尖声说,"你人真好。"

"这样我的船会比较安全。"再说了,虽然天气这么暖和,但能学到丰富的知识比整天睡大觉要有意思。

我住的这片湖边比较安全。除了很少见的小偷以外,其他潜在的威胁很少以动物人为目标。只要我们直奔深水区,不绕道路过湖边岛屿或穿过鲇鱼的领地,那就万事大吉。

从浅水区打捞起衣物后,我穿上短裤,把皮靴放在阳光充足的岩石上晾干。

"我们一会儿就出发,"我说,"我先去和邻居说一声,让它帮忙看着我的帐篷。"

"邻居?"里斯克好奇地说道,"我们没发现有别人啊。"从她的表情来看,说她们没发现附近还有别人,似乎是天大的冒犯。

"哟?你们俩在窥探我的住处?盯梢呢这是?"我问。

里斯克干巴巴地笑了笑,瑞恩则摇了摇头。

"我开玩笑呢。"我解释道,"跟我走吧。"

我们走到森林边缘的一棵老松树旁,松树下围着一圈松针,这些松针又厚又亮,像一块编织的地毯。松树底部缠结的树根形成了一个天然的小房间,是田鼠或蟾蜍的完美家园。我蹲下来轻轻敲了敲树根小屋的屋顶。

"嘿,艾米,在家吗?"

艾米探出他严肃的小脸看了看。

"你今早可以帮我看下我的帐篷吗?"我问。

他鼓了鼓自己蓝色的喉咙。

"谢谢。"我说,"我这会儿要去湖心一趟,要帮你带点儿什么吗?"

艾米想了好一会儿,才摇了摇头。

"对了,去跟湖底的怪物打交道不会有事儿吧?"

这位蟾蜍朋友耸了耸小肩膀。我从来没见过艾米的人形,有时候我甚至怀疑他根本不会变身。

"唉,我也不知道。待会儿见——如果还能见面的话。"

艾米抬起一只前腿,我用食指指尖和他"击了个掌"。

"他还挺可爱的。"我们回湖边的路上,瑞恩说道。

"是啊。"我笑着说,"真幸运有这么个邻居。"

"说起来我们也算是你的邻居,"她接着说,"我们狼群就住在那边的山谷里。从森林里穿过来就一个小时的路。改天来玩玩呀,好玩的东西特别多!春天里每个星期都有生日宴会,社区派对也很多,特别是商人到访的时候。对了,你瞄准的本事怎么样?"

"用什么瞄准?"

"枪、弓、弹弓之类的……"

"都不太行。"我碰了碰眼镜,"戴了眼镜也不行。"

"好吧，没事儿，还有其他类型的比赛，你会唱歌吗？"

"我基本上五音不全，唱歌还不如瞄准呢。但你刚刚说的'宴会'可就说到我心坎儿里了。我上次好好吃饭已经是两个月以前的事儿了。我还不是很会做饭。"

我把木筏从芦苇丛里拉了出来。木筏配了两把长桨，我一般会留一把备用，但毕竟以前都是我一个人自己划。"来，"我一边把桨递给里斯克一边说，"你俩可以轮流划，你们划右边，左边我来。"

她点点头，接过了船桨，然后优雅地跳上了木筏。木筏稍稍摇晃了一下，她把重心移到木筏中间，船才平稳了下来。接着，瑞恩把麻袋扛了起来，被姐姐拉上了木筏。她们站稳后，我拿起装满了生存必需品和熏鱼的背包上了船。我用桨顶着水底的泥巴，把船推进更深的水域。里斯克和我在两边划着船，瑞恩则坐在我们中间，双腿盖在瀑布似的布条下。

在我们平稳驶进湖泊深处之前，两姐妹一言不发，估计是怕坏了运气。"你怎么突然改主意想帮我们了？"

她似乎很期待我的回答。当时我没太在意她为什么问这个问题，现在回头想来，大概因为瑞恩想听我说"我突然发现自己还挺喜欢你们的"。就好像我借给她们船，不是因为我怕船丢了，而是纯粹为了帮她们。真希望当时我就是这么想的。

"一时脑热吧。"我撒谎道。老实说，是因为我以前还没见过能和湖底怪物交流的人，这项技能听起来就很有用。

"趁现在还没划太远，"我说，"可以告诉我，你们打算怎么和住在那么深的湖底的生物交流吗？"

"可以啊。"瑞恩说，"就像这样。"她松开捆紧麻袋的绳子,把里头的东西一股脑儿倒出来摊在膝盖上。其中有一本短篇小说、几部闪亮的超薄手机、一个玻璃瓶和一卷紧紧缠绕的线轴,这些线又细又白,像编织的蜘蛛丝似的。

"小心点儿,"里斯克嘟囔着警告道,"别还没到地方,东西全掉湖里了。"

瑞恩只是伸了伸舌头,做了个我觉得通常用来表达很厌恶的表情,只不过她做这个表情时,我反而觉得她只是有点儿调皮。然后她对姐姐翻了个白眼,转身问我:"瞧见没,奥利?"

我点了点头,一边用肌肉记忆划着船,一边专心地听她说话。瑞恩拿起瓶子,把瓶口放在唇边,对着里面小声说起了话。接着,她用手掌捂住瓶口,像是瓶子里装了只萤火虫似的,然后站了起来。我扶住了木筏,但木筏没有摇晃。她蹑手蹑脚走到我身边,把瓶子伸到我耳边,放开捂住瓶口的手,把瓶子里装的东西放了出来。

"这就是最难的地方了。"瓶子里传来低声细语,像是遥远的回声一样显得无边的空洞,"要把声音装进瓶子里可不容易。"

"我们练了好几个月呢。"里斯克在木筏另一头拉长声音说道。

也就是说,就算下苦功夫去练,我也得花上好几年才能学会这项技能。这是一项可以塑造世界的技能,仅仅通过意志力就能暂时改变自然法则。在地球上,有些人把它称为"魔法"。人们要么害怕它,要么为它着迷,要么根本就不相信。我想,人们的这些态度都有其道理,毕竟完全起源于地球的东西都无法用来塑造映像世界。据说,影响地球的自然规律要困难得多,但我从未尝试过。

况且母亲也不支持这种做法。有一次我们去钓鱼,一条已经咬了钩的鲑鱼最后挣脱了,我问母亲:"为什么不把河水往后拉,把鱼甩到地上呢?"

听到这话,她双手叉腰,面色铁青,像是听到了什么大逆不道的话。"河水怎么拉?水是液体啊。"

"用塑造世界的技能呗?索娜说我们是半水栖蛇,也就是说我们有控制水的能力。"

母亲哈哈大笑。"那个臭丫头,她最近是不是又去和猫头鹰聊天来着?"

"我……也不知道?但她说得又没错。你看!"我集中精神,把意志力编织成一只针箍大小的篮子,用它隔空举起了一滴水,在妈妈面前晃来晃去。

"快停下,奥利。"母亲把水滴弹开,拿出一把弹弓,上面有一条黑色的橡皮筋和一个皮革弹药袋。"看到这把弹弓了吗?"她问,把弹弓举到我面前。上面的橡皮筋松散地晃动着,就像没有人坐的秋千。我点点头,母亲继续说:"我给你打个比方,假设这个弹弓是我们的世界,松软的橡皮筋就是不受干扰的自然法则。明白吗?"

"明白。"

她弯下腰,从地上捡起一块鹅卵石,放在弹弓里。然后,母亲瞄准水面,把皮筋往后拉了几毫米,基本上没有任何拉伸。"这就是我对世界进行了一点点塑造,"她说,"等我放开皮筋,自然法则就会回到原来的状态。"她松开弹弓,但弹力不足,鹅卵石没有射出去,而是掉进了她脚下的泥里。

"但是,"母亲接着说,"你刚刚要我做的事情,就不是小事了。河流拥有非常强大的力量，孩子。"她捡起鹅卵石，重新放在皮筋上，然后用力向后拉，直到皮筋绷得非常紧，"这就是我为了把晚餐扔到地上，而改变河流流向。然后，就是世界恢复到不受干扰状态的结果。"

皮筋瞬间反弹，鹅卵石疾速射出，啪的一声入了水。

"关键在于，"母亲总结道，"不管是塑造世界，还是发射弹弓，找准目标是最重要的。你可不想成为被瞄准的对象。"

这时，一条死鱼翻着白肚皮浮出水面。它随着水流浮动，在身后留下一道鲜红的血迹。我伸出舌头，尝到了空气中的铁锈味。母亲惊讶地张大了嘴，转瞬间又闭了起来。"你在这儿等会儿，奥利。我去把晚餐捞上来！"

说完这话，她就变成蛇形扎进了河里。

总之，把一句话装进瓶子里这种事情，似乎只是塑造世界的一件小事。所以，就算是有什么后果，其伤害也不如一颗鹅卵石扑通一声掉进泥巴里来得大。

"用其他容器可以吗？"我问郊狼姐妹俩，"用陶罐或者石头做的花瓶能行得通吗？"

"只要是坚硬的东西就行。"瑞恩说，"我们选择用地球人做的瓶子，因为它过几天就没了。"

"我们阿姨说了，"里斯克补充道，"我们去做客的时候，不能留下一堆垃圾。咦，那儿是不是有艘船？"她抄起船桨，用尖端指向水平面上一个方形的东西。我认出了它的轮廓，不自主地发出咝咝声，向后退去。要不是我专心听姐妹俩聊这个小把戏，我肯定早就注意到了，甚至会在对方发现我们之前。可现在为时已晚，那艘船正向我们驶来。我转过身，观察离我们最近的陆地在哪儿。

"往后划,"我说,"快!"

"为什么?"里斯克问,"是谁?"

"是鲇鱼狂徒,"我说,"我很确定,瞧那艘船的样子就知道。"

"等等,鱼还要用船?"瑞恩哼着鼻子说。

"是啊。"我说,"最好祈祷他们别下船,要不然等他们进入水中就麻烦了。"

还记得我之前说过,我那片水域相对比较安全吗?这帮鲇鱼狂徒就是例外,这也是我为迁徙营地做计划的主要原因。他们总是成群结队,以船为家,在各个湖岸边神出鬼没。

简单地说,这帮家伙就是不稳定因素。

要是只有我自己,只要变成动物形态,游到水里躲起来就好了。但我不知道姐妹俩的游泳技巧怎么样,所以不能扔下她们不管。反正暂时还不能溜之大吉。

"他们是小偷吗?"瑞恩一边问,一边把瓶子和线轴装进包里,"我们把手机扔到水里吸引他们的注意力吧。"

"比小偷坏多了。"我的双手因划船酸痛不已,好在里斯克能跟上我的节奏。她的袖子滑下来盖住了双手,甚至包括船桨杆,但她没时间停下来卷袖子了。

"那是什么?"瑞恩好奇地问道,"不会是杀人犯吧?"

"他们跟你有仇吗,奥利?"里斯克问,"会不会是专门冲你来的?"

"不是!我从来不和别人起冲突的。除了一次,但也是意外。有条鳄鱼踩了我的尾巴,然后……唉,算了。反正相信我就是了。我来这儿还没三个月,但我已经知道这帮鲇鱼狂徒惹不起。无论如何,千万别承认你们会吃鱼,记住没?"

"我想起来了,"瑞恩说,"我好像听说过他们。他们是不是号称'有鳍生物和有须生物的守护者'来着?"

"没错。"

地球上的每种生物都有对应的动物人,对此有几条举世皆知的真理。首先,如果我们的物种过得好,我们也会活得不错;其次,如果我们的物种受苦受难,我们就得跟着遭罪。过去,野牛人是这片土地上最常见的民族之一。他们甚至建造了一座城市。我的曾祖母和她的十二个兄弟姐妹生活在一个屋檐下的时候,她就曾去过野牛人的家园。那里是一片精心打理过的大草原,竖立着一座座土楼,楼与楼之间是布满蹄印的小路。在那里,农民们耕种着玉米田,每到收获季节,宝石般明亮的玉米粒都会给土地带来勃勃生机。土楼俯瞰着蜿蜒的小径,清澈的游泳池在假太阳的照耀下波光粼粼。它是中部大陆最繁荣的城市,是农业、贸易和艺术中心。但突然有一天,野牛人莫名其妙全生了大病,甚至连活了几百年的始祖野牛人也没能逃过一劫。他们变得虚弱疲惫,无法再耕地,也没有精力变形。迷宫般的花园小径上再没有他们漫步的身影,一片片庄稼地也没人再去照料。再也没有新生的野牛人宝宝,死亡像洪水一样席卷了整个城市。

我的曾祖母谈起这座城市的没落时,颤抖的声音里满是惊恐。"再厉害的医生也阻止不了瘟疫,他们也努力了很多年。但充其量只能稍稍缓解无可避免的死亡之痛而已。"

"为什么呢?"我当时问,"他们为什么一点儿办法都没有?"

"医生们说，恐怕是最坏的情况发生了。"

"什么情况？"

"他们患上了在这个世界里没有解救之法的疾病。他们派了探子去地球打探情况，经历了千难万险，穿过假太阳到达地球之后，他们带来了坏消息，证实了医生的担忧：野牛这个物种在地球上快要灭绝了。"

"灭绝得这么快吗？"我问。我知道，随着时间的推移，世界上会出现新的物种，当然也有物种会消失在历史的长河中，毕竟没有任何事情是永恒不变的。但这个过程通常无比缓慢，需要跨越无数代人的时间，像沧海桑田一般漫长，而不是几周或是几年。

"野牛是被猎杀至灭绝的。"她说，"人类里有些叫'殖民者'的家伙杀了数以百万计的野牛。"

"他们这么能吃啊！"

"哈。他们猎杀野牛不是为了吃。殖民者想要消灭那片土地上的另一个族群：土著人。他们知道土著人很依赖野牛，所以野牛必须得消失。好在野牛没有完全灭绝，随着时间推移，地球上的野牛数量又慢慢多了起来。可毕竟原来有几千万头野牛，现在只剩下了几千头。所以野牛城至今还是一片废墟。千万别忘了，也许这种劫难有一天也会发生在我们身上，奥利。一定要珍惜自己的生命。"

不过，关于动物人的由来和我们存在的意义（如果有意义的话），还是有很多未知之处。鲇鱼狂徒自称"有鳍生物和有须生物的守护者"，和他们类似的人很多，他们都相信自己是对应物种的守护者，或者说是自己这个物种的神灵。但他们不仅没有保护远在地球的"子民"，反而忙着骚扰映像世界的其他动物人。

远处的陆地只是一条模糊的绿色线条，勾勒出地平线，将湖水与天空隔开。我们还是离得太远了！我回头看了看那艘船的速度。它已经离我们很近了，我甚至能看到把控着船舵的鲇鱼驾驶员。他看上去大概正值"中年"，年龄从 30 岁到 300 岁不等。这个鲇鱼人身高 6 英尺，身材像职业摔跤手。他的大嘴弯成一个笑弧，露出洁白的牙龈和锋利的尖牙。他留着浓密的胡须，手臂上长着带刺的鳍。

"嘿哟！"驾驶员喊道，"天气不错啊，是吧？"

"再加速！"我催促道，加快了划船的频率，"别和他碰上！"

"哎哟，"里斯克抱怨道，"我手上起了两个大水泡。"

"我跟你换位置，"瑞恩自告奋勇，"三，二，换！"

我本想喊她们待在原地不动，因为我们没时间让她们换位置了。但姐妹俩的动作如同行云流水一般，里斯克把桨抛到半空，一个前翻滚到木筏中心，同时瑞恩大跨一步，在桨落到水里前接住了它。这套动作姐妹俩转瞬间就完成了。

"你还真没夸张，"瑞恩气喘吁吁地说，"还真累人。那艘船怎么跑那么快？"

"是蒸汽动力船。"

"他们居然有蒸汽动力船？我们怎么可能划得过那玩意儿？"

"我知道。但等到他们追上来的时候，我们离陆地越近越好。"

"嗯。"里斯克爬到木筏后面，举起一只手。我用余光瞥到了这一幕,还以为她在招手。我转过身来看了看才松了一口气——她只是用手挡住阳光,方便看清那艘越来越近的船。

"我们不会让他们伤害你的。"

"你们的确身手敏捷,"我说,"但光会耍杂技可打不赢他们。他们的体格太壮了。"

"干吗要打架?"里斯克疑惑地问。

"我们应该先和他们讲道理,"瑞恩说道,"就像阿姨教导我们的,遇事要缓和危机。"

"而且,他好像就一个人,"里斯克说,"要是真打起来,我们三打一赢面还是很大的。"

"要是在陆地上还好说,可这里……"我指着水面说,"是鱼类的地盘……"

"嘿,"瑞恩打断我道,"我们好像不用划了。"

鲇鱼驾驶员已经离我们很近了,我可以清楚地看到他灰色的眼睛,他上蹦下跳,挥舞着双手,显然很高兴能引起我们的注意。"你们好!"他喊道,"真是个钓鱼的好日子,是吧?"

"他故意诓我们呢,"我低声说,"别理他。"虽然我们已经无路可逃,但我因为害怕反而把桨握得更紧了。那些真实恐怖故事的片段,还有深夜里我偷听到的对话,开始浮现在我脑海里。人们总是这样警告:"千万不要和那些鲇鱼说话,不管说什么他们都会惩罚你。他们会用乱七八糟的问题来迷惑你,答错了,就会说你违反了你根本没听过的法律。他们会把你吸进洞穴般的嘴巴,用尖细的牙齿磨掉你的皮肤,然后留你一个人在水里流血。"

"我们不是来钓鱼的。"里斯克说。

"那你们三个来干什么?"他双手交叉放在游艇栏杆上,弯下腰来,笑容越发灿烂。

"来见个朋友。"

"我认识吗?"

姐妹俩互视一眼,然后瑞恩说:"八成不认识。很高兴认识你,但我们很赶时间。划船吧,奥利。"

"等一分钟,就一分钟。你们的尾巴又没着火,急什么。"他拍着大腿哈哈大笑起来,像是觉得尾巴着火的郊狼有趣无比,"我挥手让你们过来是有原因的。"

我咬紧牙关,免得自己做出任何出格的事。作为水腹蛇,遇到危险时的本能就是张嘴发出咝咝声。如果是蛇形态,有一对充满毒液的毒牙,看起来还是有些吓人的,但在人形下看起来就有点儿傻了。

"行吧,就一分钟。"里斯克同意道,"你说吧。"她歪了歪脑袋,示意这位驾驶员可以说话了。

"郊狼不该来这种开阔水域。"他说,"你们这位毒蛇朋友可是在把你们往歪路上引啊。劝你们赶快回到陆地上,用适合你们种族的方式生活。地球上的郊狼会游到海里吗?我怀疑它们根本不会游泳。从生物本能的角度来说,我也是跟你们说老实话,郊狼是不该来深水处的。因为你们这个种族肯定会被淹死。"鲇鱼人后退一步,脸上依然挂满微笑。我看他笑得似乎无比真诚,好像真的很高兴见到我们。"感谢你们给我一分钟时间,也希望你们能好好考虑我的警告。"

直到那艘船离开,我才放松了咬肌。大船的尾波晃荡着我的木筏。"他是在威胁我们吗?"里斯克问,"还是单纯好心想帮忙?虽然他有点儿吓人。"

我耸了耸肩。"可能都有?抱歉,今天不能带你们去了。如果你们想改天再来,那……"

"也行。"里斯克说,"没关系。"

虽然我没有倒吸冷气,但想必她们已经看出了我的惊讶,因为姐妹俩看着我咯咯直笑,瑞恩说:"干吗?你觉得我们会逼你带我们过去?那我们也太坏了吧!"

"没有,但我的确以为你们会跟我吵一架来着。而且说实话,我也不会怪你们。他刚刚说的那番话,什么郊狼和陆地生物就该乖乖待在陆地上?抱歉我要说脏话了,但简直就是扯淡。很抱歉我没有当着他的面这么说。"

瑞恩拍了拍我的脑袋,这在我看来是很有"犬科动物"特色的一种表达方式。"没事儿,奥利。我们理解的。没准儿他会把你的木筏扯碎的,或者只是为了证明他的观点就把我俩给淹死。"

"惹不起的人就别惹。"里斯克补充道,"得掂量掂量对方的斤两再做打算。阿姨总这么教导我们。"

我面露微笑。"又是一句金玉良言,你们这位阿姨肯定很有智慧。"

"我们有几百个阿姨呢。要说哪一位阿姨很有智慧,那倒未必。不过加在一起?那还是称得上的。"

"她们都住在山谷里吗?"我好奇地问道。

"大多数都是,我们的族群特别大。山谷里头还住着其他人,还有狼呢!这会儿还早呢,等上岸后要不要去看看?"

热闹非凡的宴会场面一下子浮现在我的脑海里:人们进行

着友好的比赛,说着内部才懂的小笑话,吵着架。我心中一股期待之情油然而生。"可以啊,"我说,但马上又叹了口气,"可惜没能看到你们用瓶子和深水怪物交流。"

"等等!是不是在这儿也可以?"瑞恩高高举起了瓶子,假太阳的阳光穿过透明的瓶身,"没准儿怪物也能收到我们的消息。要是没收到,至少也能让你瞧瞧门道儿。你想问它们什么问题?我把它装进瓶子里。"

"嗯!"可自独立以来,我肚子里积攒了两个多月的疑问却似乎在瑞恩全神贯注的热情下消失不见了。她面带微笑地等待着,用明亮的黄眼睛盯着我。远处那艘船似乎也不再移动,就好像是为了听我接下来要说话,整个世界决定要暂停一会儿一样。

要是真的有机会与远古的智者对话,聪明人会问什么问题呢?

我不知道,毕竟我并不聪明,我只是普普通通的奥利而已。

我脱口而出:"我哥哥姐姐们都还好吗?"

"喊,"里斯克嘲笑道,"生活在湖里的怪物怎么会知道!"

"他们知道的比我们可多多了。"瑞恩反驳道。然后,她把瓶子放在嘴边,把我的问题悄悄地放在它的玻璃肚子里。接着,她往瓶子里倒了一些半透明的粉红色水晶,并解释道:"这些水晶可有着双重作用,既能给瓶子增重,也是漂亮的礼物。"最后,她用软木塞塞住了瓶口。

"一般来说,"瑞恩说道,"我们会在瓶子上绑根绳子,慢慢放下去。要是怪物们也想说话,我们就可以拉上来听了。不过现在我们可以即兴发挥一下。"

她瞄准湖水深处,把瓶子扔了出去。瓶子在空中划出一道弧线,轻轻地扑通一声落在湖面,随即沉没。

"糟糕。"里斯克说。

"怎么了?"我问。我转过头,不再看湖面那波动的涟漪——把我的问题放到了一个瓶子里的仅存的证明。郊狼姐妹看着远处那艘大船。

它好像又没那么远了。

"他不会又要来占用我们一分钟时间吧?"瑞恩抱怨道。

"我可不想知道。"里斯克生气地说,紧接着姐妹俩就抄起了船桨,快速朝岸边划去。

大船想必是用上了最快的速度来追赶我们,因为我们之间的距离正在急速缩短,大船后头竖起的烟囱里冒出滚滚浓烟。大船两边的桨发出有节奏的咕噜咕噜声,搅动着湖水,声音大到惊起了附近的一群大鹅。我真希望自己也能长出一对翅膀,随它们一同飞走。

接着,大船停止了移动。我天真地心怀希望,以为他不准备再追我们了。也许他闹这么一出,只是想告诉我们:"别磨磨蹭蹭的,赶紧回到陆地上。"

就在这时,我看到他放开船舵,爬上了外栏杆。紧接着他毫不犹豫,粗野地跳进了水里,激起一阵波涛。

"完了,完了!"我站了起来,"他追过来了,可别被他吞进肚子里!"

里斯克和瑞恩同时放下了桨,从靴子里抽出了猎刀。如果她们瞄得准,运气也不错的话,没准儿真能奏效。但老鲇鱼的皮都很厚,要是活了几百年的始祖鲇鱼,箭射到他们背上都会被弹开。

我盯着水里的动静。在清澈的水面下,鲇鱼驾驶员已经变成了一道深色的影子,直冲木筏而来。从鼻子到尾巴尖,他身长超过十六英尺,在他们一族里已经算大个头了。他的后鳍伸出水面,划出 V 字形的涟漪。

"准备好!"我说着,抓起一只桨。虽然比不上长矛,不过我可以用桨柄戳他的眼睛。姐妹俩并排站着,里斯克把麻袋扛在肩上,保护里面的东西。

"你想干吗?"她大喊,"有话好好说!"

鲇鱼停止了移动。接着,他在水下划出了一道优美的弧线,开始下潜。

"快站到筏子中间,"我说,"不知道他会从哪儿冲出来!"

我们肩并肩、背对背,呈三角形站在一起。"离我们远点儿!"瑞恩哭喊道,"要是你敢伤害我们,我们的阿姨会把你皮剥了!"

"不过千万别告诉妈妈,"里斯克嘟囔道,"她会先把我俩的皮剥了。"

我闭上眼睛,试图无视她们尖声说话产生的振动,专心听着附近更缓慢的节奏,以及周围压力的微妙变化。我感受到了逐渐加强的振动,想必他正在接近。

他就在我们脚下。

我勉强抓住姐妹俩的袖子,在鲇鱼冲出水面、掀翻木筏之前的半刻把她们拽进了湖里。

鲇鱼和水腹蛇有些相似:他们也不会停止生长。当然,生长的速度也会随年龄的增长逐渐变慢，但作为动物人，如果运气好的话，我们最不缺的就是时间。从这条鲇鱼的力气和长度上判断，他比地球上那些家伙可重多了。在浓密的泡沫中，我瞥到一个白色的深洞，像是湖里又出现了一个大池塘似的。惊恐之下，我才发现那就是鲇鱼的嘴巴。他一口就能吞下一头郊狼。

我第一次咬人是个意外，是我对尾巴发疼的本能反应，所以我把毒液都浪费在了布伦小姐脚部那块厚实的肉上。这次就不一样了，我下口是经过谨慎抉择的。我瞄准了鲇鱼灰色的眼睛，要是成功了，他立马就得哭着喊着去找医生。

问题是，如果我瞄得不准，可能会把自己直接送进他嘴里。

我变换形态，短裤像气球一样膨胀起来，像隧道似的把我围在其中。我甩了甩尾巴，在水下迅速前进，左右波动着向前冲去。与鲇鱼的大脑袋相比，他的眼睛是一个很小的目标。但好在一旦下水，我的身手就变得敏捷无比。

有时候我希望水腹蛇也能进化出鳃，或者成为像带状海蛇那样的水生蛇。会不会我们正处于从陆地动物逐渐转变为水生动物的过渡状态？或许到了以后，我们的脑袋会住一个家，尾巴住另一个家？

我靠近鲇鱼时，时间的流逝速度似乎变慢了。我集中精神观察着他身体上的每一个微小动作，毕竟我很可能只有一次机会。如果差之毫厘，我对他不会造成任何伤害，但他会一口把我吞了。在最后关头，他的眼睛转向了我，与此同时我也张大了嘴巴。我的牙齿一碰到固体的表面，我就紧紧地闭上了上下颌，咬在嘴里的感觉像是熟透了的葡萄一般黏稠。我忍住没有注射毒液，虽然他可能皮糙肉厚，但我的血液毒素进入头部后尤其危险。就算他是个恶棍，我也不想让他丢了性命。

"哎哟——"声音在水中传播的速度比在空气中快，因此，如果住在最深处的怪物听到了鲇鱼愤怒的叫声，我也不会惊讶。他猛烈挣扎着向下俯冲，试图把我甩开，但我的牙齿深深地嵌入他的眼球，他无法挣脱。最后，鲇鱼只能绝望地游向他的船。一到船附近，他就变换成人形。我赶忙松嘴，扭动身子游走了。他试图用肌肉发达的手指抓住我，但动作太慢了。

"你这个卑鄙、狡猾的混蛋！"他在我后面尖叫，"我右眼什么也看不见了！"

"那不然呢？"我喊道，"快去找医生！毒素很快会蔓延开，留在你脑袋里可不好。"说完，我就快速游回了木筏。在我与那条鱼搏斗时，里斯克和瑞恩爬上了船，此时正跪在靠近边缘的地方，急切地向我招手。当我游近时，她们把我从水里捞了起来，放到木筏中间。我警惕地眯眼看着那艘大船，它的船桨啪啪啪地打出大片水花。

"他这是要来还是要走？"我问道，希望他信了我说的那番话。

"要走！"瑞恩欢呼道。

"我们也快走吧。"她姐姐说道，"另一只桨呢？"

"在我这儿。"瑞恩说。

我仍没有变回人形，除非到了坚实的陆地上，否则我不打算变形了。我蜷缩起来，享受着这趟回程。我好久没有当过船上的乘客了。

"这一袋子电子玩意儿可算救下来了，"里斯克说道，打断了我对河流、兄弟姐妹和日光浴的回忆,"不过可能已经坏了。奥利,你还想要吗?我也可以去买一批新手机。你应得的。"

"那书呢?"我问,"书湿了吗?"

她耸了耸肩。"已经湿透了,不过可以放着晒干。"

"如果可以的话,"我说,"可以送我那本书吗?"

"那你得快点儿读,再过两天它就没了。"

"好的。"我说,"我读书很快的。妈妈总夸我有语言天赋。她还说我应该好好珍惜自己的天赋,没准儿什么时候就能派上用场。不过我练习的机会不多。这本书是哪儿来的?"

"狼群那边的。"瑞恩说,"他们就住在山谷外边。这片地区的大多数地球物件儿都是狼群的走私贩带回来的。"

"我们的叔叔和头狼是朋友,"里斯克接着说,"他们是给当地一些抄写员带的书,我们可以去说一声,让他们给你带几本。"

"谢谢!那太好了。我每隔一周都可以把船借给你们……"

瑞恩一只手划着船,用另一只手拍了拍我的脑袋。"没事儿,"她说,"朋友之间就是要互帮互助嘛。"

"比如给鲇鱼的眼睛来一口,"里斯克接着说,"希望你没有因此树敌。"

"我也希望。不过八成没事儿,估计他都认不出我。"

据推测,鲇鱼狂徒的行动主要有两个动机:成为有鳍生物和有须生物的守护者,还有就是维护自然秩序。而因一次私人冲突心怀怨恨,对这两个目标都没有意义,至少我是这么安慰自己的。不过,我们遇上的这个狂徒似乎脾气不太好,很可能因为我的自卫行为而寻求报复。那天晚上,我把帐篷拉到高高的草丛中，把篝火熄灭，没留下一点儿余烬。睡觉的时候，我把帐篷的门襟解开了一部分，这样一发现不对劲我就可以逃走。然后我侧身躺着，面朝湖面。在我的位置只能看到天空和一簇簇草的黄色草尖。这就是我想要的效果。我希望我的听觉够好，能让我提前发现有船接近。即使鲇鱼来到陆地上，踮着脚尖穿过草地，我也会听到水从他身上滴落，像雨滴一样拍打地面的声音。

但让我惊醒的却是一股泥巴味，不是湖心的淤泥味，也不是营地周围常有的无害而寡淡的泥巴味，这味道闻起来像油一样，好像在水里炖了很久似的。我困惑不已。

在泥巴味里还掺着另一种味道，这种味道更刺鼻，好像来自很多年之前似的。

我不该相信里斯克和瑞恩说的水怪不能上岸的那番话。

草丛沙沙作响，轻轻地刮着我的帐篷，发出嗖嗖声。我闭上眼睛，把耳朵贴在编织的垫子上，想听听有没有脚步传来的震动。但我什么也没听出来。

然而，当我再次睁开眼睛时，一片黑暗挡住了帐篷的狭窄开口，好像有什么巨大的东西赫然耸立笼罩着我，就像是一股悬在半空尚未落下的巨浪一样。我僵住了，人形的身体紧张得无法动弹。

外面传来一个声音，轻轻的如潺潺流水一般："你问题的答案是……都还好。"然后停顿了好一会儿，像是在深思熟虑似的。"至少现在还好。"

接着，这片黑影就像迷雾一般散去了。

第七章
妮娜，14岁

在过 14 岁生日以前，妮娜已经去过那口井边几次了，但现在，她准备揭开它的神秘面纱。也就是：这口井到底有多深？趁着不是飓风季节，妮娜来祖母家探望她，这也是妮娜的生日愿望。

"你不想邀请朋友来家里玩儿吗？"父亲问，"我可以把书店改造成派对现场。"

"那我也得要有朋友啊。"为了避免尴尬，妮娜挤出一个笑脸。她只是实话实说而已，虽然没有人会来参加她的生日派对，但妮娜也不在意。"再说了，我想等妈妈回来一起庆祝生日。"想必妮娜不用等太久。与此同时，她还想调查一下那个能变成鱼的女孩究竟是怎么回事。有的鱼生活在有水的山洞、被淹没的矿井和深海洞穴中。如果井足够深，也许会是一片与世隔绝的动物家园，运气好的话，甚至可能是动物人的庇护所。

　　虽然妮娜的生日是星期二，不过父亲同意她提前放假，因为妮娜成绩不错，况且父亲要求她提前预习功课。在两个小时的车程中，妮娜没有听音乐，而是用手机看起了"故事汇"应用程序里的视频故事。当她发现屏幕上"好朋友大卫"的脸上出现了一个风车形状的缓冲图标时，妮娜知道自己离祖母家越来越近了。"好朋友大卫"正说到他家厨房里的油脂着了火，但妮娜只能等到回家路上再联网，才能知道他的公寓到底有没有付之一炬。她凝视窗外，外面一排十架大风车，在空旷灰暗的天空中显得十分暗淡。然后，妮娜打开短信页面，开始回顾她和母亲最近的聊天。

星期二凌晨 4:35 分（母亲）
　　　　生日快乐，宝贝！睡醒了给我打个电话。我们终于又上路了，这会儿要去格陵兰岛。你想要什么纪念品？能带上飞机的都行。记得回复。好好享受你的蛋糕，别忘了许个愿。爱你。

　　她上划屏幕，找到更早的消息。

星期六晚上 9:15 分（母亲）
　　　　我们的船没事儿，更大的风浪都见过了。可惜，港口的损失十分惨重。
星期六晚上 9:16 分（妮娜）

那你是不是没法儿按时回家了?

星期六晚上 9:20 分(母亲)

会迟一段时间。船长在找别的地方靠岸,格陵兰岛好像有希望。很快就回来啦!

星期六晚上 9:21 分(妮娜)

去年我过生日你就没回来。

星期六晚上 9:21 分(母亲)

对不起。

星期六晚上 10:13 分(妮娜)

值得吗?

星期六晚上 10:41 分(母亲)

希望值得。

她继续上划,跳过了上百条信息,跨越了好几个星期。

星期三晚上 8:24 分(妮娜)

爸爸心情很糟,他很担心我们将不得不搬家。

星期三晚上 8:24 分(母亲)

我和他聊聊。

星期三晚上 8:24 分(妮娜)

我们会吗?

星期三晚上 8:24 分(母亲)

我们也在想办法弄明白。我也希望能给出肯定的答案,但你知道提前一星期预知飓风的行进路线有多难吧?再想想,要提前几十年预测全球气候的整体走势有多难,而且以前从来没人做过这事。

星期三晚上 8:24 分（妮娜）
　　老师说会越来越糟糕的。

星期三晚上 8:24 分（母亲）
　　什么会越来越糟糕？

星期三晚上 8:24 分（妮娜）
　　干旱、炎热、风暴、冰冷涡流等。

星期三晚上 8:24 分（母亲）
　　的确。不过我们会一起扛过去的，我保证。

好像划过了，妮娜往下划了划。

星期五晚上 11:10 分（妮娜）
　　你的科学家朋友是怎么测量水深的？

星期六凌晨 3:14 分（母亲）
　　他们会把机器放进海里，记录水压的变化。你知道为什么水压会随水深增加吗？

想必母亲意识到妮娜并不会回答这个问题，毕竟当时得克萨斯州的时间已经很晚了，所以她自问自答。

星期六凌晨 3:20 分（母亲）
　　大海里所有的水都往下沉，所以水越深压强越大。在水下一米，就相当于脑袋上顶了一大桶水。越往下，头顶上的水桶就越多。是课上提出的问题吗？

星期六上午10:01分（妮娜）

不是。我在研究祖母那口井，有没有简单点儿的法子？

星期六晚上9:13分（母亲）

找一根长绳子，一头系上重物！每隔一米在绳子上打个标记，然后一边放绳子一边数。别忘了戴上手套，要不会起水泡的。

妮娜放下手机，再次透过车窗看了看，但她的目光没有往上看，而是落在了地上。沿路长着枯萎的橘子树，枝条光秃秃的，原本属于一片废弃已久的果园，现在成了没家的流浪汉，也不结果子了。妮娜很高兴自己了解这些前因后果。她从未见过这片果园繁茂丰盛时的样子，不过果园肯定有过几年葱郁的光景。对她来说，这种空虚和寂寞才是熟悉的家，但这里并不是一座鬼城。只要这片大地上还有她的家人，它就不是。

当他们靠近祖母的房子时，妮娜发现了第一处改变的迹象：一辆锡制露营车停在"天堂"社区的遗址附近，像一只史前大甲虫似的闪闪发光。露营车周边围了一圈铁丝网，有十英尺高，顶部带刺。看来是新邻居，而且八成只有一个人。露营车里的空间不够两个人自如地共处，除非两人根本不需要私人空间。

"那家伙搭铁丝网是想隔离什么？"父亲好奇地问道。

"估计是熊。"妮娜开玩笑道。

到了祖母家，他们吃了手指三明治和水果盘当午餐，然后妮娜打开了她的生日礼物，依旧是祖母买来的旧货，都是用回收的银色包装纸包装的，因为之前用来包装过另一个孩子的礼物，看起来皱皱巴巴的。"谢谢！"妮娜抱着一盘古色古香的国际象棋，周围围着一群塑料娃娃，"每件礼物我都好喜欢。"

"想来一盘吗？"祖母问，"我最近一盘象棋都没赢过。"

"先赢了爸爸再说。"妮娜说，"我得去量量井有多深。"她取过带来的东西，站起来在牛仔裤上擦了擦手上的面包屑。

"为什么？"祖母感到奇怪，语气里带着担忧，"你不会要去钓鱼吧？"言下之意就是：你这丫头最好别管闲事。

"当然不是。"

"当心点儿。"父亲提醒道。

"别担心，爸爸，我就是放根绳子而已。"

"好吧，"他勉强让步，"总比去玩定点跳伞安全。"

"啊？定点跳伞是什么？"

他低下了头。"就是个特别无聊的爱好罢了。去吧，好好弄你的科学实验。"

"别待太久了，"祖母提醒道，"烤着蛋糕呢。"

"估计你们棋还没下完我就回来了。"妮娜保证道，然后挥挥手出了房门。

通向水井的那条小路现在已经杂草丛生，好在妮娜熟悉该怎么走。她用罗茜塔的木杖轻敲地面，沿着蛇般细长的新生草径行走。

嗒、嗒、嗒。

她的行动惊起了草丛间的棕黄色蚱蜢，它们嗡嗡作响，发出阵阵虫鸣。一根八十英尺长的绳子松散地缠绕在妮娜闲着的那条手臂上。昨晚，她用樱桃味的无毒马克笔在绳子上每隔一英尺做了标记。虽然这口井已经没人用了，但毕竟是饮用水源，妮娜不想污染它。再说了，那些鱼人拖家带口地来到地球时，还得暂住在这个管子似的小旅馆里呢。

"你是谁？"一个低沉陌生的声音突然传来，吓了妮娜一大跳，她本能地举起木杖自卫。她以为除了蚱蜢之外就没别人了，但这会儿转头一看，发现小溪边站着个人。难怪妮娜没发现他：他穿的是卡其布裤子和棕色衬衫，和周边的土壤一个颜色，手里还拿着一个闪闪发光的金属圆盘。要不是在这儿突然撞见，妮娜在人群里可能都不会多看他一眼。这个人身高约五英尺九英寸，身材瘦削，胡子剃得很干净，面颊上有垂直的笑纹。他的头发是深棕色的，修剪得很整齐。他用一双眼睛谨慎地上下打量妮娜，就像一只流浪狗怒视着来自收容所的人。妮娜甚至怀疑那个男人害怕自己。

"这是我祖母家。"她说，"大家都是来看她的。"她之所以说"大家"，不是指她和父亲两人，而是想让对方以为有二十来个人正在房子里聚会。

他瞬间放松了站姿。"你是说，这片荒郊野岭、鸟不拉屎的土地还真属于某个人？我还以为只是你家和我家之间的荒山呢。"

"那面旧石墙里的土地都是我祖母家的。"

"包括这条小溪？"他问。

"对，大部分吧。"

那人难以置信地摇了摇头，走上前来。但看到妮娜后退一步与他保持距离时，他停下脚步，举起双手，用夸张的姿态表示自己无意伤害她。这会儿，妮娜看清了，他手上是一个指南针，上面的指针一圈又一圈地旋转着，像一个坏了的时钟。看到妮娜的眼神落在自己手里的导航工具上,男人笑着哼了一声。"一来这附近就不好使了。你知道这片土地附近有金属矿吗?铁矿石会使铁制的指南针失灵。要是金矿也是这样就好了……"

"不知道。"

"好吧。"

他们盯着对方看了一会儿。他想干吗?难不成想来参加生日派对?最后,当沉默持续了很长时间,让人心生不安的时候,那人开口道:"我这就离开你们的土地。不过你一定要小心,我架设的拍野生动物的摄像头今天早上拍到了一头狼。我就是在找那头老东西,它看起来很狂躁,想必是饿了。"

"这附近野生动物多了去了,我不会有事的。"

"那就好。"他转过身,开始向"天堂"社区的方向走去,步伐沉稳而坚定。不过,当妮娜卸下防备时,那个男人却停下了脚步,转过身大喊道:"所以这片土地全是你祖母的?"

她点了点头。

"一个女人家哪管得了这么大一片地,怪不得乱成这样。改天我好好登门拜访。对了,我的名字叫保罗。"

妮娜尴尬不已。他还有脸说祖母的土地乱呢,也不看看"天堂"社区都成什么样了?妮娜没有反驳,他不想和那个男人吵架,只是盯着他看。

"好吧,我也很高兴见到你,无名氏。"他怒气冲冲地说,好像他才是被冒犯的那个人,"别往小溪里倒东西,你们的土地倒是干净了,我的土地就遭殃了。"

"我不会的。"她说。

"不会就好。"说完这话，他转过身继续走。妮娜警惕地看着他的背影，直到他的身影变得越来越小。等保罗回到他那辆甲壳虫般闪亮的露营车旁时，他看起来比一个塑料士兵还要瘦小，已经没什么威胁性了。只不过是个脾气暴躁的小个子，非要和一个14岁的女孩斤斤计较。

但妮娜还是觉得他有些不对劲。两人之间的互动完全没有意义。妮娜想到了那个指南针，他准备徒步走多远？要说那人会走上几英里去追踪一头狼，妮娜是半点儿都不信。那他想干什么？寻找铁矿和金矿？就算土地里有矿产，祖母也不会让他把地挖空的。

妮娜发现，他好像一直在顺着溪流走。当然，这片土地上靠近溪流的地方是要好走些，毕竟植被稀疏。不过，她在意的是那人对水太过关注。现在祖母仍会时不时打些井水喝。

总之，妮娜打算多留心这个露营者，免得他又回来。她看了眼手机，记下了时间，然后继续往水井那边走去。

在小径的尽头，一圈齐腰高的石头在黄色的灌木丛中若隐若现。水井上的水桶和滑轮组已经不见了，可能是罗茜塔去世后就拆除了。妮娜用手电筒照进井里，发现井水像玻璃一样透明。尽管如此，井底还是隐藏在黑暗之下。妮娜稳稳地解开了绕在手臂上的绳子，在一端系上了一个大钢圈。当它扑通一声落入水中时，明亮的金属环激起一阵闪闪发光的涟漪。妮娜小声数着经过手边的距离标记。

……10、11、12……

令她惊讶的是，井水竟然还没有干涸。它肯定连接着广阔的含水层，应该是地下水。还有其他迹象显示了隐藏水源的存在：从老照片上看，五十多年以来，祖母这片土地上的植被都没有太大变化。这就意味着它们并没有受到干旱的影响。而且，水井旁有一条狭窄的小溪，叽叽喳喳的白头翁很喜欢在河岸边的牧豆树上挤作一团。

……30、31、32……

一只大鸟从妮娜上方掠过，张开的翅膀像个风筝似的。她心想，这应该是秃鹫。这只光着脑袋的食腐动物飞过水井，绕了两圈，然后降落在两簇尖尖的灌木丛之间。

……68、69……

妮娜的绳子已经快放到头了，再来的时候，她得带根更长的绳子才行。不过至少她已经证实了一件事：井水很深，足以隐藏很多秘密。她开始用力稳稳地拉钢圈。钢圈被妮娜从井里甩出来时，附近传来一阵嘎吱嘎吱的响声。妮娜转过身，看到那只秃鹫迅速地往后跳了起来，翅膀张开，好像被吓了一跳。

过了一会儿，灌木丛后面传出一声哀怨的尖叫，是饱含痛苦的猫叫声。妮娜胡乱扔下绳子，冲向灌木丛。当她走近时，秃鹫飞向空中，扔下了瘦长的黑色小猫，小猫趴在一块砖红色的泥土上。

但这片土地原本是棕褐色的。

"不！"妮娜跪在小猫身旁哭喊道，"小猫咪，你来这儿干吗？"她小心翼翼地摸了摸小猫的头，寻找伤口。它闭着眼睛，急促地喘息着，仿佛那一声喊叫耗尽了它的精力。它肚子上有好几块毛发黏糊糊的，说明流血的伤口不止一处。想必它是被狼袭击了，险而又险地逃了，然后因为流血过多而倒在这里。也就是说，保罗说的是实话！妮娜因为自己用恶意揣测邻居,心里一阵自责:也许他并没有那么坏。但这种情绪很快就被妮娜对小猫的关心所掩盖。它没有项圈,身下干涸的血液中有跳蚤的身影。也许它生来就是一只野猫,也可能与人类家庭分开了。

妮娜小心地抱起小猫,用一只手抱着它的头,另一只手托着它的身体。想了一会儿,她掀起T恤衫的底部,当作临时摇篮。镇子附近应该有兽医,可以给这个小家伙缝针,挽救它的生命。如果她必须退掉所有礼物来支付治疗费用,她也无怨无悔。妮娜把绳子和木杖留在井边,飞快地向祖母家走去。她低头一看,发现小猫的情况越发糟糕。这会儿,它的呼吸已经没了规律:总是好几秒钟没有喘气,时不时才能听到一点儿微弱的喘息声。妮娜知道,小猫快死了。

"我带你去看医生,"她急切地说,"坚持住。"

到达后廊后,妮娜一脚踢开旋转纱门,大喊:"爸爸!爸爸!紧急情况!"她一半身子在厨房里,一半身子在外面。"爸爸,过来!快点!"

"怎么了?被蛇咬了吗?"两种脚步声传来,一种沉重,另一种轻盈,踩得地板吱吱作响,都向厨房这边靠近。妮娜突然发现,父亲和祖母在担心的时候都会瞪大眼睛。这会儿,他们正站在门口看着她。"你手里是只浣熊吗?"父亲看着妮娜T恤衫下摆上的黑色尾巴,疑惑地问道。

"是只猫,它被袭击了。我们得快去找兽医,爸爸!快去拿车钥匙!"

祖母从墙上的钩子上取下一条干净的厨房毛巾。"给我,"她命令道,"让我看看。"

妮娜把已经失去意识的小猫放到祖母怀里。"的确伤得很重。"祖母一边说，一边把小猫裹在毛巾里。

"能救救它吗？"

"可以试试。"祖母说。

最近的动物医院是一家二十四小时重症监护中心，距离这里有三十一分钟的车程。妮娜的父亲开车，祖母坐在副驾驶座上，小猫则平放在她的膝盖上。它依然昏迷不醒，但至少呼吸有规律了。所以当他们把小猫交给医护人员时，妮娜满怀希望。

"要是还有救，"父亲坐在候诊室的一把黑色椅子上说，"它可能得在这儿待一晚。唉，希望不用做手术吧。"

"要是钱不够，我来付。"祖母说。

"五千美元你怎么付，妈？"

"卖点儿旧货。"

"让我捋捋，你准备把你从别的旧货摊上买来的东西卖掉？"

当大人们讨论这个计划是否明智时，妮娜走到了候诊室另一边的饮水机旁。她把纸杯放在喷嘴下面，按下热巧克力按钮。机器旋转了三十秒钟，吐出半盎司的浅棕色液体。它闻起来像巧克力，但尝起来像热洗碗水。妮娜无比难受，想着祖母家那块还没吃的蛋糕，还有尚未许下的愿望。如果可以的话，她愿意许愿保住小猫的生命。

一个小时后，一位红头发的兽医进入候诊室，挥手示意妮娜一家进入检查室。在一位面带微笑的兽医的照料下，黑色小猫躺到了一张金属桌子上。它肚皮上的毛发已经被剃干净了，但没有伤口的痕迹。"它活下来了，"兽医解释道，她是一位白人老太太,"我们没有找到任何受伤的迹象。袭击发生多久了?"

"我……也不太清楚。"妮娜答道,"但之前它身上全是咬伤,我看得清清楚楚。"

"可能是你把以前的血迹当成新的咬痕了吧,"她说,"我甚至都不确定那是它的血。没有结痂,没有疤痕。光是给了它点儿食物和水,它就醒过来了。"

妮娜松了一口气,没有争辩。她心情激动地尖声问着小猫:"是吗?你只是饿了吗?"

小猫轻轻走到桌边,喵喵叫了两声。兽医将一只手放在它的胸口,轻轻地将它推回。

"它有主人吗?"父亲问,"还是我们直接带走就可以了?"

"它体内没有芯片,"兽医解释道,"而且它已经五个月大了,还没有绝育,我们也没看到有黑猫走失的报道。这些情况都说明它应该没主人。当然,我们得按规章制度来。不过我估计等情况稳定下来,它就可以被领养了。"

"妮娜,你觉得呢?如果是这样,小猫就是你的生日礼物,怎么样?"

"谢谢!这真是最棒的生日礼物!"她摸了摸小猫的头,它蹭了蹭妮娜的手,舒服得闭上了黄色的眼睛,"我连名字都想好了:钢丝绳!"

"我还想说叫它'小凤凰'来着,"祖母说,"不过'钢丝绳'这名字很可爱。"

一段时间过后,妮娜去取回绳子和木杖的路上,先去看了看救起钢丝绳的地方。地面上还看得见那些红色的斑点。对于一只小猫来说，流这么多血非常致命，但妮娜又没发现死老鼠的痕迹，或者其他动物流血的痕迹。但事实摆在面前，钢丝绳的伤口在一个小时内奇迹般地愈合了，这种可能性实在太低。所以真相到底是什么？

早上刚出发的时候，妮娜本打算解开一个谜团。回家的时候，却又多了一个谜团。

还有一只猫。

第八章

水腹蛇遇见了库柏鹰布莱斯特和一个阴险的陌生人

在吃了无数顿味同嚼蜡、难以下咽的饭后,我终于学会了怎么把鱼做得像母亲做的那么好吃。相信我,练这么多次一点儿也不吃亏。我的新生活有一些简单却值得珍视的乐趣:温暖的午睡、地球人写的荒诞书籍、和艾米聊天,还有就是令人心满意足的饭菜。随着调料丰富的菜肴出现在我的日常生活里,我觉得自己终于从单纯的生存过渡到了生活。

总之,在我的烹饪手艺达到炉火纯青的几个月后,这天我正准备享用一盘用鼠尾草揉搓过的烤鱼片,一个急切的声音传来:"嘿!嘿!你!"只见一头库柏鹰扑通一声落到地上,扭动着身子朝我的野餐垫走去,野餐垫就铺在我最喜欢在上面晒太阳的那块石头上。这只鹰有一对深棕色的翅膀,一双炯炯有神的黄色眼睛,柔软的腹部有白色和棕色的羽毛。这意味着他和我同龄,差不了几岁。成年库柏鹰有青蓝色的翅膀和红色的眼睛,变身时特别帅,我羡慕极了。

"噢,你好。"我放下了餐盘,那是一块手工雕刻的枫木板,"有什么事?"

"我在找我的好朋友。你见过一只蟾蜍吗?他的喉咙是亮蓝色的,大约有这么高。"库柏鹰抬起一只爪子,略高于地面,同时展开翅膀以保持平衡。

"噢,是艾米!估计他这会儿正在抓苍蝇。你们是怎么认识的?"老实说,我很惊讶艾米还有其他"好"朋友。别误会我的意思,要知道他就像蜂蜜蛋糕一样甜美可爱,任何人都会喜欢他。但他不爱说话也不爱出门,连我晒太阳的这块石头都很少来。他总是拒绝里斯克和瑞恩叫我们去山谷游玩的邀请,反而更喜欢等我晚上回来后讲给他听。这都成了固定节目了。每天晚上,等我生起火煮上一锅冬青茶,艾米就会爬到附近的一根原木上听我讲话,时不时叹两口气。我总是问:"你今天过得怎么样?"他的回应一般就是歪歪肩膀,表示"没什么新鲜事儿",也就是捉苍蝇和思考。反正我见到他的时候他只做过这两件事。如果艾米离家出走或拜访其他邻居,他肯定是悄悄出去的。

"我们认识那会儿,我还是个暴躁的毛头小子,"库柏鹰说,"在那个年龄,要飞上天还太小,但又大到不能和兄弟姐妹们挤在同一个巢里。你懂我意思吧?"

"我对鹰巢不太了解。"我承认道,"但我那时候也嫌兄弟姐妹们烦人。"

"是啊,没法子的事儿。你瞧,我一打哈欠就这样……"他闭上眼睛,仰起头,张开嘴深吸一口气,然后伸了伸懒腰。我被他弄得也想打哈欠了,好不容易才忍住。"那天,我打了一个大哈欠,结果不小心打了妹妹一巴掌。爸爸妈妈在打猎,所以她一脚把我踢出了巢。下落的时候我撞到了好几根树枝,感觉头晕目眩。想必那时候我的脑子也被撞昏了,因为我决定去找爸爸妈妈告状。我们鸟类在蛋壳儿里时就知道,如果从巢里掉出来了,待在原地等是最安全的。蹲下来使劲喊就行了。"

"那你妹妹做的可不对,我的兄弟姐妹可没想过谋杀我。"

库柏鹰咯咯笑着。"她只是低估了自己那一脚的威力。我觉得她应该没想要我的命。"

"希望如此吧。那你跟艾米是怎么认识的?"

"然后我就变了身跑进林子里,大喊着爸爸妈妈。那时候我的人形还很小,用腿跑步很难,跌跌撞撞的,所以小时候学走路才叫'蹒跚学步'嘛。但我还是一路跑到了这儿。我从来没见过那么多水,看起来像是一个装满了水的巨型鸟巢,吓人极了。这时候我脚下一滑摔倒在地上,我在泥巴里尖叫起来。"为了演示,他尖声大叫了起来,"这时候,一只小蟾蜍跳到了我面前,真是只小家伙,也就跟一只蝉差不多大。显然,从那以后他又长大了,但没长多少。总之,他拍了拍我的鼻子,整个上午都陪着我,直到我不再哭了。我爸爸找到我以

第八章 水腹蛇遇见了库柏鹰布莱斯特和一个阴险的陌生人　　95

后,小蟾蜍就离开了。从那时起我们就是朋友了。"

"听起来的确是艾米的作风。"我同意道,"我刚来湖边的时候他也是这么对我的。只不过我是一只成年水腹蛇,不是迷路的宝宝。"

"艾米……"老鹰突然紧紧盯着我。老实说,我觉得不是每只鹰都有这种冷酷的眼神,只不过鹰生来就一副冷酷相罢了。"你总叫他这个名字。我都不知道他还有名字。"

"这样啊。"

"我认识……艾米……很长时间了,但他从来没告诉过我他的名字。看来你俩的关系比大蟒蛇的拥抱还要紧密。"

"我们确实亲近,不过……"我难为情地脸红了,"我第一天见他时就知道他的名字了。我特别擅长沟通,读书那会儿,看到一整页的字时,我立马就能知道它们的意思。看手语、听口语的时候也是。艾米的沟通方式很特别。"

"哇!真的吗?欢迎你搬到这边来,聪明鬼。你叫什么名字?"

"奥利,"我说,"你呢?"

"我叫'布莱斯特',意思是最明亮的。妈妈和爸爸总说我有一双最明亮、最有神的眼睛。我刚出蛋壳儿就是睁着眼的,你知道这有多罕见吗?"他朝我挑了挑上眼皮,"你觉得呢?"

"确实不错。"

"谢谢夸奖,奥利!你的名字是怎么来的?"

"大概只是妈妈觉得好听吧。"

他拖着脚步走到我面前。"你猜怎么着?艾米也许在忙着抓虫子吃,但没关系。因为命运把我带到了你身边。"

"命运？什么情况？"

"我找到了一处自然奇观，特别壮观，想不想看？"

我盯着我的晚餐咽了口口水，已经快凉掉了。"是什么东西？"

"乐趣就在于惊喜，相信我。"

那个时候，我已经独自生活了将近一年。根据经验，当陌生人的自我介绍中包含"相信我"这几个字时，那么不管在什么情况下都不应该相信他。但库柏鹰似乎又很了解艾米，我觉得艾米绝对不会和一个恶棍交朋友。无论如何，万事小心为妙。"你是不是在密谋偷走我的木筏？"

"什么？才不是！"

"那就是我的鱼竿？"

"我更喜欢用渔网，但这都不重要，因为没人要偷你的东西。听着，我只是在森林里发现了一件非常有趣的事，所以才来分享这段经历。所以你到底去不去？"

"也许吧。我正准备吃晚餐呢……"

"巧了，就离这儿不远呢。"

"对能飞的人算近，对其他人也算近吗？"

"就在那边，离这儿 38.7 米。"布莱斯特伸出一只翅膀指着森林。我权衡了一下自己的好奇心和饥饿感，我能感受到天平正在向饥饿感倾斜。就在这时，随着树叶的嘎吱声，艾米拖着脚步走出灌木丛，兴奋地挥舞着手臂。

"你回来啦！"布莱斯特欢呼道，"哥们儿，想不想去冒险？"

艾米兴奋地点了点头。

"好耶！我们出发！"

但接下来的场面算是我见过最慢的"出发"了。布莱斯特一扭一扭地在地上走着,还要张开翅膀保持平衡,艾米则一跳一跳地跟着。

"等等,"我说,"我带你一程吧?"

艾米拍了拍手,跳上了我伸出的手。我轻轻把他放到肩膀上,然后跟着布莱斯特进了森林。他从一棵树飞到另一棵树,在树枝上时而歪歪扭扭地走着,但一副满怀期待的样子。突然,我一下子找不到他了,不过迷迷糊糊转了五分钟后,他从上面飞了下来,催促道:"这边!"最后,在这段绝对不止38.7米但也没有太长的路程的终点,布莱斯特落了地,对着一棵无比雄伟的橡树展开翅膀。这棵树离地面较近的枝条特别粗大,被自己的重量压得下垂,几乎碰到了地面。我以前也路过过这棵树,虽然它比普通的橡树更古老、更漂亮,但好像没有什么特别引人注意的地方。

"瞧好了!"布莱斯特欢呼道,"你们看到了吗?"

"没有,看什么?"

"没看到?也不用难过。"他继续说道,"正如你们所知,我从还是颗蛋的时候就住在这片森林里了,但我还从没注意到这些链条。就在那儿。"他用一只长长的锋利爪子戳着树干。

我向前探身,直到我的脸离树只有一英尺远。果然,疙疙瘩瘩的树皮上鼓出了一个锈迹斑斑的链环,大小和我做"OK"手势时食指和拇指组成的圈差不多。"哈,还真是。奇了怪了。"

"还多着呢,"布莱斯特说,"被这棵树吞了一半的小金属块,总共有一百个。"

现在我知道该找什么了,很容易就发现了树干上暴露的链环,它们就像一条项链,只不过和"脖子"融合到了一起。

"你觉得这是什么情况?"布莱斯特问道。

"我猜是有人在这棵橡树上绕了一圈链子,"我大胆猜测,"随着岁月的流逝,这棵树渐渐长大,把它吞没了。"

艾米拍了拍手,虽然没发声,但我明白了他的意思:说得好,我同意。

"但为什么这么做呢?"布莱斯特说,"我茶不思饭不想,就是想不明白这个问题。"

"是吗?"

"这根链条到底是干吗用的?这么优质、坚固的金属,为什么有人会把它扔在这儿生锈?现在它是橡树的一部分了吗?树和链子算是同一个实体吗?就比如,奥利,当你享用烤鱼片的时候,从什么时候起,鱼不再是鱼,而是你的一部分了?"

我慢慢地耸了耸肩,以防艾米被甩下去。"大概是吃进肚里的时候?"

"吃进嘴里不算吗?一定要进了胃里才算?如果它还没死呢?如果在你肚子里还能游泳呢?或是挣扎着想要逃跑呢?"

"嘿,"我双手叉腰,"让有尖鳍的东西在肚子里翻来滚去可是很危险的。我不可能囫囵吞下一条活鱼。"

"那就不用食物来比喻了。想想这个场景:你是一个珠宝大盗。"

"好吧。"我试着在脑海里绘出一幅场景。我想偷的珠宝不多,也许是一大块带着丰富棕色纹理的绿松石,会让人联想起鳞片。我会把它交给工匠,为我的手腕做一个袖口。在我的人形状态下，我用很像我的皮肤的石头和纺织品来装饰自己。盗取珠宝那天，我穿了一条皮裤和一件用森林里的树叶染成棕色的无袖衬衫。

"你偷了一个吊坠。"他说。

"正在想象呢，继续。"

"但你被一群愤怒的人逼到了墙角，他们想要伸张正义。为了销毁证据，情急之下，你一口吞下了吊坠。那么，当吊坠扑通一声落进你的胃里时，这吊坠就是你的了吗？或者说，吊坠是不是与你融为一体了？"

"哈，"我说，"这问题不错，我收回之前的答案。跟胃没关系了。如果在分子层面上这东西不是我的一部分，那它就不是我。这个答案怎么样？"

"那你的想法与你是一体的吗？"他纠缠不休。艾米歪着头沉思起来。

"这些跟树里的链条有什么关系？"我质问道。

布莱斯特撩起胸前的羽毛，看起来很高兴。"这种思考也是乐趣的一部分，哥们儿。"他说，我知道鸟类的喙严格来说不能形成微笑，但我发誓我看到了他在对我笑，"发人深省，我说的没错吧？"

"是的，"我承认道，"确实很有意思。"我本可以对这些哲学问题更感兴趣，但我的肚子饿得要命。要是布莱斯特在我吃饱后才来就好了。

突然，布莱斯特抬起头来，绷紧了身体。然后说："你得回去吃晚饭了。那条鱼闻起来真香。"这不是请求，而是命令。"就不再占用你俩的时间了。"

艾米眯起眼睛,像是在思考什么事情。

"好。"我说,"那以后再聊,你还住在这附近吗?"

"是的,就在这片湖附近。我最喜欢睡在奇怪的树上了,看来这棵链子树可以成为我的度假栖木。"

"那就回头见了。"我挥了挥手,"再见,布莱斯特。很高兴认识你。"

"嘿。对,回头见。"这句话好像有什么不对劲的地方。布莱斯特将双翅用力一振,就这么飞走了。

但一分钟后,当艾米和我转身要离开时,布莱斯特又落在了链子树一根低矮的树枝上,他疲惫得张大了嘴。"没我带路,你们怎么找到这儿的?"他问道。

这个问题比刚刚那个珠宝大盗的问题还让人困惑。"不是你带我们来的吗?"我问。

艾米和布莱斯特同时倒吸了一口气。

"我没带你们来啊,"他说,"我……在来的路上被蛛网陷阱缠住了,刚莫名其妙地从天上掉了下来。"

我想起来了,布莱斯特的确消失了一段时间,让我一顿好找。然后他就突然出现在我身旁,也不知道从哪儿冒出来的。难不成布莱斯特的意思是,后面出现的并不是他?

"不。"他生气地说,"不,不,不!又来了!那只嘲鸫跟你说什么了?"

"嘲鸫?她看起来就是只老鹰啊,和你一样。"

"那是因为她善于模仿,可以变身成任何东西。"他张开翅膀,又缓缓耷拉下来,生气地踢了踢一片枯叶,"过去的三年里,她欺骗了我的家人、朋友,甚至我自己。我们本来想和她好好相处，我甚至邀请她参加我的生日聚会。但她更喜欢玩心理战。她捅了大娄子，所以旅鸫、麻雀和黑鹂，甚至是其他嘲鸫都团结起来把她赶走了。看来她回来了，我很担心再这么下去她会给自己惹上大麻烦。其实她还小呢。"

艾米用双手搂住布莱斯特的左腿，紧紧抱着。

"你是说她有同时模仿身体和声音的能力吗？"通常，会模仿的动物人只能模仿另一个人的某种特征，要么是身体形态，要么是声音或气味。看来那个嘲鸫技艺高超。

"是的。她还能模仿别人的习惯。但我还是想不通，她今天搞这么一出，目的是什么？她跟你说什么了？"

我绞尽脑汁想了一会儿。"没什么。她给我看了链条，问了我一些关于自我意义的哲学问题。就是这样。还有一件事，在离开之前，她称赞了我的烹饪技术……"

我们三个同时想到了答案。艾米举起双臂，布莱斯特飞到空中，喊道："你的晚餐！"

我把艾米轻轻捧在手心，一路跑回家，只用了五分钟。显然，五分钟已经足够那个模仿者办事儿了。我用花园里的鼠尾草精心调味过的一部分鱼片消失不见了。

"啊！混蛋！"我喊道，"竟然偷了我一半的晚餐！"

艾米拍了拍我的肩膀以示安慰，布莱斯特则摇了摇头。"对不起，我也有一定责任。"

"为什么？又不是你吃的鱼？"

我伸出舌头轻弹几下，感受着空气里的味道。我感受到了蟾蜍、鹰、水腹蛇、罗非鱼、湖泊、细菌，还有一些我差点儿就没能发现的味道。如果不是我静心感受，根本不可能发现那种味道：是嘲鸫。

"她没法再骗到我了。"我保证。然后我提高嗓门又重复了一遍："我盯上你了！"

远处，嘲鸫尖声地咯咯笑了起来。

第九章
妮娜，15岁

"故事汇"这款应用程序有一套免费工具，包括声音特效、背景音乐、叠加叙事、分屏器，甚至是声音修改器等，都是为了增强用户上传的视频的叙事性。不过妮娜很少使用这些工具，最多也就用用"背景噪音消除器"。有一次，父亲在客厅看篮球赛，看到主队进了一颗三分球时兴奋得大喊大叫，吵到了正在讲"胡同里的浣熊"的故事的妮娜。妮娜心烦不已，所以使用了"隔离增强"功能来隔绝父亲大喊的那句"准头不错！"除此之外，妮娜更喜欢原汁原味的感觉。她只需要一架相机、自己的声音，还有一个故事。

妮娜喜欢在"故事汇"应用程序上记日记，所以她的房间呈现出截然不同的两面：她把书架、洗衣篮、垃圾桶、学校用品和各种各样的东西都推到电脑桌旁，免得被镜头拍到。因此，房间的一边乱七八糟，另一边则干净整洁，墙上贴着一些她精心挑选的海报。妮娜在网上关注了几位像素艺术家，其中大多数是在小型数字商店出售作品的年轻创作者。这几年下来，她买了不少作品，包括未来主义的城市景观、有黄色沙粒和粉色天空的广阔沙漠，以及充满奇怪小居民的幻想城市。妮娜最喜欢的是一幅五乘五英寸的正方形海报，描绘了兔子一家人在市场上买胡萝卜的场景。每只兔子都戴着不同的帽子，白色、黑色和棕色的长耳朵从明亮布料上的洞里探了出来。妮娜坐在电脑椅上慢慢旋转，寻找灵感时，这幅画上的兔子们引起了她的注意。她立马用脚踩地紧急"刹车"，停下了令人头晕目眩的旋转。

妮娜盯着这些穿人类衣服的动物看了好一会儿，便转头看向固定在桌面支架上的相机。

妮娜连接上电子私人助理，说道："尼弗蒂。"

"下午好，妮娜。"房间里的扬声器发出声音，"需要我做什么？"

"运行3号程序。"

"故事汇"的录像系统出现在她的电脑屏幕上，并加载了她的自定义设置。妮娜目不转睛地盯着屏幕上的自己，然后向右挪动了半英寸，让自己的小圆脸保持在屏幕中心。她的头发越来越长了，但开学之前，妮娜都没办法找到便宜点儿的理发店。她的同班同学婕斯说，只要愿意在她的"故事汇"个人频道上露面，她就可以提供免费理发服务。这已经成了她的固定节目：一边剪头发一边讲故事。婕斯说，想在"故事汇"上成为"网红"，就必须得有些吸引人的噱头。

也许如此。但在妮娜看来，如果只需要噱头和技巧的话，婕斯早就是宇宙第一的"故事汇"网红了，因为她的故事和理发手艺都很棒。她的思绪继续飘远，想到婕斯什么时候才会同意来书店参观。婕斯又聪明，又热情，和妮娜的读书品味也类似；而且，她是妮娜认识的唯一一个成绩拔尖的高二同学。

"开始录像。"妮娜说。相机上的一盏小红灯亮了起来。

"嘿，朋友们好。"妮娜说。最近，她在自己的视频日记开场时总会和一些并不存在的人群打招呼，比如"朋友们""伙计们""大家"，仿佛不想把自己的故事讲给空气听似的。一开始妮娜不是这样的。她以前打招呼的对象都是"未来的我"。后来妮娜也曾自我反省，觉得自己应该是受到了那些热门视频的影响，热度拔尖的那几位"故事汇"作者都有几百万观众，所以他们才这么打招呼。虽然妮娜不想拥有那么高的人气，但她也不希望自己的故事没有人听。

"我有个问题想问问大伙儿，"她接着说，"有没有什么人或事，让你怀疑地球上还存在动物人？我说的'动物人'，可不是那些毛绒控，我指的是动物精灵。也有人把他们当成守护者。总之，不管他们叫什么名字，他们应该早就从地球上消失了。"

她瞥了一眼卧室门，确认门已经关好了。当然，父亲进来前都会敲门，但如果听到妮娜在喋喋不休地谈论他最喜欢的书店顾客，他会很失望。她将不得不解释为什么要拍这么多故事视频，这种事情最好别让父母知道。也不是说妮娜不信任父母，毕竟他们以前从来没翻过妮娜的东西。但如果他们发现了妮娜的视频日记，他们会怎么做？在妮娜看来，秘密就像蚊子的叮咬，你越是故意无视它，就越是痒得抓心挠肝的。如果说她父母也会有这种感觉，妮娜想做的就是帮他们省去这些烦恼。

"千万别误会，"妮娜继续说道，"我不是那种阴谋论者，也不认为这两个世界之间还存在积极的联系。联结时代已经结束很久了。"妮娜表情严肃地耸了耸肩，"我的看法是，有的动物精灵和怪物现在还留在地球上做生意。说得具体点儿，就是他们会买书。我就直截了当地说了，我有确凿的证据表明，我们身边就存在动物人……"

她把一个鞋盒放到了桌子上显眼的地方，摄像机可以拍到。

"爸爸有两个很不寻常的顾客。我觉得他们应该是父子俩，因为他们看起来很相似，走路的姿势也很像。多年来，他们每个月都会在太阳下山后去书店两次。这就是为什么爸爸每隔一个星期的星期三都会在书店待到很晚。关键在于，这两个家伙……看起来神神秘秘的。他们穿着很长的风衣，戴着颜色很深的太阳镜，乍一看就像好莱坞大片里的大反派一样。或者说……一看就是有很多秘密的人。

"这就是有意思的地方了。上周三，我决定仔细观察观察他们。和普通客人不一样，这两个穿着风衣的家伙是从巷子里的后门进的书店。透过卧室的窗户我刚好能看得清清楚楚。

"太阳下山后，我关掉房间里所有的灯，打开了窗户，开始盯梢。他们一般会在九点到十一点半之间到书店。那天晚上我很幸运，只等了四十分钟。

"他们沿着巷子大跨步往前走，他们平时走路就是这样的，步子特别大,就像这样。"为了演示,妮娜站起来把椅子推到一边,来来回回蹦跳着,像是在月球上行走一样。

"他们很高,腿也很长。"她坐回摄像机前,"连门都没敲,两个穿风衣的家伙就走进了书店。他们从不敲门,想必因为是老顾客,所以总是很受欢迎。爸爸把他们要的书放在储藏室,没放在主书架上。他们每次来都会带着两个装满书的中型纸箱离开。有趣的是,与大多数常客不同,他们并不关心书的保存状况。不管这些书是"像新的一样",还是"轻微磨损",甚至是"饱经风霜",他们都不介意。而且,他们没有特定偏好的种类。有时,爸爸会把平装的神秘小说卖给他们,有时他们甚至连解剖学的教科书都买。完全是有什么买什么。

"总之,在店里待了十五分钟后,他们来到了巷子里。不出意料,两个穿风衣的家伙各抱着一个纸箱。然后,奇怪的事情发生了,年轻一点儿的那个走起路来摇摇晃晃,八成是因为箱子很重,或者被不平的路面绊了一下,具体原因我也不清楚。然后他一头撞到了金属垃圾桶上,当啷一声,一屁股摔在地上。年长的那位尖声大笑,声音有点儿刺耳,然后年轻的那位生气地喊:'戴着这玩意儿什么也看不清。'说完就取下墨镜扔了出去。墨镜在砖墙上被反弹回去,落到垃圾桶后面。他低下脑袋,像是很尴尬的样子,然后抱起了书箱。两个穿风衣的家伙就这么离开了。他们走出我的视线时,我能听到他们在用刺耳的声音说话,可能是在争吵,但听不清具体内容。

"这两个穿风衣的家伙都有一头浓密的长发。因为当时是晚上,巷子里只有几盏小路灯,所以我对接下来要说的事情也不能完全确定。总之,在年轻的那个人撞到垃圾桶的时候,我好像看到了一只尖耳朵从他浓密的头发里伸了出来。那只耳朵看起来……毛茸茸的。

"不过这并不是我所说的证据。"

她停顿了一下,心里又想起了那天早上的一次对话。妮娜和父亲站在小厨房里,一边吃着微波加热的草莓馅饼,一边听天气频道的节目。

趁着广告时间,妮娜问道:"爸爸,你知道那些穿风衣的人是谁吗?"

他咧嘴一笑。"你是说我的客人?你可不能去打扰他们,毕竟书店还没倒闭全仰仗他们了。"

"对,就是他们。"

"有点儿印象,怎么了?"说完这话,父亲一嘴咬下了馅饼边,他总是先把又干又没味道的地方吃掉。相比之下,妮娜更喜欢把馅饼撕成两半,从饱满的水果馅儿开始吃。

"他们把这个落在巷子里了。"妮娜把一副似乎是飞行员用的太阳镜放在厨房柜台上。这副太阳镜的耳挂很长,呈钩状,似乎特意改造过,为了搭配形状奇怪、位于头部后方的耳朵。

"谢谢,我会还给他们的。"

"你看耳挂,爸爸,一看就是为动物人设计的。"钢丝绳一直围着妮娜的双脚转圈圈,妮娜伸手把它抱了起来,指着它柔软的三角形耳朵说,"如果我的耳朵是这样的,这种太阳镜就刚好合适。"

"确实很有可能。"

"我们现在可是基本确认你的客人是动物人了,你怎么一点儿也不兴奋?"

"也不是,你确实发现了一些事情,可……好像也没什么意义。"

"你认真的?当然有意义!动物精灵买那么多书干吗?"

"大概就是……读呗。"

"有可能,但明明可以当面问,干吗非得猜呢?这么多年了,他们应该很信任你了,卸下一点儿伪装也没什么吧。"

"又不是天天一起喝酒看比赛的交情,我们也就是时不时打个照面而已。"父亲摇晃着手里的馅饼,好让它凉得更快些,"要是我多问两句,这两位动物人估计立马扭头就走,再也不回来了,如果他们真是动物人的话。"

"也是,奶奶也是这么说的。"

"你妈妈也这么觉得。"他伸出手,亲昵地拍了拍钢丝绳的脑袋,"不是说我们不在乎这事儿,实际上我可能在乎过头了。我特别害怕伤害到他们,去年我甚至做了个噩梦。"

"什么噩梦?"

"感觉特别真实。在梦里我正等着他们来店里,但他们一直没现身。于是我走出书店,可不知为什么,书店在一片玉米地里。我四处游荡,发现地上有一件血淋淋的破外套。不知怎的,我心里清楚地知道他们是因为我死了。"

"太可怕了。"

"的确可怕,不过噩梦不一定会成真。也许随着时间的推移,我的客人会觉得我们值得信任,但考虑到动物精灵的寿命,这可能需要几十年甚至几代人的等待。所以,我希望到时候能够和他们建立友谊的人是你。那该多好呀?"

他说得对。

"他们为什么这么怕我们？"妮娜好奇地问道。

"这也是我最想不明白的地方，"父亲坦白道，"真的。不过我们也了解人类，所以肯定事出有因。"

"你觉得真的有人在猎杀他们吗？我在网上看到过这种说法。"

"毫无疑问。人类会猎杀任何东西，妮娜。"

时间回到此刻，妮娜坐在房门紧锁的卧室里，打开鞋盒，低头看着用围巾裹住的太阳镜。突然，一阵强烈的保护欲从她心中升起，促使她关上了鞋盒。

"尼弗蒂，"她说，"停止并删除录像。"

"你确定吗，妮娜？"手机发出声音，略带一点儿得克萨斯州的口音，"你想要删除录像吗？"

她不想让那些动物人有被伤害的风险，不管风险有多小。就算是有密码锁，有心人也总有办法看到"故事汇"的视频日记。"确定。"

显示屏变得漆黑。

接着，传来一阵轻轻的敲门声。

"妮娜？"父亲喊道。

"请进！"

他把门开了一道缝，把身子探了进来。"我有一个好消息和一个坏消息。"

"先听坏消息。"妮娜说，她一直以来都是这么选择的。

"我要坐火车去祖母家，可能得待一晚上。"

"怎么了？"往常要去祖母家，会提前好几天就计划好！"她生病了吗？"

妮娜总觉得祖母身体健康是理所当然的。老实说，祖母确实精力旺盛，冰天雪地的时候出门散步，连喷嚏都不打。再举个例子：在一次家庭聚会上，大家全都因食物中毒进了医院，她是唯一一个例外。这可不太公平，毕竟祖母吃了两大碗卡尔叔叔做的神秘砂锅菜。

不过，祖母不是说她最近心情不太好吗？

"没有，"父亲说，"不用担心。只是市政府给了个警告。"

"嗯。什么警告？为什么？"

"有棵橡树的叶子落到她的土地外面了。不修剪就会被罚款。"

"谁在乎？那地方也没人住！"除非……"等等，是不是保罗举报的？"

"你怎么知道？"

"他说祖母的土地一团糟。我就不明白了，他露营的地方离祖母家有四分之一英里远呢！再说了，除了铁丝网围起来的那个地方以外，他那边还不是乱七八糟的……"

父亲耸了耸肩。"没事儿，我去砍几根树枝就好了。"

"我只是不理解保罗为什么非得举报她，肯定不只是落叶的事儿。"

"确实不是。"

"那是什么情况？"

"就是心眼儿小而已。前段时间他给了两个报价，要买你祖母的地，第一个报价太低了，但第二个报价还不错。当然，两个报价她都拒绝了。我不知道他到底想干吗，也不知道为什么他要买这么多土地，先是'天堂'社区，现在又是那片老果园。但我了解这类人,就是心眼儿特别小。"

"哇,我就知道这家伙肯定有哪根筋搭错了。"妮娜说,"在祖母的地里拿着个指南针鬼鬼祟祟的……"

"至少他没再来了。"父亲退后,准备离开。

"等等!那好消息呢?"

"噢!差点儿忘了,"他咧着嘴笑道,"你有个包裹。"

"是字典吗?"

"我没打开,不过确实比一堆砖头还重。"

"肯定就是字典了!"

妮娜激动得蹦了起来,不小心把鞋盒从桌上扫了下来。鞋盒摔在地上,盖子开了,蓝色围巾从盒子里掉落到地上。

那副墨镜消失得无影无踪,仿佛凭空蒸发了一样。

第十章
水腹蛇遭遇赏金猎人

　　我得为自己说句公道话,当我同意给瑞恩当"时装模特"时,我还没有完全理解这个词的含义。由于她们家族里有一群胆大包天的世界旅行者,在耳濡目染下,她们也学会了地球上一些难以理解的术语。"简单来说,就是我设计衣服时请你帮个忙。"她解释道,"我最后定装的时候得有人试穿一下。"
　　"可我比你高。"我一边说着,一边尽量展开双臂。
　　"没关系,不用太合身。"她说道,"反正我现在设计的也是宽松款,穿着更舒服。"
　　我们在木筏上喝着早茶,漂在我晒太阳的岩石附近的平静浅滩上。
　　"说是这么说,"我说,"但让里斯克来当模特不是更好吗?她可是你的双胞胎姐姐啊。"

"噗。"瑞恩冲我吐了颗山莓,不屑地挥了挥手,好像我的提议是只烦人的苍蝇,"她天天忙着和新朋友玩儿呢,不知道的还以为她是他们家族的。都怪扎尔,里斯克觉得他特别厉害。"

"谁?"

"扎尔,是头混血狼,他们家族都是干走私书籍活计的抄书人。"

"那确实挺厉害的。"

"怎么连你也中招儿了!"瑞恩举起双手喊道,"都怪你,要不是你这么爱看书,我和里斯克一开始也不会和那帮抄书运书的人走那么近。以前叔祖父冒险带回来的随便什么小物件儿就能让我们高兴好久。手机啊,瓶子啊,杂七杂八的。再瞧瞧你!一周得读一本书!搞得我姐姐整天不见人影!我觉得她没准想嫁给他了!"

"所以呢?"据我所知,郊狼寻找终身伴侣也是很正常的事情。他们会找到那个特别的人,陷入爱河,然后发誓互相守护终生。对比下来,水腹蛇的爱情就完全相反,厮守终生的往往是少数。我自己倒是没什么想法,如果真的遇到了那个特别的人,我也可以结婚。不过她肯定得适应在水边生活。"如果里斯克真心喜欢扎尔,这不是好事儿吗?"

"也许吧。"瑞恩叹气道,"确实是好事。"

我一口喝完了不冷不热、没什么味道的茶。"好吧好吧,我给你当模特。高兴了吧?"

瑞恩哼了一声。"这还差不多。对了,你要的那本书我给你带来了。"她递给我一个纸包,"再过一天就要消失了,所以你得快点儿读。"

"没问题。我妈妈总开玩笑说，戴上眼镜后，我读书的速度快得吓人。"我轻轻拍了拍眼镜，"但索娜也戴眼镜，可她必须盯着一页文字看半个小时，才能明白意思。"

"那你要花多久？"瑞恩好奇地问。

"现在吗？基本上瞬间就懂了。以前还得花几分钟，后来我专门练习过。"

瑞恩停下来想了想，问："你想家吗？想兄弟姐妹吗？"

"想。"我坦白道，"我也很担心他们。上次那只水怪告诉我他们都还活着，但已经是很久之前的事情了。就算它说的是真的，但一年的时间里也会发生很多事。你真幸运，可以和那么多家人生活在一起，阿姨啊，叔叔啊，表亲啊。就算你姐姐最近总和狼黏在一起，至少你知道她很安全。"

"我们可以领养你！"瑞恩提议道，"物种不同也没关系的。湖边有个郊狼家族里就有个成员是负鼠。"

我哈哈大笑。"谢了，不过我现在这样挺好的。"

"反正你记着就行了。下本书想读什么？关于爱情的？还是悬疑？"

"来点儿刺激的。"我说，"这样我就可以去冒险，还不必赌上性命。"

"明白。"一阵沉默过后，她开口道，"谢谢你同意当我的模特。"

就这样，第二天早上，我被迫穿上了一件白色亚麻连衣裙，从脖子到膝盖都被打扮得漂漂亮亮。我和瑞恩站在帐篷和晒太阳的岩石之间的一块平地上，她在我身边绕来绕去，一只手拿着像刺猬尖尖的刺似的针,在我的衣服上用亮彩色的缎带织出一张网来。每次她捏起布料,再把针戳到衣服上,我都会本能地退缩一下,不过她从来没真的弄破我的皮肤。艾米坐在树荫下一只肥实的白色蘑菇上,目不转睛地看着我们。

"我的第一场走秀会在山谷里举办,"瑞恩说,"你们都来吧。"那一天,她穿得不像平时那么精致,只穿了一件臀部有蓝色流苏的无袖连衣裙。"嘿,艾米,你喜欢什么样的衣服?"

我的邻居抬起小手,好像耸了耸肩,默默地鼓起蓝色的喉咙。

"他不穿衣服。"我说。

"我阿姨也是这样,她说不喜欢衣服摩擦皮肤的感觉,说会分心还是什么的。"

"这不一样,艾米从来不变成人形。"

"一次都没有吗?"瑞恩围着我绕了两圈,然后把一缕蓝色的彩带缝到衣服上,"为什么?你不喜欢人形的样子吗?"

艾米没有回应,而是跳下蘑菇,蹦蹦跳跳地离开了。

"嗯……他不喜欢谈论这事儿。"我解释道。

"会不会是他们这个种族要……"

"我们换个话题吧?"

她看了眼那朵蘑菇,脸微微发红。"嗯,好。那个拿着望远镜的怪家伙在干吗?是你朋友?"

"什么?"

瑞恩朝河岸边努了努鼻子。我慢慢地转过头,生怕碰到那些随时会戳破我皮肤的别针。森林边高高的草丛里趴着一头灰熊,正举着一只双筒望远镜盯着我们。与她圆圆的脸相比,这双望远镜显得小得离谱。她用的是孩子们在野外课程中使用的那种望远镜,虽然这个怪家伙不是成年灰熊,但体形显然已经不适合用这只望远镜了。

"我以前从没见过她。"

瑞恩生气地用鼻子喷了口气,喊道:"嘿!你!别偷看了!我都没法儿集中注意力!"

我被她的声音吓了一跳。"态度好点儿,行吗?要是我们得跑路,你这功夫不就白费了吗?"

"你要跑?"她生气地叫道。

"不用跑的,用游的。"我对着湖面努了努下巴,纠正道,"往那边游,这样你们这些哺乳动物就抓不到我了。"

"奥利!你这个胆小鬼!"她突然紧张起来,"那头熊过来了。"

"我看到了。"

果不其然,那个怪家伙放下了手里的望远镜,快步朝我们走来。即使是人形形态,她那粗粗的手臂也长满了毛,随着大大的脚步来回摆动。她一手拿着一块剪贴板,双筒望远镜则用黄色绳索挂在她脖子上。

"看来这家伙是上门推销的,"我猜测道,"还好不是什么坏人。这些人虽然烦人,但基本不会伤害我们。"

"你错了。"灰熊说,话语低沉而流畅。她耳力惊人,因为我刚刚说的都是悄悄话。她在我面前停了下来。因为我站在一只侧翻的木桶上,所以我们四目相对。

"那你是干吗的?"我问。

作为回应,灰熊翻了翻夹在剪贴板上的文件,抽出一张纸。她看了看我,又看了看纸,然后把那张纸翻了过来,露出一幅墨迹画,画的是一只戴着眼镜、邪笑着的水腹蛇。"这是你吗?"她质问道。

"你上哪儿画了张画像啊,奥利?"瑞恩问。

"我没有!"我用手指戳了戳漫画,"你认真的?这跟我哪儿像了?除了眼镜!"

"是吗?"灰熊说道,"你仔细看看鳞片的纹理。"和我一样,画上的人没有眉毛,只有鳞片。

"这证明不了什么,"我反驳道,"很多水腹蛇变成人形以后脑门儿上都有鳞片。比如我妈!"

"看来是家族遗传啊?"灰熊问道,"那你妈妈也爱咬别人的脚吗?"

我惊讶地张大了嘴巴。离森林里的那场闹剧已经过去两年了,我很久都没想起鳄鱼布伦小姐了,但显然,她对我还耿耿于怀。

"你是赏金猎人。"我猜。

"没错。"

"我的天哪!"我惊恐地用双手挠着脸,"她的脚趾不会没了吧?难不成……难不成一整只脚都没了?对不起!我不是故意的,我还以为她会没事儿的。那种体形的人……"

"放轻松。"这位赏金猎人挤出一个僵硬敷衍的笑脸,"不是你想的那样。"

"什么?"

"我的委托人好着呢。"

"那你来干吗?"瑞恩质问道。她脑袋上的毛都竖了起来。

"被你伤到的小姐要求你当面道歉,并赔偿卧床休息两天的损失。走吧,路可不近。"她伸出爪子般的手,似乎想把我连人带衣服一起拽走。

"别这样!"我喊道,"是布伦先踩了我的尾巴,还想用帐篷杆打我的脑袋,而且还把我的毯子偷走了!"

"这就不关我的事了。"她不耐烦地弯了弯手指,"我说了,快跟我走。"

在我下定决心要跳进湖里的一秒钟前,瑞恩突然开口问:"赏金是多少?"

赏金猎人哼了一声,把我的通缉令画像翻过来,指着一行文字,上面歪歪扭扭地写着:报酬是一顿早餐。

"我就值这么点儿?"我目瞪口呆。

瑞恩笑得前仰后合。"你这算哪门子赏金猎人?一顿早餐就把你收买了?"

"我还在实习,没什么大活儿可接。再说了,又不是说这活儿容易,你知道你有多难找吗,小蛇?我有半数线人都说你两年前被怪物绑架了。"

"确实差一点儿就被绑架了。"我说道,然后想了想说,"所以你追踪我是为了积累经验?"

"是啊,"她坦白道,"万事开头难嘛。"

"既然这样,我也要给你个任务。两顿鲜鱼早餐,把我的毯子带回来。"

实习猎人慢慢眨了眨眼。她那双琥珀色的大眼睛闪闪发光,仿佛被云母覆盖着。"我不知道可不可以,"她说,"这是灰色道德地带。"

"我还不知道原来赏金猎人也讲究道德呢。"瑞恩不屑地说道。

"而且,"我急忙补充道,"我会为这次咬伤事件写一封正式的道歉信。要不然你就得先抓到我再说了。"

赏金猎人上下打量着我,注意力停留在袖子和裙摆飘舞的缎带上。瑞恩在衣领下绣了一颗狼心,她说这些鲜艳的丝带就像是血管一样。总之是非常高级的概念。就我个人而言,我只是觉得这个设计看起来很漂亮。虽然我自己不会穿这种风格的衣服,但不代表我不能欣赏别人的作品。灰熊似乎很想合作,她的眼神微妙地柔和了下来。

然后,瑞恩插话道:"抓住机会,你就不用追他了。要么接受他的条件,要么准备战斗!"

我急切地说了句:"不要!"但为时已晚。

"哈哈哈,"赏金猎人笑道,"多吓人啊。"我了解瑞恩,在她看来,对自己的威胁报以嘲笑,那是对她最大的侮辱。

"我可没开玩笑,"她说,"你不能这样威胁我朋友,然后……"

"你不会觉得自己能打得赢我吧?"

瑞恩闭上了嘴,恨恨地磨起了牙。然后,说出了我最害怕的那个回答:"我知道我能。"

"不要忘记阿姨的提醒,瑞恩!"我乞求道,"想起来了吗?息事宁人!掂量掂量对方的斤两!"

"这跟那条鲇鱼不一样,奥利。"她说,"没什么危险的,她就是个花架子,只会说大话。"

"你才说大话呢。"赏金猎人仍然笑着,反驳道。

"那我们现在就来分个高下。"瑞恩说,"徒手一对一肉搏,谁先摔在地上谁输。"

"等一下,"猎人说,小心翼翼地摘下了望远镜。她把望远镜和剪贴板放在地上。"我可不想在把你一脚踢进湖里的时候弄坏东西。"

"非得打吗?"我问,"就不能不打吗?"

"只是一场友谊赛而已,奥利。"瑞恩说,"我在山谷里还从来没输过呢。"

"行吧。"我小心翼翼地坐了下来,把钉着缎带的布料摊开。然后,为了强调我不想参与两人的胡闹,我抱起了双臂。

猎人和瑞恩围着对方绕了好几圈,两人都不急于迈出第一步。然后,瑞恩假装向右,挥出一拳。猎人用一只肌肉发达的手臂挡住了她的进攻,并试图用膝盖顶瑞恩的腹部,但瑞恩敏捷地跳到了一边。我缩了缩脑袋,用手捂住脸,从手指缝里偷看两人的打斗。尽管瑞恩身手敏捷,速度快,但很明显,这位猎人是一位训练有素的战士。看着她傲慢的笑意,踢腿和拳击明显也没出全力,我就知道她在逗瑞恩玩儿,就像成年熊和幼熊打架一样。要是把她惹急了,我的朋友就麻烦了。

不过打了半天两人都没见血,也没受伤。我放下了双手,放松了些,突然觉得没准儿这真的只是一场友谊赛,只为切磋,没人会受伤。

紧接着,瑞恩一个扫堂腿,把猎人绊倒在地。

"踢中了!"她大叫一声,猛扑到猎人身上,想要锁住她的头,"认不认输?"

灰熊原本的笑脸突然变得狠毒起来,说道:"别高兴得太早了!"然后,她不费吹灰之力就站了起来,瑞恩紧紧搂着她的脖子,但根本威胁不到她,活像一条郊狼形的披风挂在灰熊身上。

"快放手!"我喊道。

猎人高高跳起,然后向后倒去,想把瑞恩摔在地上。要不是瑞恩及时撒手逃脱,肯定会被压扁。

"是平局!"我宣布道,"真厉害!"

她们没有听我的,开始激烈地搏斗,互相碰撞、格挡、闪避。没过一会儿,瑞恩的上嘴唇就流出了鲜血。她舔了舔嘴唇,向左瞥了一眼,好像在寻找什么。在整个战斗中,她一直在这么做。

我突然意识到,她这是在本能地寻找自己的姐姐。

我必须阻止她们。不过,她们根本不听,不管是我说的话还是阿姨说的话。我和兄弟姐妹打架时,我妈妈是怎么做的?她是如何恢复秩序的?

她会去湖里打一桶水,浇在我们头上。但我没有水桶。这时,猎人仰起身子,举起拳头,龇牙咧嘴,露出了能裂骨撕肉的尖牙。

我惊恐地大喊一声,用意志力织成一个篮子,盯着湖面,舀起几加仑浑浊的冷水,一滴不剩倒在了瑞恩和猎人头上。

哗啦。

我从来没想过这样使用塑造世界的技能,其"后坐力"让我瑟瑟发抖。太阳穴后面一阵疼痛,就像屏住呼吸太久时的感觉。不过效果显著。

"够了!"我喊道,"瑞恩,别打了,不然我再也不给你当模特了。猎人,你也别打了,不然我不会配合你的工作。明白了吗?"

湿漉漉的两人朝我眨了眨眼。然后,两人大口喘着气,沉默了10秒钟,紧接着同时往后退了几步,像是被一股无形的力量给推开了似的。我的朋友一边在那块晒太阳的岩石周围大步走着,一边用爪子般的手指把头发理顺。赏金猎人则从剪贴板上扯下两张纸递给我,说:"明白。我需要一张你那条毯子的图片,能画出比长方形复杂的图案吧?"

"可以。那条毯子是我妈妈织的,图案是我们家人的指纹,我忘不了的。"

瑞恩递给我一根木炭棍,这是她用来缝衣服的工具之一。然后,她走到我面前背对着我,让我在她背上画。我开始画画。

"你也可以用我的剪贴板。"赏金猎人别扭地说道。

"不用,"瑞恩说,"他给我当了一早上的模特了,我在还人情。"

我问:"为什么你的脊椎这么凹凸不平?"

"那是我的尖骨头,在旁边画。"

我尽了最大的努力,没过多久,猎人的剪贴板上就出现了一幅毯子的悬赏画,还有一句手写的道歉:抱歉伤了你的脚趾,下次不会了。

"我觉得诚意很足了。"猎人说,"客户八成不会满意,不过就一顿早餐的报酬,我也懒得管那么多。"

"万一那位客户又提出更丰厚的报酬怎么办?"瑞恩问道,她仍然站在我和猎人之间,"你的底线在哪儿?"

猎人耸了耸肩。"后会有期,小蛇。"她说。

我也没告诉她我的真名。

住在帐篷里的好处就是，你可以随时收拾行装，随心所欲地搬家。那天晚些时候，在瑞恩的帮助下，我搬到了四分之一英里外的地方，在这片区域，森林和湖泊几乎合二为一。虽然现在从睡觉的地方走到晒太阳的地方变得更远了，但天黑后这边更隐蔽，还是小命要紧。结束后，瑞恩和我坐在一棵倒下的半浸在湖里的树上，用脚趾拨弄湖水。

"赏金猎人可真奇怪。"瑞恩说，"要不你还是加入我们家族吧，人多势众嘛。"

"我倒是不怕一头还在用儿童望远镜的灰熊。"我说，"再说了，赏金猎人不是有行规的吗？比如除非遇见重大犯罪现场，不然不能使用武力？"

瑞恩哈哈大笑。"那倒是，不过谁管这些规矩呢？"

"要是那头鳄鱼想置我于死地，也不会雇用一个实习生了。"我分析道。

"八成是吧。"瑞恩转过身站了起来，用轻盈的脚步跳舞似的走到这棵倒下的树的尽头，然后张开双臂，轻轻一跳落到地面上。她拿起自己那个装满缝纫用品的篮子，说："晚安，奥利。注意安全。"

"你也是。"我说。

我忧心地看着她走远。也不知道里斯克会不会厌倦那个爱吟诗的家伙。过去一周，里斯克和他在山谷里度过了所有空闲时间，所以瑞恩每次都是独自来找我。

太阳快下山了。郊狼和水腹蛇都不怕黑夜，甚至更喜欢在夜间行动，但一阵别样的恐惧总是萦绕在我心间。虽然已经过去两年,而且我离森林深处很远,应该不会被那头发出嗒嗒声的怪物伤害,但我还是清楚地记得它双眼中仿若火焰余烬的光亮,想起曾在森林的黑暗中看到它们,我至今仍心有余悸。

"下次我们应该和她一起走。"我说着,拍了拍身边的空树皮。艾米从我胸口的袋子里爬出来,顺着我的胳膊爬到树上。

"谢谢你来陪我。"我继续说,"还好有你这个好邻居,要不然我的日子不知道多难过。"

艾米张开嘴,笑了笑。然后他爬走了,去找地方睡觉。他喜欢睡在树根下舒适角落里的苔藓上。附近这种地方有很多。

我没打算永远住在这儿。如果那头鳄鱼还是要报仇,估计这几个月就会行动。希望这不会发生,我也得往前走了,把和她的矛盾,还有我跌跌撞撞进入成年的经历都抛在脑后。

几周后,秋天刚刚来临时,赏金猎人回来了。当时我把艾米装在一篮子露水般光滑的树叶里,正徒步前往晒太阳的石头,突然,她从森林里喊我:"嘿!小蛇!我有东西给你!"过了一会儿,我才认出她那圆润、深沉的声音。

"是你吗,赏金猎人丫头?"我大声问道。艾米把头靠在篮子边上,圆圆的眼睛盯着森林里的动静。我用舌头感受了下空气里的味道,但她应该还离很远,我没能嗅到。她走路一定很小心,我没有听到沉重的脚步踩出的嘎吱声。

"我拿到你的毯子了!"她喊道,这时我才终于看清她的身影。她身穿树皮色的衣服,在森林里隐藏得很好。她慢跑了几步来到我面前,然后把一捆紧紧绑在一起的羊毛塞给了我。这是一条折叠过的毯子,有着十分亮眼的夕阳红色和橙色。我轻轻地把装着艾米的篮子放在地上。"不对,"我说,"我的毯子是棕色和绿色的。"不过我还是从她手里接过了毯子,抱在怀里。毯子上有淡淡的丝绸香味和烟味。是家的味道。

"不可能。"她挥舞着剪贴板,上面画的是一条有图案的毯子,是我当初用木炭画下的悬赏图。"纹路完全一致啊,你不会觉得我是随便从晾衣绳上扯了一条下来吧?"

"你在哪里找到的?"我问。绑在毯子上的绳子系成了一个优雅的蝴蝶结。我双手颤颤巍巍地解开了蝴蝶结。

"在悬崖边的红石城。"她说。

我把毯子逐渐展开,露出了母亲精心缝制的均匀针迹,还有代表我们家族的图案:锯齿形的线条和钻石。"你在那边看到别的水腹蛇了吗?"我问,"和我差不多大?这是我妈妈给我哥哥织的。"

"啊,"她说,"哎呀,糟糕。真的?"

"当然!这条是橙红色的,我的是棕绿色的,我不是在悬赏令上写得清清楚楚的吗?"

"颜色这东西我总搞不清楚。"她解释道,"毕竟每种动物看到的颜色都不一样。大多数熊都是红绿色盲,你不知道吗?这都是生物常识。"

"没关系,真的。我问你……我哥哥当时在城里吗?他叫维斯特,比我长得高些、白些。他不戴眼镜,但我俩眉毛上的鳞片是一个颜色。"

"有关系,是我犯了错,这是我的责任。不过你也得承认,你给的描述确实有误导性。我还以为只有你的毯子才有这种图案的。"

"行行行,不管这个!所以你到底是从谁手里弄来的?"

"你说什么？"她猛地站起来，至少有六英尺高。不知道她变成熊形态会不会更高，不过说实话，我也没那么想知道。"注意你的口气，小蛇。"

艾米从篮子里跳出来，紧紧抓住我的大脚趾。我也不知道他是想安慰我，还是想阻止我进行一场注定赢不了的打斗。

"对不起，"我的声音小了下来，"只是我真的好几年没见过亲人了。我甚至都不知道他们是不是还活着。这是第一个证据……"我低头看了看毯子，"这是第一个实打实的证据，证明我的家人还在，你明白吗？"

猎人交叉着她肌肉发达的手臂，这种姿势似乎更具防御性，而非威胁性。"可惜，"她说，"我是从一位商人那里买来的。他什么都卖，但我没看到有水腹蛇。可能你哥哥用毯子换了其他东西。"

"维斯特不会这么做的，他宁愿卖器官也不会卖毯子。这条毯子是妈妈送给我们的礼物，是除了我们的生命以外，她送出的最珍贵的礼物了。那个商人是谁？我得知道他是什么时候、从谁手上拿到这条毯子的。"

"呃……"她看了看剪贴板，"他是头豪猪，名叫'暴脾气'法里斯。但相信我，你千万不能和他讲这件事。"

"为什么？"

"第一，你听他的名字就知道他脾气不好了。第二，这毯子是我偷来的。嗯，既然我是为你干活儿的，那实际上这毯子算是你偷来的。"

"你说什么？！"

她举起空闲的那只手，往下虚按了一下。"放轻松，没人知道的，我可是专业人士。"

"专业人士？什么意思啊？"

"意味着我会保密。我不会把你供出去的。"

"可我从来没同意当小偷的共犯啊！"

"你想让我把这破毯子还回去？"她这会儿叉起了腰，用两根手指夹着剪贴板，"这倒是可行。"

我紧紧抓住毯子，像是害怕她会从我手中把它拽走似的。羊毛摸起来又粗又重，但不会扎人，好的毯子都不会。我想起了维斯特，他是倒数第二个离家的孩子。我想起他离开家时回头看我的样子。他看的不是母亲，也不是房子，而是我。也不知道他是不是为了我而推迟了离家的日子，他知道我肯定会很孤单。

为什么我没跟维斯特一起走？我们本来可以互帮互助，一起度过最初的几天或几个月。水腹蛇兄弟姐妹成年后并不常待在一起，但这也并不意味着待在一起就是错的。我低头看着维斯特的毯子，不禁想到，如果他或者我当初离开家的时候没有那么孤单，是不是就不会遇到那么多艰难险阻了？他还活着吗？我张开双臂，把毯子完全展开，铺在地上。然后我跪下，弯腰向前，轻轻地抚摸着羊毛。

"你在干吗？"猎人问。

"看有没有血迹。"我的眼镜滑落到了鼻子上，我抽泣着把它推了上去，"我在找有没有维斯特的血迹。万一……"

她也弯下腰，整个身影笼罩住了我，一副想帮忙的样子。"这就麻烦了，这一半毯子都是红色的啊。"

我张开嘴，发出绝望的无声尖叫，然后脸朝下趴在了毯子上。我把脸埋在羊毛里,世界暗了下来,充满鼠尾草和烟的味道。我深深吸了一口气,想要稳住心神。水腹蛇可以屏气很长时间,就算变成人形也可以,但一口气不能永远憋下去。归根结底,任何事情都不可能永远持续下去。

我发出一声绝望的叹息。艾米跳到我的头上,同情地拍了拍。

"呃,那什么……"我听到身后沉重的脚步声。我慢慢地转过头——免得艾米被甩下去——透过眼镜望向猎人。

"你先别急。如果你哥哥真的在那条毯子上被残忍杀害了,毯子上肯定会有大片血迹,肯定看得出来,对吧?"

"也许吧。"我承认道。

"那你的毯子是什么时候丢的?"

"两年前。"

"好的,也就是你妈妈刚给你就丢了。是怎么丢的来着?"

"我说过的。"

"一位小姐用帐篷杆把你赶出了她钓鱼的地方。那么有没有可能,类似的事情也发生在你哥哥身上了呢?"

我坐直了身子。"对啊。"艾米跳到我肩膀上,从我的手臂爬下,坐在我身边。

"也有可能,是有人趁他不注意,把毯子偷走了?就像我把它从商人手里偷来那样?"

艾米和我一起点了点头。确实,这很有可能。

"所以你打算怎么办,奥利?或者更准确地说,你想让我怎么办?"

我站起来,提起毯子一角,掸去上面的干树叶,然后认真地把毯子叠好。"谢谢你找到了维斯特的礼物，猎人。我会为他好好保管的。"

"嗯。"她递出剪贴板，我的那页悬赏令在最上面，"我只需要你亲手写个证明证明我完成了任务就好。"

"有能写字的东西吗？"我一边问，一边把毯子放在一片相对干净的地上。艾米像爬一座柔软的小山似的爬上了毯子，在"山顶"蹲了下来。他对我眨了眨眼，意思是快到午睡时间了。老实说，我也想打个盹儿了。

"当然。"猎人在腰包里扒了扒，找出一根用细绳缠绕的磨尖的石磨棒递给我。我拿着剪贴板和棒子，走到阳光下，写下了"任务完成，谢谢"几个字。与此同时，我故意用湿漉漉的手掌在毛毯画上摩擦，模糊了我们家族图案的细节。有的知识，比如"万能路"的故事，在尽人皆知的情况下最有用；但有的知识反而要好好守护，不能外泄。

而且，我也想彻底撇清自己和这起盗窃案的关系。我可不想和一头豪猪交恶，他没准儿会往我的床单上放尖刺呢！

就算猎人发现我把画抹花了，她也不会说什么的。"祝你好运，"她说着，把剪贴板塞回包里，"希望你早日找到家人。"

"你不要报酬，不吃早餐了？"

"算了，"她说，"我也搞砸了，就当咱们扯平了。"她把油亮的黑发往后梳了梳，"如果你需要帮助，可以去七峰山脉第三座山脚下的洞穴。我的家人都在那儿工作。"

"他们也都是赏金猎人？"我问。

"大多数都是。有的人是调查员，因为他们不想和罪犯打交道。你需要他们帮你找人的话，我推荐我姑姑，她专门寻找走丢的孩子，不过我估计找一个走失的哥哥也不在话下。有时候，她甚至会去地球上旅行。"

"真的？"

"当然。我们在那边有关系，都是信得过的人类盟友。他们还帮助我们躲避国王的骑士。"

"哇，"我说，"你是说'梦魇'？"

"对，那个混蛋。"

"七峰山脉有多远？我没去过那边。"

"你知道怎么用指南针吗？"

我点了点头。

"往西北，二百八十度方向，走四十英里。不过我得先提醒一句，我姑姑日程表排得很满，她已经好几十年没做过实习工作了。所以你得拿出点儿诚意来，不然会被她一脚踢出洞去。"

"什么意思？"我问，"什么才叫有诚意？"

她咯咯笑了起来。"意思就是，你别想着用一顿早餐收买她。祝你好运，奥利。"

我看着猎人蹒跚而去，她的身体很快与森林的颜色融合在一起。直到后来，当我轻轻地把艾米从毯子上移到篮子里时，我才想道：我从来没有告诉过她我的名字，那她是怎么……

"瑞恩说得对，"我嘟囔道，"赏金猎人真是可怕。"

我不想向调查员寻求帮助。我要靠自己找到我的兄弟姐妹们，而且要把八个全部找齐。

第十一章
水腹蛇来到岔路口

也不知道我有没有错过什么预兆。整个夏天和秋天，我都沉浸在自己的计划里，这些充满未知同时又饱含希望的事情，占据了我所有时间。我甚至都没有时间去岩石上晒太阳打盹儿了。可怜的瑞恩不得不为自己重新找位模特。我做饭也往往懒得调味，没怎么煮熟就往嘴里塞。"万能路"跨越两座森林，把我送到了这里。但这片无底湖是大大小小无数条河流的水源，根据我找来的地图看，其中一条河流就流经妈妈居住的小屋。我可以跟着这条河去水坝镇，问问当地的旅店老板，开始我的调查。

据我估计，我的兄弟姐妹们离家后，应该在城里待了好几天甚至几周，以适应独自一人的生活。要不是我走错了路，我本来也是这么打算的。我这几年也常常向往去镇上看看，但

"万能路"把我送到了太远的地方,不管是走路还是蛇行,都太远了。有时候晚上做梦,我还会梦见我的家人们,包括最爱冒险的索娜,都在镇子上我们最喜欢的小餐厅里等我。等着等着,我们就长到大得能够吞下一座山了。

从梦里醒来后,思乡之情促使我更有干劲地去改造木筏。我必须把它从一艘只能在湖面漂流的筏子改造成能够顺流而下的小船,要经得住激流的颠簸,不会散架或者倾翻。在这个过程里,我的觅食和木工技能都得到了极大的锻炼,我还锤伤了自己的两个拇指。两次。

好在我改造出了一艘还不赖的小船,相信它能够让我在一百英里的水上旅程中保持干爽。"是时候了,"我一边对艾米说,一边打量着我的新装备,一艘搭载两条长凳的宽船,"等里斯克和瑞恩找到更详细的水路图,我就可以出发了……"

艾米蜷缩在一篮子树叶和苔藓中。他最近特别爱打盹儿,想必是因为他这一种类的蟾蜍对寒冷特别敏感。尽管天气越来越冷,但早晨的草地上还未结霜,不过树叶正在变黄掉落,森林地面嘎吱作响,整个林子里气味浓郁。

"过了冬天再说。"我改口道。

小时候,我会在母亲那间石头小屋里的火炉前过冬。晚上,我和我的兄弟姐妹都依偎在一起,互相取暖,彼此安慰。我还记得,随着越来越多的哥哥姐姐离开家,冬天也变得越来越寂寥,直到最后只有我自己在家,又孤单、又寒冷。起初,我睡在靠近壁炉余烬的地方,享受着余烬的温暖。但有一天晚上,睡梦之中,我的手臂滑进了一堆烧焦的木头里,一块红光闪闪的橡木碎片灼伤了我。到现在我的前臂上还有一块长方形的黑色疤痕，微微发亮。

不像某些鳄鱼，我并没有怪罪壁炉的余烬。我只是一直以蛇形生活，直到伤口不再刺痛。我也不再睡在壁炉旁，给它留下了宽敞的空间，我每天只能自己颤抖着睡着。

作为一条已经独立的蛇，我的那顶帐篷太小了，而且很容易着火，无法在里面燃火堆。所以，每到寒冷季节，我都会把自己裹在毯子里，同时在帐篷的圆顶上抹一层泥来防风保暖。虽然在人形下我并不是完全的冷血动物，但我还是很难控制自己的体温。如果气温降到冰点以下，我是不可能熬得过沿河旅程的。如果不小心接触到一点点冷水，我可能就会立马蜷缩起来，冻成一个弹簧状的蛇圈。

"我只带最重要的物资，"我继续说道，"这样，所有东西应该都可以放在后面。看到了吗？"我爬上小船，膝盖弯曲，坐在长凳后面。艾米从他的编织篮边伸出脑袋看着。

"那些不重要的东西，我会埋了，或者交给双胞胎姐妹保管。我走了以后，你什么都不用操心。瑞恩和里斯克每个月都会来一次，保证我晒太阳的那块石头不会被偷走。她们也会来看望你。"

我停顿了一下，等待艾米的回应，但他并没有表达自己的感受，只是把头靠在篮子边缘，眨了眨眼。

"可以吗？"我追问道。

还是没有回应。

"我知道你可以照顾好自己，我们都可以。只是，作为朋友，我还是免不了担心。这就是朋友嘛。"

他闭上了眼睛。他的眼睑和喉咙一样，是蓝灰色的。

"怎么了？是因为我要走了不高兴吗？我很快就回来了。"我爬下船，蹲在朋友身边，低下头看他，"嘿，想和我一起去吗？"

艾米睁开了眼睛。他的虹膜带着美丽的金色圆圈，上面点缀着星星点点的黑斑，中间被又长又平的瞳孔一分为二。我突然发现，他这双眼睛是我见过的最漂亮的了。但问题是它们太小了，小得我以前都没仔细看过。

然后，他伸出右手，似乎想要拍拍我的鼻子安慰我。但在艾米够到我之前，他的身体松弛下来，一头倒在了树叶上。

第十二章
妮娜，16岁（1）

　　祖母家地外面的那圈围墙，当初建的时候就没指望它能坚持多久，所以既不够高，也不够结实，挡不住什么人。这面墙建造时没有掺灰浆，几十年来，在人们的双手和自然的作用下，墙上的石头一块块掉落下来。在某些地方，只能从几块排成一排、牛犊那么高的沉积岩看出这儿曾经有面墙。而在其他地方，植被爬过墙壁的缝隙，把石头推到了地上。那些封闭社区关闭后，大多数烦人精都走了，罗茜塔和祖母以为有大把时间可以整理东西了。但祖母没想到凭空冒出个保罗，这家伙要么想出价购买祖母的土地，要么用写满法律条文的投诉信轰炸她的信箱。上次父亲去修剪完橡树后，保罗又威胁要投诉噪声，因为野生的恰恰拉卡鸟太吵了。不过由于一些显而易见的原因，他的投诉信最终石沉大海。

"我们得请专业的人来帮忙了。"父亲看着石墙外部说。有人在石墙外边用喷漆示爱,但那句话有一半喷到了地上,只有"爱"字的上半部分和"永远"两个字在墙上。

"只要大家都回来待一星期,我们自己就能干完这活儿。"祖母说。

"大家住得都太分散了,妈妈。光是让大家坐飞机回来就得花一万美元,而且现在是春天,大家都在上学或上班呢。"

"你可以把石头卖给建海堤的人,能拿不少钱。"妮娜一边踢着一块鹅卵石,一边建议道。这块石头有一面是鲜红色的,八成之前是那句示爱宣言里的一个标点符号。

"确实。"她父亲同意道,"妈妈,我认识一个承包商,可以给你打高折扣。他星期三就可以来。"

"高折扣是打多少折?"祖母问。

"八折,已经够便宜了。而且他很乐意帮你清理垃圾最多的地方。"他指着两块石头裂缝之间夹着的一个生锈的旧罐子说,这个牌子的苏打水在90年代以后就停止销售了,"应该不到整面墙的一半。"

"听起来的确划算。"她叹了口气,"确实会整洁很多。我要是有钱,肯定早就叫你朋友过来了。"

的确,祖母现在没钱美化土地,但保罗投诉她的墙"损害公共形象",这可是要罚很多钱的。政府也不会管这些涂鸦是不是陌生人画的,重要的是这是她的墙,也就是她的责任。

"他接下来会干什么?"妮娜问,"还有什么他能举报的事?"

"你说谁?"她父亲问。

"保罗呗,先是橡树,现在又搞这一出。"

"他应该没什么能告的了。把外墙打扫干净应该就没事儿了,希望这之后他不会继续和你奶奶过不去。"

"你不是说,他们这种人都输不起吗?"当然,保罗没办法用法律手段把祖母从家里赶出去,但还有不少下作的手段可以选择,比如莫名其妙的火灾、蓄意破坏物品、用大写字母写的匿名恐吓信。诚然,妮娜总把保罗想得坏,但过去两年他一直在和一位老太太过不去,所以这个人也没什么人品可言。

老实说,妮娜也搞不明白这家伙到底为什么想要祖母的土地。十五英亩的土地买下来可不便宜,而这里又不是那种可以把房子翻新再倒卖出去的地方。毕竟"天堂"社区也不是无缘无故关闭的。再说了,要是他真的想在得州南部弄一块儿地,有的是大把卖家想跟他谈,可他就是缠着祖母不放。

妮娜回想起和保罗第一次也是唯一的一次见面,她觉得最奇怪的地方就是,他拿着个指南针问她附近有没有金属矿产。

"这附近真的没有什么矿产吗?"妮娜问。

"百分之百没有。"祖母说,"这附近最丰富的自然资源就是牧豆树了。"

"嗯。看来保罗不知道这件事。"

"他也不是第一个把黄铁矿当成金矿的家伙。"父亲开玩笑说。

大人们去讨论雇用承包商的具体细节了,妮娜则漫步到一棵牧豆树下乘凉,因为只有在阴影下她才看得清自己的手机屏幕。尽管买手机的时候广告宣称使用了"户外友好型"技术,但一被阳光直射,手机屏幕就变得像块黑色砖头一样。"尼弗蒂，"她说，"给我看看附近的地质图。"屏幕上弹出带有比例尺的彩色编码图像，她仔细读了读上面那些绕口令般的术语，什么"硅质碎屑沉积""复杂岩性"之类的。地质图也证明了祖母对附近拥有的自然资源的看法是正确的，这片地区甚至连铁矿都没有，这就带来了另一个问题。

"尼弗蒂，指南针在哪些情况下会失灵？"

妮娜略过了显示的前几个结果，因为这几条链接来自一些没什么可信度的论坛，网络上的任何匿名用户都可以在这些论坛上发表评论，也不管有没有依据。好在第四条链接来自一家学术性较强的网站，里面有很多教学资源，包括对指南针的解释。对于指南针的基本原理，妮娜早就一清二楚，比如它们指向磁场的北极，不应该在强磁场周围使用，它们的精度会受到金属的影响，等等。然而，网页上的"导航导论"网课并没有解释指南针为什么会出现旋转跳跃的情况。就连磁性沉积物都不会引发这种现象。

于是，妮娜换了个问法："为什么指南针像坏了的表一样旋转？"

"好问题。"尼弗蒂说道，妮娜微微一笑。虽然尼弗蒂对任何问题都可能如此回答，但人总是爱听好话。

加载出结果时，妮娜喃喃自语道："不可能吧。"最前面的几个链接中有一篇点击量较高的科学论文，题为《联结时代后的千禧年，两个世界的科学依然神秘莫测》。上了高中的妮娜阅读速度越来越快，她快速浏览这篇文章，在"指南针"这个词上停了下来，然后放慢阅读速度，仔细体会文章的含义。

"……目前，究竟存在多少所谓的'穿越区'仍不清楚，不过据估计，数量大概在五百至五十万个之间。研究人员推测，那些最大、最强的穿越区，也就是大多数动物精灵穿越到地球的地方，会对地球环境产生一定影响，导致可测量的磁场和温度异常。然而，到目前为止，没有任何行业内认可的研究支持这一观点。自称为动物精灵猎手的 J. C. 杰克逊最近发布了一段视频，声称该视频显示了穿越区异常的证据。在加拿大北部拍摄的这段两分钟的视频中，指南针就像时钟的指针一样旋转。值得注意的是，一位与动物精灵猎人相熟的消息人士称，这段视频是伪造的……"

妮娜放下手机。看来，祖母的土地很可能就是一片"穿越区"，在这里，动物精灵可以通过天空、土地和水在他们的世界和地球之间来回穿梭。这就解释了多年前那个"零工"和罗茜塔试图营救的鱼女孩的事情。

想到这儿，妮娜的目光停留在那口井上，它如此深不可测。难不成保罗发现了它的特殊之外？毕竟他们第一次见面时，保罗手上就拿着一个指南针。要知道，保罗这家伙也是个好奇心很强的人，应该会去研究指南针异常的各种原因。

妮娜倒是从没见过保罗带枪械，不过"猎杀"的方式也不止一种。比如设陷阱、下毒等。也许保罗恰恰很清楚指南针异常意味着什么。

烦恼之余，妮娜的目光从井里游移到了小溪上，小溪穿过祖母的土地，沿着一个小斜坡，流进了停在"天堂"社区银色露营车附近的一个管道里。

妮娜 14 岁生日那天，保罗非常关注这条河。她原本以为保罗警告自己不要往水里倒东西是想惹恼她，是想侵占祖母的一小部分土地。

"我知道他是什么意思了!"妮娜激动地站起来喊道,"奶奶,你地里还真有价值连城的自然资源!"

两个还在聊天的成年人同时转过身。"什么资源?"父亲喊道。

"水!"各个饮料公司一直在争夺新的淡水资源。尤其是那几家可乐灌装垄断企业,特别喜欢风景如画的地方的自然泉水,比如祖母土地里的那条溪流。见鬼,妮娜心想,保罗八成也已经看过那口井了。对他来说,溜进院子,把自己标有距离的绳子放进水里测量深度也不是什么难事。如果是这样,即使他不知道这口井的重要性,也会发现这口井的商业价值。

比起与动物精灵猎人为邻,后面这种可能性虽然更好些,但总归也不是什么好事儿。

事关钱财,妮娜觉得这家伙应该是不会停止纠缠了。

第十三章
水腹蛇直面死亡

我只去山谷那边玩过几次,虽然那边是里斯克和瑞恩的家,但她们更喜欢过来找我玩。她们说我这边比较"安静",但我觉得她们只是说得委婉了些,应该是"湖边没那么多爱管闲事儿的人"。

说实话,我对她们那帮总爱自吹自擂的亲戚印象还可以,当然可能是因为我跟他们相处的时间没那么长。而且,里斯克和瑞恩向来好动,就算让她们在一个地方待着,她们也静不下来,总是跳来跳去,要么直接跳起舞来,要么站起来又坐下,再或者就是表演金鸡独立,也可能像秃鹫盯着猎物一样在我晒太阳的岩石上盘桓。仿佛这对双胞胎知道一段隐秘而朗朗上口的节拍,这段只在她们心里存在的音乐是那么迷人,她们总是情不自禁地随之而动。

相比之下，我就不太喜欢旅行，从小就这样。就算那头怪物把我赶上树也无济于事。一想到要划船顺流而下，我就焦虑不安，想要张嘴发出"我不想去"的无声尖叫。要知道我已经为这次旅行计划了好几个月了。

所以，当艾米倒在地上，我喊了无数遍"嘿，伙计，醒醒！你怎么了？"他也没有回应我，甚至没有张开他那对小小的金色眼睛，我就知道，我必须得尽快找到治愈者了，就算这意味着我必须去山谷一趟。去山谷有两条路。第一条，我可以沿着一条宽阔的马车道蜿蜒穿过森林，避开崎岖不平的地形。我之前去山谷走过这条路，路上很安全，很容易走。但问题在于，这条路离我和山谷之间的直线距离很远，而且太过蜿蜒，要多走一个小时。所以里斯克和瑞恩来找我玩时很少走这条马车道，而是靠着地标和敏锐的方向感径直穿过森林。

那条路我只走过一次。一天早上，我和艾米正在做陶器，他做的黏土碗只有大头针那么大，而我的碗虽然样子难看，但至少用起来没问题。这时，双胞胎姐妹闯进了我的营地，大声嚷嚷着："烧烤宴会！烧烤宴会！再不去就赶不上了！"

"什么烧烤宴会？"我一边用亚麻布擦着沾满黏土的手，一边问道。艾米则用树叶擦着手。

"是山谷里的野花节，"里斯克解释道，"爸妈说今年想请你当特别嘉宾！"

"快点儿！"瑞恩焦急地说道，"我们会错过'香香大赛'的！中午就要开始了！"

"这都什么跟什么啊？都把我……把我弄迷糊了。"

瑞恩一边把我从晒太阳的石头上拽下来，一边说："能做出最香的花束的园丁，可以获得一块蛋糕的奖励！你可以来当裁判！"

帮着艾米爬到篮子里的里斯克则说："你确定？就他也能当裁判？"

瑞恩帮我扶正了眼镜："怎么不行？"

里斯克拉起我的手走进森林："非犬科动物也能闻到复杂的香气吗？"

"等等。"我脚下踩了个"刹车"，说道。姐妹俩停了下来，转身瞪着我。"首先，我还是能闻到花香的。其次，路不是在这边吗？"我朝东边的方向努了努鼻子。

"来不及走那条路了！"瑞恩说，"我们快迟到了！"

"那能怪谁？"

"怪我们。"里斯克说，"别担心，我们每天都从这条路走，很安全的，对吧，艾米？"

我的邻居眨了眨眼。

"行吧。"我说，"但要是遇上怪物了，那我就直接上树不管你们了。"

"有的怪物也能爬——"

"你放心，有我们在，没有怪物能伤到你，奥利。"里斯克打断道，"再说我们也不会遇到，这片区域根本没有怪物，它们很多年前就被山谷守卫者给赶走了。"

瑞恩补充道："我们六十四位曾曾曾祖父母里有二十位都是原始守护者。"

"这辈分可真长。"我说，"行吧，那就出发。去得越早，好吃的就越多。"

我们一边走，双胞胎姐妹一边叫出路上的地标——弯弯曲曲的树、獾小屋、一丛荆棘、蟾蜍形状的石头。偶尔，瑞恩还会蹦跳到一棵棵桦树前，一边用爪子撕掉苍白的树皮，一边说："对不起，对不起。"

等到她第十次道歉后，我终于忍不住问道："你干吗跟这些可怜的树过不去呢？"

"我这是在做标记，你回来的时候就不会迷路了。"

"啊。谢了，不过我打算走马车道。"

"为什么？"她问。

"规避风险。"

我耸了耸肩，她也耸了耸肩。过了十五分钟，视野变得开阔起来，一阵清风拂面，带来淡淡花香和山谷那边的热闹声音。

时间回到此刻，我把装着艾米的篮子抱在胸前，来回看着两条路。一条路远但更安全，另一条快捷但充满不确定性。我做出了选择。

我的朋友昏迷不醒，甚至可能命悬一线。

我迈开步子冲进森林。希望那些地标还没变样，希望桦树上还有瑞恩的爪印，希望艾米能坚持下来。

我经过了弯弯曲曲的树，经过了獾小屋，经过了那一丛荆棘。我的步伐很大却很沉稳，我也不想让艾米感到太颠簸，他仍有呼吸，缓慢且深沉，身子一侧随着呼吸起伏。"我们快到了，"我保证道，"我认得路。"

可万一治愈者很忙怎么办？山谷里的人们不是今天断了根骨头，就是明天染了风寒的。

我看到右边有另一个地标，就是那棵树干上嵌着链条的古树。我停下来,向上凝视,在树枝上寻找红色的羽毛。"布莱斯特!"我喊道,"布莱斯特!我需要帮助!快来!"

我知道希望渺茫。我已经有几个月没和布莱斯特说过话了,不过我偶尔会注意到他们在天空中的影子,他们在湖面上轻松地绕圈,直到热气把他们引向陆地。我有时也会想,当鹰在温暖上升的空气中翱翔时,他们是否也感受到了我在温暖的岩石上晒太阳时一样的喜悦。

我等待着。那一刻,我无比希望有长翅膀的朋友能帮帮我们,就算是知更鸟也行。片刻之后,没有任何迹象表明布莱斯特听到了我说的话,我绝望地喊道:"艾米生病了!请帮帮我们!"

树叶沙沙作响,布莱斯特落在一根低矮的树枝上,好奇地抬起长着羽毛的脑袋。

"病了?"他问,"怎么回事?"

布莱斯特从树枝上滑下来,落在我的肩膀上。他用爪子抓着我时我缩了缩身子,因为尖锐的爪尖刺破了我的外衣。"他看起来真的很糟糕。"布莱斯特往篮子里看了看说,"他这样子多久了?"

"还不到一个小时。他莫名其妙就晕倒了。"

"天哪,我能做什么?什么都行。"

"你能飞到山谷那边去找治愈者吗?跟她说我们要来,一定要说是紧急情况。"

"放心吧。"布莱斯特一扇翅膀就飞了起来,飞到高处时,布莱斯特喊道,"快跑吧,奥利!祝你好运!"

我扶了扶被布莱斯特的翅膀不小心扇歪的眼镜,大步往前走去。再往后的路上,地标就没那么密集了。因为第一次去的时候,后来里斯克和瑞恩已经懒得再一个个把它们叫出来了。于是我转而关注森林里的白桦树,寻找树干上的棕色爪印。我找到了一处、两处,然后就没了。希望这意味着我已经找到了最后一个爪印,所以树木应该会变得稀疏……

"奥利!你在这儿呢!"布莱斯特穿过树冠上的一块空缺,落到我的脑袋上,爪子扎痛了我的头皮。我感觉自己就像被瑞恩抓过的桦树似的。"治愈者在等你呢,快!"

"我走的方向对吗?"我问。

"对的。"他伸出一边翅膀指着方向,"往这边走。而且,你喜欢的郊狼姐妹都担心得号啕大哭,估计你马上就能听到了。"

"是里斯克和瑞恩,她们也是艾米的朋友。"

布莱斯特又站到了我肩膀上,我黑棕色的头发缠住了他的爪子。"嘿,艾米,如果你能听见我说话的话,告诉你一切都会好起来的。"他说,"想想高兴的事儿,好吗?你也是,奥利。"他用脑袋蹭了蹭我的耳朵。

"我尽量。"我说。

布莱斯特站在我瘦骨嶙峋的肩膀上,伸出一只翅膀指路,我们一直这样走着,直到太阳落山,此时面前再无阻碍,眼前是一片长满黄色野花的草地。山谷就像是沉在地下的碗,远处边缘有一排房子,像一条细细的木线,勾勒出地平线。而山谷中的公共建筑则铺满了"碗"的凹面。我看到里斯克和瑞恩狂奔过草地的身影,里斯克穿着运动衫和短裤,而瑞恩穿着一件黑色连身衣,肩上披的几条彩色的轻薄披肩,随风来回晃动。

一碰面,双胞胎姐妹就连珠炮似的问了一串问题,我都快分不清哪个问题是谁问的了。

"他被攻击了吗？"

"发生什么了？"

"他以前晕倒过吗？"

"他有什么仇人吗？"

"肯定是被下毒了！"

"没有，"我一个个答道，"我也不知道。没有。肯定没有。治愈者在哪儿？"

"跟我们来。"里斯克说。

治愈者给艾米治疗时，我们就一起坐在医院外面柔软的草地上。布莱斯特仍是鹰的形态，站在屋顶上悠闲地梳理蓬松的腿毛。

"那是谁？"瑞恩瞥了瞥上面，小声问。

"邻居。"

"不是朋友？"里斯克问。

"我们关系还可以，但他和艾米关系更好。你们居然还没见过。布莱斯特……"我停下来想了想，"比一般人的性格好些。"

"鸟类跟我们生活的可不是一个世界。"里斯克摇着指头说，"毕竟他们半辈子都待在你头顶上，跟他们建立关系是不是挺难的？"

"呃……"我耸了耸肩，"也还好吧。"

一时无话。出于焦急，这对姐妹一个劲儿拔着地上的草，然后用拔下来的草编项链。每次编好,她们就把项链扯开,然后重新开始。空气中很快就弥漫起植物被划开的味道。

"我以前还从没见过像艾米这样的蟾蜍呢。"瑞恩担心地说,"他肯定很稀有。"

她的言下之意很清楚。不,我心想,肯定不是这样。

治愈者的助手是一只头部和颈部覆着光滑灰色毛皮的小野兔,她用力打开医院的窗户,探出身子。"你们现在可以去看看他了。"她说。

"他能很快好起来吗?"我立马问道。当我说出最后一个字时,马上感到十分尴尬。我知道,觉得艾米一定会好起来肯定是很幼稚的想法,但我不敢去想那个真正该问的问题:他到底能不能好起来?

"嗯……"助手嘟哝道,"进来吧,我老板会跟你们说。"

整间医院的形状像一片三叶草,三个圆形的房间从狭窄的前厅分出来。我、里斯克和瑞恩先后走进最中间的房间,一个中年女郊狼人坐在检查垫子旁。艾米的旅行篮放在地上,里面的叶子已经被换成了潮湿、芳香的紫色苔藓。但我没看到艾米的身影。

"你的朋友现在还处于昏迷中。"治愈者站起来说,"我已经尽力让他的情况好转了。"

"发生了什么情况?"我问。

她摇了摇头。"本来应该不会这么快发生的,不过我以前也见过这种病例。很抱歉。"

肯定不是,一定不是,绝对不是……

"是物种灭绝。"

第十四章
妮娜，16岁 (2)

思考了片刻后，妮娜在她那件霓虹绿的T恤外边套了件黑色连帽衫。连帽衫的V形领口上方露出一块颜色，使她的衣服呈现出拼色效果，在视频里看起来很不错。她把头发盘成一个高髻，有几绺头发染成了粉红色和橙色。她还涂了明亮的珊瑚色口红，这种颜色比母亲化妆柜里的玫瑰色更衬她的肤色。这管口红是妮娜自己买的，但和临时染发剂一样，她出门的时候从来不用。

呃……不过也有一次例外。有一回，妮娜也试过打扮得花花绿绿的去上学。她把头发挑染成不同程度的蓝色，在去学校的公车上涂了口红，然后把口红管放进口袋里方便补妆。早上几节课一切似乎都很顺利，老师们都会对她热情地微笑，她也觉得婕斯跟自己打招呼时像是被惊艳到了。

然后，吃午饭的时候，一位眉毛修剪得很精致的高年级学生坐到了妮娜对面的座位上。她身上散发出香水货架上最昂贵香水的香气，有姜味、杏仁味，还有香草味。有那么一刻，妮娜还觉得这位带着饼干香味、长相漂亮的陌生人会对她表示称赞。

"亲爱的，"高年级学生只是说，"擦擦牙齿。"

然后她就这样走开了，没有多说一个字。

妮娜困惑不已，用舌头舔了舔牙齿前面，但没感觉到有什么异物。那就肯定不是食物残渣了。由于学校里禁止使用智能手机，所以她也没法用摄像头看自己的脸，于是把还没动过的午餐盒留在餐厅，赶忙去了最近的洗手间。在镜子里，妮娜看到她的白色门牙上有明亮的橙色污渍，是口红留下的印子。更重要的是，她的脖子和衣领上布满了蓝色斑点——是临时染发剂染的。

自那以后，妮娜再也没在外面用过这些了。

不过，在相机前，出了岔子她总是可以重新再拍的。而且，妮娜的故事频道也只有她自己一个观众。

"执行3号程序。"

等待几秒钟后，她与投射在电脑屏幕上的镜像双眼平齐。

"这是我最喜欢的故事，"妮娜说，"是我奶奶讲给我听的，又是她奶奶讲给她听的。所以这个故事可以一路追溯到它最开始的讲述者，也就是见证并经历了这一切的那个人。

"让我来告诉你们，一个郊狼女孩是怎么把世界上最美丽的民谣放在吊坠里的。

"在动物精灵和怪物生活的映像世界里住着郊狼家族：叔

叔、阿姨、祖父母、孩子。和许多人一样，郊狼都是大家庭群居生活的。

"不知道你们有没有听过郊狼的嚎叫，不过说实话，它们的声音非常有力。郊狼人也一样。有的人说，郊狼人喜欢用耐人寻味的高音唱歌，我也希望我能证实或者否定这一点，但联结时代早在唱片出现之前就结束了，当时人们也没什么办法来记录声音。这也意味着，我永远也无法听到动物人的声音了，除非我在地球上遇到他们。所以，这个目标……尚未实现。不好意思，我跑题了！

"一位名叫歌者的女郊狼人担任了家族的临时领袖。她因唱歌而出名。据说，歌者的声音十分高亢、动人，甚至连怪物都喜欢听。她也有作曲的天赋，每天都会创作新的曲调。随着时间的推移，歌者有了很多孩子，自然，她总是会用一首特别的摇篮曲哄孩子们睡觉。

"一天，歌者的大女儿，一位名叫勇敢者菲尔丽思的女猎手在成年后坠入了爱河。一般来说，当两只郊狼结婚时，一方加入另一方的家庭是很常见的。菲尔丽思这个名字的意思是'无惧'，确实名副其实，她跨越遥远的森林，加入了爱人的族群。

"在我继续讲之前，有件事必须得提一下。说到魔法，郊狼人有一种特殊的声音技巧。也许这就是他们喜欢嚎叫的原因。

"总之，菲尔丽思在她的新家和新族群里过得很开心。但她也经常想念以前的家族。随着时间的推移，菲尔丽思患上了严重的失眠症。无论白天还是晚上，她几乎都无法入睡。'怎

么了?'爱人问,'地太硬了,还是太冷了?'

"'没什么,'菲尔丽思撒了谎,'缓缓就好了。'

"然而,长时间的疲惫开始影响她的注意力,影响她清醒时的心情,她不得不承认:'老实说,我很想念妈妈的歌声。'

"第二天,她的爱人乘马车去了最近的手工市场,给她带回一份礼物,是一个用链条封住的银项链盒。'下次回家看望爸妈,'爱人说,'把妈妈的歌声装进这里面,就可以随身携带了。'

"是这样的,运用塑造世界的技能时,可以把声音,也就是空气中的振动装进锅、盒子,甚至是吊坠里。在留声机出现之前,这项技巧非常有用。可惜的是,一旦这道声音被释放出来,它就会永远消失。所以不能用木桶重播对话,也不能用吊坠重复放歌曲。而且这也需要练习。菲尔丽思把空闲时间都花在削雪松上了,平时打猎的时候也用不上什么魔法。

"尽管如此,在一只聪明的老狐狸的指导下(它们也擅长使用声音技巧,可能因为也是犬科动物),菲尔丽思学会了用翻转的碗捕捉笑声,用密封的海螺壳捕捉尖叫,用玻璃罐捕捉故事。她的房子成了村里最吵闹的地方。有一次,菲尔丽思的厨师爱人邀请家族的人来吃饭。她打开碗柜时,一声嚎叫响起。她从一个陶罐上取下盖子时,低语声像蒸汽一样升入空中。她打开盐瓶的盖子调味时,海盐粒和咕哝声被同时抖了出来。'亲爱的,我想你已经准备好把一首歌放进你的吊坠了。'爱人说。

"于是,菲尔丽思穿过森林,来到之前的族群居住的沙漠上。大家举办了庆祝活动,热烈欢迎她归来。大家一起享受盛宴、玩游戏、唱歌。她的亲人们给了她很多礼物，但她都礼貌地拒绝了，只解释说在外徒步需要轻装上阵。'我只想要一首歌。'她说。

"妈妈欣然同意，给她唱了一首摇篮曲。然后这首歌就被装进了吊坠里。'要坚强，我的女儿。'她说，'我们永远在这里陪你。'

"菲尔丽思抱住了她的妈妈，说：'明年我要带更多的吊坠。'

"然后，菲尔丽思就带着这首歌回了家。之后，无论是上山打猎，还是与人见面，菲尔丽思一直戴着这个吊坠。她不愿失去这首歌，所以从未打开听过，但只带在身边，就已经是极大的安慰了。她终于能安心地入睡了。

"第二年冬天，一只信使猫头鹰在村庄上空的月光下盘旋。有的人说猫头鹰喜欢传递可怕的消息，这种说法很不公平。问题在于，他们经常被要求在晚上传递紧急信息，但你也知道，夜间通常是怪物发动袭击的时刻。

"'菲尔丽思'，猫头鹰说，他的声音比冬天的寒意更刺人。'你母亲被一个机器怪物杀死了，那家伙的利齿和捕熊器一样尖锐。事情是在她睡觉的时候发生的，一切发生得很快，也就是一瞬间的事情。抱歉。'

"'告诉我你搞错了！'菲尔丽思当时正在和另外两名勇士一起守夜，她追赶着正在离开的猫头鹰，'为什么它会做出如此愚蠢、可怕的事情？'

"'我很抱歉。'猫头鹰重复道，声音渐渐远去。

"绝望之下，菲尔丽思冲向篝火，把她的短弓扔进熊熊燃烧的火焰中。这件武器是为猎食制造的，它不能杀死有着金属身体和发光眼睛的野蛮怪物,无法吓唬那些在马车道上袭击旅行者、有着十只手臂的恶魔。弓箭只会惹恼胃口越来越大的山中巨人。菲尔丽思需要更强大的武器,因为从那一刻起,她只想猎杀怪物。

"当然,菲尔丽思并没有被仇恨蒙蔽双眼,没有滥杀无辜。与人们的普遍印象相反,怪物也并不都是残忍的。她针对的是那些纯粹为了快感而杀戮的怪物。最终,作为怪物猎人中的第一位郊狼人,菲尔丽思追踪到了杀害她母亲的那名活机器人,然后扭转刀刃,对准了那名凶手……"

妮娜长舒了一口气,露出一个悲伤的笑容。

"你们也知道这种古老的故事是什么风格。一般都没有一个总结性的结局,留下的答案很少,问题很多,总是一个故事接一个故事。你可能在想:后来吊坠怎么样了?是不是杀死机器人后,菲尔丽思就象征性地释放了母亲唱的摇篮曲?哦!没准儿在战斗中,菲尔丽思就使用了摇篮曲!正如我之前所说,歌者的声音会吸引所有听到它的人。也许就是那么一瞬间的分心,导致战斗的天平开始倾斜……

"但是并非如此。菲尔丽思不想失去这首珍贵的歌曲。她戴着吊坠,经历了生命中的所有冒险。随着时间流逝……

"随着时间流逝……

"她明白了,就算世界上不再有妈妈的歌声,她也要勇敢地活下去。"

讲故事时,妮娜就已经哭了起来。这会儿,她用手抹了把脸,说道:"故事讲完了。"

第十五章
水腹蛇结识抄写员

自从我的祖先或多或少放弃在地球上生活以来，已经过去好几代人了。地球很美，但太危险，太令人心碎。因此，像大多数动物一样，我的祖先在世界之间的洞穴中爬行，在这个动物精灵和怪物生活的世界里避难。有时，我几乎忘记了地球的存在。其他时候，它只是那些会消失的新奇事物的来源。但是，像所有人一样，我也与地球密不可分。

我以前不怎么在乎这件事。毕竟地球上的水腹蛇都活得好好的。就算在我去世多年后，它们八成也不会陷入灭绝的境地。郊狼也一样。我知道，艾米的族人应该已经十分凋零了，但这并不意味着他就一定得死。

"这怎么可能？"我问治愈者，"今天早上艾米还好好的。"

"必须考虑这一点了。"瑞恩说，"你想想，他以前都没力气变形。"

"所以呢?"我问,"他们的确是稀有,但这跟灭绝可是两码事。我是最了解他的了,他一直都很开心,身体很好。肯定是地球那边出事了,肯定是突如其来的灾难!"

"也许你说得对。"治愈者说,"但现在原因如何不是关键。根据我的经验来看,你朋友的状况意味着他所属的动物物种已经受到了不可逆转的伤害。"

"但至少还没灭绝,对吧?"我问,"毕竟他还活着。"

"目前是这样。"她把艾米的篮子递给我说。

"我能和他聊聊吗?"

"他仍处于昏迷状态,不过你可以去看看他。"她朝门那边努了努鼻子,"这边。"

她领着我们走出医院,穿过一个郁郁葱葱的草本花园,走进一间位于红叶橡树树荫下的小棚窝。在里面,靠着远处的墙,艾米睡在一个方形的丝质枕头上,枕头上散发着篮子里紫色苔藓的气味。虽然我朋友的脸色略有好转,但他的眼睛仍紧闭着,眼皮上湿气滚滚,仿佛艾米梦里正被沙尘暴肆虐,周遭尘土飞扬。

"艾米,"我小声说,接着又提高了音量,"是我。"

"我们都在呢。"里斯克说。我们三个跪在他的枕头边上。

"你能听到我说话吗?"我问。我没有得到艾米的回应,转头看着治愈者。她站在入口处,宽阔的肩膀映衬着室外明亮的光线。"他能听到我说话吗?"我问她。

"有可能。在梦里可以听到。"

"希望他做的是美梦。"我又往前靠近了些,靠近我朋友那斑斑点点的小脑袋,"我保证,我会尽一切所能让你好起来的。我以家人的名义发誓。"

里斯克和瑞恩交换了一下她们那神秘而意味深长的眼神。不过直到我们离开疗养小屋,她们才开口说话。

"刚刚那种誓言,是一定要遵守的。"我们走进山谷时,瑞恩提醒我道。

"我知道。"

"你明白'灭绝'意味着什么吧?"里斯克问。

"明白。"

我和双胞胎在繁忙热闹的山谷中心绕行。在那里,几只动物形态的小郊狼人(和几只小浣熊)正为了争夺玉米壳娃娃摔跤,在长辈的腿边上蹿下跳。右边,一排织布工在巨大的织布机后面工作,他们灵巧的手指布满了茧子。左边,商人正用陶器交换食物,用玩具交换工具。一种不满足、不安的感觉在我心中油然而生,反正就想出去转转,不想在这儿待着。里斯克和瑞恩一直是这么想的吗?我终于能理解她们对四处漫游的喜爱了吗?布莱斯特在我们头顶翱翔。也不知道在那个高度,他能不能读懂我们的唇语。人们说鹰有惊人的视力,我反正是体会不到。

我们经过一辆食品车,车上装满了烤玉米,热腾腾的玉米棒都涂抹着鲜亮的香料。瑞恩通常都忍不住要来上一根,但那天下午,她甚至没有在马车的上风处闲逛,只是冲着香味抽了抽鼻子。

"我也没说什么大话,"我说,"我只是说我会尽力帮忙,我也会说到做到。"

"那你打算怎么做?"里斯克问,"我是说,我们能怎么做?我们要做什么,才能阻止物种灭绝?"

"我们能怎么做?"我重复了一遍,她点了点头。

"那得看情况了,对吧?"

"看什么情况?"

"艾米的病因究竟是什么。这一切都是在短短的一天之内发生的,我真的怀疑是有什么可怕的事情影响到了他的物种,比如地球上发生了自然灾害。"我们几乎一起停下脚步,抬起头来,越过布莱斯特的身影,越过篝火烟雾般淡淡的云朵,目光落在膨胀的黄色太阳上。它不像地球上的真太阳那样,光芒烈到足以灼伤眼睛,但看久了还是会晃眼,再看别的东西时就会带点点斑痕。

这只是一轮倒影。

但它也是去往地球的通道,只有长翅膀的人和拥有热气球的人可以通行。方法也很简单,朝着这个假太阳飞就行了。它会变得越来越大、越来越亮、越来越热。当你觉得毛马上就要被烤焦,热气球再也无法多上升一厘米时,一股无法抗拒的重力就会拉住你,直接把你拽进光中,然后把你吐到地球上。或者说得更具体些,你会进入地球上空离地一万英尺的高空,并且无法转身回家。

假太阳通道到底是什么原理,很难有人可以查明。很少有旅行者能飞到这么高的地方,还不会因疲劳而眩晕,或者在稀薄的空气中窒息。幸运的是,想去地球有更容易的方法。不过我说的"更容易",意思是"稍微不那么危险",但实际上也一点儿不简单。

"我们得去地球。"我坚定地说,"只有这样才能查清楚艾米的病因,才知道该怎么办。"

"万一是一场大范围的野火呢?"瑞恩说,"这种事时有发生,而且不是两三个人就能扑得灭的。"

"或者是陨石。很多物种都因为这个原因灭绝了。"里斯克补充道。

"可那不是会影响到很多物种吗?"她妹妹问。

"嗯,也是。那可能就是传染病了,某种传播速度极快的病毒?但这种事并不常见。或者是炸弹,被扔进了一片全是稀有蟾蜍的池塘里……"

"关键是,"我打断了她们,毕竟我不想蜷缩起来,歇斯底里地尖叫,"艾米突然昏迷的原因,是我们必须查清楚的谜题。也许……也许我们可以想办法扭转乾坤。"

"把不可逆转的局面扭转过来?"里斯克说道,她皱起浓密的眉毛,心生质疑。

"听我说,我很敬重治愈者,也很感谢她的帮助,但她所说的不可逆转,也不过是基于数据的猜测而已。又不是说一件事时常发生,接下来就一定会发生。我们可不能悲观,明白吗?这可是艾米,我们的好朋友。所以,从现在开始……"

我们头顶的布莱斯特尖啸了一声。我就当他是在鼓励大家了。

"我们一定要乐观一点!"我说。

里斯克和瑞恩看着对方,撇撇嘴巴,对视了一眼,似乎在交流什么。"我同意。"里斯克说。

"我还是不乐观,"瑞恩承认道,"但我不会把想法说出来。"

"谢谢你们。"我呼出一口浊气,"那我们接下来怎么办?怎么去地球?"

里斯克看着我笑了笑。"我认识一个人。"她说。

抄写员们在山谷外面由他们照料的蓝莓地里工作。蓝莓既能提供养分,也是墨水的来源。我和里斯克还有瑞恩一起走在两排齐腰高的灌木丛之间,它们的枝叶中挂着灰蓝色的多汁果实。我看到在三排灌木之外,冒出了一个负鼠人毛茸茸的头。她好像并未察觉到我们的存在。

"她在摘蓝莓呢。"里斯克解释道,像是我看不出她在蓝莓丛间爬来爬去是在摘蓝莓似的,"嘿!戴索娜!"

负鼠人站了起来,用一双大大的棕色眼睛看着我们。她薄薄的嘴唇上有蓝黑色浆果汁留下的斑点。

"我还以为蓝莓要放在篮子里,而不是你嘴里!"

"反正都不耽误。"戴索娜高喊着,举起一个几乎装满了的篮子。

"扎尔在哪儿?"里斯克问。

"在平静圆顶屋,和其他抄写员在一块儿。我们刚刚收到一箱需要抄写的课本。"

"是吗?什么课本?"

"不知道。我正忙着做早上的家务呢。现在得赶紧接着做,失礼了。"戴索娜蹲了下去,除了头顶外,身体都被茂密的灌木丛遮住了。里斯克向我点了点头,然后把头转向农田外的一个土质圆顶屋。它比一座小山小些,但更圆,而且与大多数建筑不同，它的表面覆盖着一层活土。屋顶上长着杂草、蒲公英和三叶草。我们继续沿着浆果丛之间的小路行走，去往圆顶屋。

"戴索娜是夜行动物。"里斯克解释道，"所以这大下午的才开始做早上的家务。"

"肯定很孤单。"我用极低的声音说。毕竟我也不知道戴索娜的感官是否灵敏。

"有的人就喜欢独处。"瑞恩说。她略带疑问地看着我，毫无疑问是在想：你不也是吗，奥利？

这时，我们到了平静圆顶屋周围的空地上。一对动物形态的郊狼幼崽在地上扭打。他们的看护人是一个穿着墨迹斑斑的围裙的年轻郊狼，他似乎不知道是该迎接我们，还是监督吵闹的婴儿。他先是看看我们，又甩头看看孩子，犹豫几次头都晃晕了，才下定决心，一手抄起一个孩子夹在腋下，走向里斯克。

"轮到你看孩子了，鲁伊？"里斯克问。

右边的小崽子心满意足地啃着鲁伊的袖子，左边的小崽子则扭动着身体，试图挣脱束缚。

"是啊。"他说，"其他孩子都睡了，但这两个家伙一直在磨牙，不肯消停。"

"那你今天可走运了，我们需要找扎尔谈谈。他肯定会帮你代班几个小时的。"

"啊，真不凑巧，里斯克。我们这儿新来了一批化学书，扎尔是我们这儿抄写速度最快的人之一，得赶在这些课本消失之前赶快抄完。"

"非常抱歉，"我上前一步来到瑞恩身旁，"如果不是生死攸关的大事,我也不会来打扰重要的抄写工作。"

"等等,真的?"鲁伊问,"真是生死攸关的事?"

"对。我朋友的性命岌岌可危,也许扎尔能帮上忙。"

"早说啊!我去喊他。"鲁伊把两个郊狼崽塞进瑞恩的胳膊里,"像老鹰一样看好这两个捣蛋鬼。"

"宝贝们!"瑞恩亲吻了郊狼崽的额头,他们奋力爬上瑞恩的肩膀,她高兴地咯咯笑了起来。他们锋利的指甲把她薄纱般的披肩撕破了几个洞,但她似乎并不介意。相反,她坐下来,把郊狼崽放在腿上,唱着:"睡觉吧,闭上眼睛,就没有烦心事了。"两只郊狼崽都紧紧蜷缩成一团,其中一只打了个哈欠,露出了满嘴新生的牙齿。然后,另一只也打了个哈欠。

"我要和他一起去吗?"我问里斯克,强忍着不让自己也跟着打哈欠。鲁伊已经从一个有帘子的入口冲进了平静圆顶屋。帘子是一块编织紧密的挂毯,上面绘着一位灰狼抄写员的画像。他用后腿站立着,前爪夹着一本打开的书,犬牙间咬着一根毛茸茸的羽毛长笔。除了灵长类动物外,动物抄写员都是以人形工作的。书籍是由长着十指的人类创造的,所以没有拇指的话,很难复制他们的工艺。

"别去,"里斯克说,"里头绕得很。这圆顶屋只是入口,地下还有好多房间。都是凉快、阴暗的地方,可以安静地工作。所以孩子……"她低头瞧了眼两只郊狼崽,"不得入内。每天轮流有一个成年人出来管孩子,好让其他人放心进去工作。"

"孩子们现在很安静。"瑞恩说。

"你知道我妹妹很擅长和孩子打交道吗?"里斯克问我。

"我现在知道了。"

我微微一笑，把注意力转向圆顶屋。挂毯向外飘动，一位郊狼和灰狼的混血儿走了出来，重见天日。他穿着一条短裤和一件宽松的黑色衬衫，腰间系着一条有沉重银色搭扣的腰带。他的长手指沾着蓝色墨水，指节上有厚厚的皮毛。特别值得一提的是，他戴着一副阅读用的眼镜，薄薄的铜框里有宽大的长方形镜片。

"那一定是扎尔了。"我说。

"是他。"瑞恩确认道。

扎尔看到了我们，一路小跑过来。"抱歉……鲁伊……鲁伊说……"他微微弯下了腰，气喘吁吁地说，"抱歉……等我……喘口气。"

"你不会一口气跑了三层上来的吧？"里斯克问。

"是啊。抱歉。鲁伊说有……紧急情况？"

"谢谢你。的确是紧急情况！我叫奥利……"

"我知道你是谁，奥利。"扎尔擦了擦额头的汗水，不小心把手上的蓝墨水抹到了眉毛上，"里斯克都和我说了。"

"真的？"说实话，心里还真有点儿开心。

"她说你一下子就能读完一页书，"他打了个响指，"这就是瞬时文本理解能力。要不是你们遇上了紧急情况，我肯定会招揽你当抄写员的。"

"嗯……哇，"我说，"过奖了。说到你的工作……"我瞥了一眼里斯克，似乎在寻求她的认可。我可真傻，本来就是她推荐的扎尔嘛。尽管如此，当她点了点头时，我的决心更坚定了。

"怎么了？"扎尔抱起双臂问道。

"你们是怎么把地球上的书带到这儿的？"

"每隔两个月，"他说，"我爸爸和哥哥就会经由太阳去地球一趟。他们认识一个靠得住的书商，不会多嘴。"

"你以前去过地球吗？"我问。

他耸了耸肩。"去过一次，但不太顺利。毕竟我爸是狼，我是半狼半郊狼。"

"有什么区别？"

他的嘴唇微微一撇，勉强笑了笑。他摘下眼镜，在衬衫上擦了擦。"地球上的狼不多了，所以爸爸在那里很虚弱，他只能待十几个小时，之后就会被传送回家。然而，事实证明，我遗传妈妈更多些。地球上有无数只郊狼，所以我被困在那里好几天。我大部分时间都是以真实形态度过的，靠捡垃圾生存，躲在一个废弃的工厂里。最后我好不容易回来时，我爸都担心坏了，他发誓再也不会让我踏上地球。'我到处找你，'他说，'我穿越太阳去了十次，还以为你被国王的骑士杀了。'"

"你们肯定都很难受。"

"我倒是还好。我翻的垃圾堆是一家特别好的餐馆的，每天晚上都有炸鸡吃。"他用食指指着我的胸口说，"你怎么对书这么上心？你需要从地球上带什么吗？如果是医疗紧急事故，我们已经抄录了大量的解剖学和医学文献，就储存在悬崖边的洞穴里。这就是救生知识库建立的初衷。"

"他要的不是书。"里斯克打断道，她把扎尔的手指拨向一边，"别这样，会把墨水染到奥利的衬衫上。"

"抱歉。"

"我们得去地球。"我解释道，"因为我最好的朋友艾米现在命悬一线。他所属的物种快要灭绝了,我得找出原因来。"

瑞恩弯腰看着熟睡的幼崽,潜意识里仿佛在试图保护他们远离两个世界的恐怖:这边和那边,无法分割地联系在一起。

"原来是种族灭绝。"扎尔说,"我很抱歉。"这一次,他的道歉听起来真诚了许多。

"暂时还没灭绝,如果我成功了,短时间内就不会发生。"

"你去了那边打算怎么办?"

"尽力而为吧。我们的问题是:你爸爸怎么可以经常去到那边?"

"说说那条秘密路线吧。"里斯克说道。

"我不能对外透露……"

"求你了,"我双手合十乞求着,"你就破个例吧,帮帮艾米?"

扎尔无奈地点了点头。"行,"他说,"但你要保证不往外说。"

第十六章
妮娜，16岁（3）

星期四晚上 9:35 分（妮娜）

　　我们的计划成功了，罗茜塔的故事现在有好多地方都说得通了。我看了一遍利潘语词典，准备再去看看吉卡利拉[①]语。

星期四晚上 9:38 分（妮娜）

　　你在哪个时区？如果是早上，那就早上好。如果是晚上，那就晚安。

星期四晚上 9:45 分（妮娜）

　　得空了回我消息。

星期五凌晨 1:00 分（母亲）

[①] 阿帕切部落的一个分支。——译者注

我跟你有六个小时时差（我这儿现在是晚上七点）。你猜怎么着？我刚吃了一碗最美味的炖菜。老实说，这艘研究船上的厨房比得上三星级米其林餐厅的了。希望你能和我一起吃晚饭。

星期五凌晨 1:11 分（妮娜）

我们昨天喝的罐头汤，我给两星。

星期五凌晨 1:15 分（母亲）

妮娜，快去睡觉！明天还要上学，还没到暑假呢。

星期五凌晨 1:16 分（妮娜）

我在床上了，但睡不着。

星期五凌晨 1:18 分（母亲）

怎么了？

星期五凌晨 1:19 分（妮娜）

没事儿，就是忙。写了一晚上作业，还有其他计划。

星期五凌晨 1:21 分（母亲）

你是说罗茜塔的故事？慢慢来，不着急。寻找解锁一种语言的钥匙可能得花上几年时间呢，是很复杂的工作。

星期五凌晨 1:22 分（妮娜）

是的！不过学习发音真的好难。但我在进步。故事已经差不多能看懂了。

星期五凌晨 1:25 分（母亲）

太棒了！不过怎么这么着急，周末不能弄吗？

星期五凌晨 1:26 分（妮娜）

奶奶可能没几年时间了。最近她一离家就生病。

星期五凌晨 1:26 分（母亲）

真不明白奶奶和这个故事有什么关系。

星期五凌晨 1:27 分（妮娜）

我目前推测的结论是这样的。

星期五凌晨 1:29 分（妮娜）

奶奶家有治愈人的力量，所以罗茜塔才能活那么久，钢丝绳才好得那么快。所以故事里才有"治愈者"和"家乡"这些词，所以动物人（也许是因为这个缘故）才在奶奶家附近游荡。

星期五凌晨 1:32 分（妮娜）

这说得通吧？奶奶觉得不太靠谱，因为她摔倒或者划伤时从来不会立马愈合，我觉得可能这种力量也是有条件的？

星期五凌晨 1:33 分（妮娜）

我真的很担心，如果不从这个故事着手，我们就只能看着她离开了。

星期五凌晨 1:35 分（母亲）

奶奶最近身体很不好吗？

星期五凌晨 1:37 分（妮娜）

现在还行。不过她在家待着呢。万一她"不得不"离开家呢？飓风季你总不在家，所以你没看见爸爸有多担心。他在尽力掩饰，但我看得出来。

星期五凌晨 1:39 分（母亲）

我会跟他聊聊的。

星期五凌晨 1:40 分（母亲）

妮娜，你见过奶奶生病吗？

星期五凌晨 1:41 分（妮娜）
　　没有，都是她跟我说的。
星期五凌晨 1:42 分（母亲）
　　她怎么和你说的？

　　妮娜输入：你不相信她吗？
　　删除。
　　又输入：你不相信我吗？
　　删除。
　　输入：还记得我在学校里演的话剧吗？就是你在另一个时区待了半年，没能来看的那场？

　　仅仅输入这些单词，就足以抑制妮娜所感受到的强烈的伤害和怨恨。冷静些后，她改写了信息才发送出去。

星期五凌晨 1:46 分（妮娜）
　　你记得我在学校演的上一场话剧吗？好几个星期以前的事了。奶奶去不了，只有爸爸去看了表演。
星期五凌晨 1:47 分（母亲）
　　你演得真好！我看了直播。
星期五凌晨 1:48 分（妮娜）
　　好，但这不是重点。我当时很伤心，所以后来见到奶奶，就问她为什么不能来。

　　妮娜回想起那天。他们一起开车去祖母家附近的餐厅。

"你以前从来没错过我演的话剧,"妮娜尽量用温柔、不带责备的语气说,"是不是太忙了?"

祖母回答得很快,妮娜甚至觉得她早就想好了答案。

"是这样,妮娜,我在家的时候,总觉得身体很硬朗。"她说,"在那里,我睡得更沉,头脑也更清醒。早上起来身子不疼,脚步也轻盈。你也知道,我现在就生活在我出生的地方。这就是落叶归根吧。"

"是的。"确实如此。

"年轻的时候,我觉得这种健康的感觉应该是在熟悉的地方生活产生的副作用。毕竟都到家了,有什么理由不觉得安稳、舒适呢?所以我把原因归结为心理作用,打算出去走走。我甚至在阿肯色州生活了十二年,我也是在那里遇到你爷爷的。他是一个厨师,你知道吗?"

"不知道,"妮娜说,"但我早该猜出来的,他做的烤肉真的太好吃了。"

"他就喜欢做东西给人吃,"祖母继续说道,"所以当时他被市中心的得州墨西哥餐厅聘为主厨的时候,我们就搬来得州了。那种感觉就像吃了一粒药丸,一粒药劲十足的止痛药似的。我要再次感谢那种心理作用。接下来孩子出生了,工作也很稳定,我们过着梦想中的生活。我当然感觉很棒,就算有债务压力,还要经营生意,但我们在一起的日子真是如诗般甜蜜。"

"这跟心理作用倒是没什么关系。"

"对,现在我知道了。"他们在两块空地之间行驶,荒地上长满了野花和多汁的带刺植物。天空虽然灰暗,但没有下雨。

"直到最近,我才意识到,就算我需要离开,我也不能离开。离开家,我会死的。"

"奶奶?"

"你堂哥那时候在艾奥瓦州办婚礼,我真的特别想去。本来应该是一次普普通通的旅行,我们这儿就有直达得梅因的火车。我买了张票上了车,但车开得越远,我的心跳就越快。车开了不到二十分钟,我就在车里晕倒了。像是有什么东西在胸口炸开一样疼。接下来,我只记得自己在救护车上,手臂上插着针管,鼻子上挂着氧气管……"

"什么?也太可怕了!我爸知道吗?"

"谁都不知道。他们把我塞进救护车的时候,还以为我已经死了。到医院的时候,我已经生龙活虎的了。检查也没发现任何问题。所以医生们只得出一个结论就把我送回家了,说是心理疾病。"

"你怎么不早说!"

"那婚礼不办了吗?妮娜,你也是了解我的。"

在空旷的路边,有秃鹫啄食着已经干瘪且毛茸茸的东西。妮娜举起一只手遮挡视线,没有从指缝间偷看。有的人在路上遇到被撞死的动物,会伸长脖子一个劲儿地看,但妮娜不是这种人。

"那现在怎么办?"她问。

"我最近自己试了试。往外走四十英里,心律开始不齐。五十英里,心跳速度就快到让我站不起来。但只要我在家附近就没事儿。所以……我觉得生活可以照常,只是不出门就好了。"

"你有没有想过,"妮娜调侃道,"那些医生帮不上忙,是因为他们不了解你到底是谁？"

"嗯……毕竟他们只是普通人。"

"是吗？"

"当然，"祖母答道，"但又不是说我们不能有秘密。"

时间回到此刻，妮娜的拇指悬停在手机屏幕上。她该怎么通过寥寥数语，用短信传达那场对话的核心？

星期五凌晨 1:48 分（妮娜）
  相信我，她真的会生病。

星期五凌晨 1:49 分（母亲）
  总有些专家可以给她看病的。我也和你爸爸说了，如果是钱的问题，我再跟他们签一年合约就是了。

星期五凌晨 1:51 分（妮娜）
  不要。她家附近没什么专家，而且她不能离家太远！

星期五凌晨 1:52 分（妮娜）
  我说了我有计划的！罗茜塔的故事没准能帮助我更好地了解这片土地有什么力量。所以才这么着急！万一哪天有飓风来袭，刮倒了她的房子，她又不能撤离，到时候我们该怎么办？

星期五凌晨 1:54 分（母亲）
  那你也不能大半夜不睡觉，一直想这个问题。快去睡觉，妮娜。

星期五凌晨 1:55 分（妮娜）
  好。爱你。

星期五凌晨 1:55 分（母亲）

我也爱你！！

　　妮娜放下手机，盯着天花板看了一会儿，然后从床上翻了下来。她穿着羊毛连体衣，拖着脚步走到桌子前，桌上放着一本《吉卡里拉语－英语》词典，翻到第22~23页。她准备再看十五分钟，然后就去睡觉。
　　她现在已经很接近答案了，不可能停下。

第十七章
水腹蛇心生一it

太阳落山后我们又碰了个头。其间我等得十分煎熬。自从听到医生的诊断后，我对时间就特别敏感。每一分钟的流逝都令我心急如焚，但我却无法让时间走得慢些。扎尔一时半会儿又没法儿带我们去那条秘密通道。

"等到太阳下山我们才能去山里，"他解释道，"那时候路上的人才会变少。"

"哪座山？"我问。

"离假太阳最近的那座。"

也就是说这座山一定很高。毕竟海拔越高，去地球的路就越近。"是第四峰。"我说。

"你猜中了！"

在天朗气清的日子里，从山谷里合适的位置，可以看到远处的山脉:一共七座山峰,都呈淡淡的青色,像鱼牙一样伸向天空。山脉呈现出一种有趣的阶梯状对称,从东到西,山脉的高度逐渐增加,到最为高耸的第四峰,然后逐渐降低。

"我们一晚上怎么过得去?"我问。去往山脉最快的路是水路,但所有河流都是从山上往下流的。

"简单!以前坐过机动车吗?"

我哼唧道:"坐过一小会儿。我晕车。"

"这次不会。"扎尔保证道,"记得收拾好行李。"

四小时二十六分钟:我只有这点儿时间准备,然后就要去往未知的世界。

"上次我离开家的时候,差点儿丢了小命。"我对里斯克和瑞恩坦白道,"造物主啊,请给我力量吧。"我们返回山谷,姐妹俩都提着一袋蓝莓吃个不停,嘴唇都被染成了紫色。

"你说两年前?"里斯克问。

"就是你妈妈赶你走的时候?"瑞恩补充道。

"对。"

"我无意冒犯,"里斯克说,"可你妈妈根本没给你准备的时间。这次可不一样,凭你的聪明才智,肯定能在几个小时内准备好所有东西的。"

"而且你不是一个人,"瑞恩补充道,"你想想,要是当初我和里斯克在你身边,那个鳄鱼女人还敢惹你?"

"就是,就是!"里斯克接着说,"还有那个咔嗒咔嗒响的怪物!"

"怎么了?"我问。

"要是我当时在,躲在树上的就是它了。"

第十七章 水腹蛇心生一计 177

"地球上的怪物更可怕。"我担心道,"那里有梦魇出没。如果他或者他的手下知道了我们的行踪,那麻烦可就大了。"

"那群混蛋好多年都没能发现狼群的行踪。"里斯克安慰我,"扎尔的族人在地球上有人类朋友,会帮忙监视他们。毕竟人类有摄像头、关键词跟踪器、人脸识别、聊天监控等先进技术。他们说这会儿国王在法国,他的手下也没有狩猎或者进攻的计划。"

"法国?"

"与我们去地球的入口隔着一片大海那么远呢。而且说实话,梦魇国王也懒得计较我们这种偶尔去一次的偷渡者。只要不惹出什么大事儿,他应该不会把我们放眼里。我们保持低调就好了。我觉得他说不准还挺喜欢这样的。只要我们乖乖躲着,不就说明他赢了吗?说明我们害怕了,都得按他的规矩来。"

"说是这么说……但总归是有风险。而且他的手下并不是只有危险的人类。你们确定要跟我一起去吗?"我问,"你们已经帮了很大的忙了。"

里斯克和瑞恩同时尖声哈哈大笑。"你这个连马车道以外的路都不敢走的人,口气还不小!"瑞恩笑道。

"嘿!我今天早上还穿过了森林呢。"

"我们知道。"里斯克说,"但有时候,你好像不太了解我们。"

"我姐姐的名字[①]可不是随便取的。"

[①] 里斯克的名字"Risk",在英文中的意思是"风险、危险"。——译者注

"我妹妹平时都敢天天往森林里跑,你再想想,为了拯救朋友,她会做出什么事?"

"我知道你们很勇敢。"我解释道,"但你们跟我的情况不一样。我只是一只无牵无挂的小蛇,也没谁依赖我。"不过现在好像不是这样了,我突然心想,但我立马把这个念头抛到一边,"你们家族不会反对吗?"

"不会。反正我和瑞恩总是特立独行。"

"大家都知道我们最终会回来。"

"不过得先跟爸爸妈妈说一声,让他们把我们手里的活儿分出去。"

瑞恩用手指捏着粉色披肩的一角,把褶皱揉平。"真棒。你知道那几个表哥表姐会说什么吗,'怎么一轮到你们洗衣服就出去冒险?'"

我笑了笑。"行吧,那你们赶紧准备。太阳下山前我们再来这儿集合。"

"那这段时间,"里斯克问,"你要做什么,奥利?"

"我得赶紧回去拿些衣服。"我从环绕村庄中心的一圈餐车旁望过去,那里有一群孩子在一棵五百岁的橡树荫下玩耍。它下部的枝条长得太长了,无法继续向上生长,反而被自身重量坠得住下压,绕成了一圈,像木制拱门似的。一根树枝上挂着一块鲜红的方形布料,上面饰有一块白色补丁,形状像一只正在飞行的椋鸟。"不过首先,我得去送个信儿。"

孩子们在踢着一个柳条编成的球。当我走近留言树时,他们停止了嬉戏,在我周围散开,对我非常好奇,要么朝我快速瞥一眼,要么侧目紧盯着我不放。有个比柳条球还小的郊狼女孩蹒跚地走在我身边，盯着我的脸，好像她以前从未见过像我这样的人。"嗨。"她说。

"你好……小心！"

她的脚伸进了裸露的树根间，眼瞅着就要被绊倒。我往前纵身一跳，拉起她的手，生怕她摔伤了。但在地心引力的作用下，她下坠的速度很快，而我虽然在蛇形下行动敏捷，但人形就比较缓慢笨拙了。

好在孩子并没有脸着地摔倒，而是优雅地翻了个跟斗，便站立起来，身形只轻微地摇晃了一下。"哎呀。"

"你没事儿吧？"我问，这会儿换作我用不可思议的眼神盯着她了。

"嗯。"

"你是不是里斯克和瑞恩姐妹的亲戚？"

她捂着嘴怯生生地笑了笑，摇摇头，跑回朋友们身边。也不是第一次了，我不禁想，那对双胞胎姐妹的灵敏身手到底有多少是天生的，又有多少是之后学来的，想必两者兼而有之。就像我小时候读书本来就很快，但通过后天练习，又达到了非常快的程度。

认识她们两年了，但我从没问过她们，是不是在山谷里向平衡大师讨教过翻滚技能。当然，有时候她们做出一个匪夷所思的动作后，我也会感慨地问："你们到底是怎么做到的？"但里斯克只是耸耸肩，答道："我是郊狼啊。"而瑞恩则会笑着跳起舞来，像是在证明她一贯如此优雅。

下次，我非得问清楚不可。"不，我是认真的，我很好奇。"

橡树枝下明显凉爽了许多。我抬起头，在树叶间寻找着羽毛。"打扰了！有人可以送信吗？"

一只燕子从树冠上飞下来，掠过我的脚趾，围着我盘旋了几圈。然后，她落在我头顶的一根小树枝上。"多远？"她问道。

"七峰山脉中的第三座山，"我说，"有一家人是赏金猎人和调查员，他们住在洞穴里。"

"太远了，"她叽叽喳喳地说，"抱歉。"

"对一只燕子来说的确太远了，"一个熟悉的声音传来，"但我就不一样了。"

我转过身，低头看到了布莱斯特。他依然是老鹰的形态。"嘿，布莱斯特。"我说。

"嘿，什么事儿？"

"艾米的种族快灭绝了，情况很危急……"我开口说道，不过布莱斯特扇了扇翅膀。

"嗯，我也和治愈者聊过了。她说你们有个离谱的计划，我却不觉得离谱。只要艾米还有一口气在，那就还有希望。有什么我能帮忙的？"

我伸出手臂。布莱斯特跳了一跳，拍了两下翅膀，跳到我的手臂上，我把他抬到与脸齐平的位置。"今晚，我们准备坐机动车去第四峰。就是那座最高的山，你知道吗？"

"知道。"

"我们要去地球一趟。嗯……与此同时，我们需要……"

"不用说了。"他用翅膀抚了抚我的鼻头，"我跟你们去。"

"好极了，但我的意思不是……我需要你帮我送个信儿给一位赏金猎人实习生。她家住在第三座山。"

"明白。是从东数第三座,还是从西数?"

"从东数,"我说,"一般都是从东往西数,这不是规矩吗。"

"大多数人确实是这样。"

"虽然机会渺茫,不过赏金猎人一般都认识地球上的人类,而且据扎尔所说,在地球上如果没有人类盟友,我们将寸步难行。你能请赏金猎人们帮帮忙吗?我们日落前要在第四峰集合,所以时间不多。"

"我尽力。有个问题!"

"请讲?"我说。

"去了地球是不是得变成人形啊?"

"我……也不知道。"

"那以防万一,帮我带几件衣服?"

我忍不住张大了嘴巴,虽然也就张开了几厘米。问题是,我的口腔是乳白色的,这就导致就算只张开了一点点,别人也会很容易就注意到我做出了不敢相信的表情。

"干吗?怎么了?我又不是不还你,我可不是那只嘲鸫。"

"抱歉,不是这个原因。我当然愿意借你衣服。只是……我从来没见过你的人形,我都开始怀疑你到底能不能变成人形了。"

他双脚交替,以一个欢快的节奏舞蹈起来。"对。我能变人形,但我不喜欢。瞧见我的翅膀了吗?"他那布满斑点的翅膀完全展开,比我的臂展还长。

"嗯哼,很难瞧不见啊。"

"在人形的时候,翅膀是从我脑袋上长出来的。本来长翅膀的地方应该是……怎么说呢,耳洞。这都还好,关键是当我受到惊吓，或者说我忘了自己会飞的时候，我的翅膀就会这样……"他用力拍打了两下翅膀，爪子则紧紧抓着我的手臂，以免飞起来时撞到树枝，"然后就会有一阵急风吹进我耳洞里，刮得我耳朵生疼，就算我在耳朵里塞棉花也不顶用。而且翅膀还会扯得我脑壳疼。"

"那确实挺难受的。"我说。

"反正就是这样。"布莱斯特亲昵地用脑袋蹭了蹭我的脸，"对了，我最喜欢黄色，不过只要穿起来不发痒的衣服就都行。"

他冲我眨了眨眼，便落到地上，半跑半跳地离开了树荫处，紧接着就直冲云霄。

"臭显摆什么呢。"燕子叽叽喳喳地说。

离开留言树后，我就往森林的方向一路小跑。这次也没有时间走马车道了。我感觉到时间正在飞快地流逝，某件大事即将发生。对自己无法逃离当下，无法避开即将到来的现实，我很痛苦。

我只能抓紧时间，希望自己没有做无用功。

第十八章
妮娜，飓风登陆前三天(1)

"我花了一年时间，再加上自己的解读，"妮娜对着摄像头说，"终于读懂了这个故事。"她举起那本吉卡利拉语–英语的词典，双手因其重量而颤抖着。这本"扩印本"是妮娜的父亲给她找来的，比正常印刷的版本要重上一倍。她把书嘭的一声放在桌上，然后翻开笔记本，拿到镜头前，上面的标题是：罗茜塔的故事。笔记本上已经写满了用彩色笔标记的标题。自从开始翻译这个故事以来，妮娜又找回了自己对彩笔的热爱。

"我也希望把成果都归功于自己，不过妈妈也帮了不少忙。首先，她告诉我利潘阿帕切语和吉卡利拉阿帕切语十分类似，也就是说有很多单词发音基本相同，也有很多单词发音类似。

"罗茜塔讲故事的时候，手机上的翻译软件基本识别不出来。它虽然包括了几千种不同的语言,但其中没有利潘语,更没有利潘语系下的吉卡利拉语。实际上,这款软件甚至无法翻译纳瓦霍语,要知道现在世界上还有很多人在说这门语言。因此,它不仅没有给我翻译好的英文文本,反而给了一堆乱码,元音和辅音串在一起,完全没有意义。这给理解故事带来了很大的障碍。

"所以有一次妈妈回家,大概是我 15 岁的时候,我和她聊起了这个故事。她是位翻译家,所以这些……"她拍了拍笔记本以示强调,"在翻译专业领域肯定很有价值。妈妈说:'这就像是一个谜语,而我们要找的是解谜的钥匙。'每个利潘语中的单词,都和翻译软件生成的一段乱码对应。于是我想着:为什么不自己来做这把钥匙呢?

"于是,我问妈妈:'有没有利潘语的词典呢?'她想了想,答道:'有是有,但不是很完整。'我让她买一本来,于是她就想办法买了。这本词典可不好找,书店里和图书馆里都没有。妈妈联系了一位部落里的语言学家,他帮忙收集了很多材料。妈妈不像我和爸爸是部落的一员,不过她很擅长和人打交道。希望我能继承她这个优点,而不是她那往里面长的脚指甲。

"于是我练习发音,把整部词典录进翻译软件保存下来,作为初版的钥匙。这个部分很快就完成了,毕竟本来就没多少个词。不过还是翻译出了几个新词。比如:他们——复数——打猎;他们——复数——死了;他们的——复数——儿子。我之所以这么解释,是因为利潘语里没有性别代词,不会说'他去打猎了'或者'她去打猎了'。只会说'他们——单数——去打猎了'。而我们语言里有代词会说明到底指的是两个人,还是两个人以上,但这里就先不说了。

"后来,我用吉卡利拉语词典一直重复这个过程,反正挺枯燥的。"妮娜拍了拍那本足有五磅重的书,"可至少读起来没那么费劲了。况且,只要掌握了核心的几个发音,就可以大幅缩小范围。现在,我觉得我已经能够基本理解罗茜塔的故事了。

"她讲述了一个家庭的故事。故事一开始讲的是一个男人来自遥远的地方,根据上下文,说的应该是映像世界,还有一个来自地球的女人。他们在一片有水的地方相遇,那里是他们的家乡,然后,他们育有一子。父亲不得不在两个世界之间来回奔波,而母亲必须待在水域附近。他们成功了,儿子也长大成人。在故事里,儿子游历四方,做了很多了不起的事。他是动物人的好朋友。从本质上说,他的表现就像是联结时代的人类精灵,像一位传奇人物。

"猎人们大概也因此盯上了他。我不清楚具体发生了什么,但他和他的父亲都在地球上被杀害了。女人留在家乡,独自把当时还是婴儿的女儿抚养长大。

"最后几句话听得我直冒冷汗。翻译过来,罗茜塔说的是:
'藏在这里吧,否则你
和你的孩子
和他们的孩子
和他们的孩子
仍会成为梦魇的猎物。'"

妮娜低头看着她的双手,看着被她啃得参差不齐的指甲,还有手腕上的那颗痣。

"罗茜塔是从她妈妈那里听到这个故事的,"她说,"我觉得这个警告就是说给她听的,不然还能是什么?"

妮娜缓缓地呼气,仿佛在冥想,她紧握双手,感受着肌肉的紧绷,并试图从精神上将这种力量向外推,以散发出魔力,难道这种魔力不应该自然地降临到她这个曾曾曾曾孙女身上吗?如果这个故事是她家族的历史,而妮娜现在也如此深信,那妮娜为什么不能在镜头面前施展魔力呢?

事实上,对人类精灵,人们知之甚少。在古老的传说中,他们曾参与动物人的冒险,但实在少见。在联结时代结束之前,他们就已经销声匿迹了。

妮娜甚至不知道这种神奇的特质是否可以遗传。或者,就像来自映像世界的许多元素一样,这种特质是由梦幻般的法则控制的。

比如用意念移动物品,她心想,或者……治愈别人。她双手握得生疼。到最后,也没有奇迹发生。

"尼弗蒂,"她说,"结束拍摄。"

恰在此时,门口传来了敲门声。

"妮娜?"父亲喊道,"在睡觉吗?"

这问题倒是没毛病。这会儿刚过中午,而在暑假期间,妮娜有时候能睡到下午三点。"没睡!进来吧!"

他打开门走了进来。"坏消息,"他说,"最新天气预报显示,杰里米2号飓风正往你奶奶家那边移动。"

她揉了揉额头,试图赶走眩晕感。"啊?不是刚袭击了路易斯安那州吗?"

"是啊,"他说,"但这场飓风有点儿不一样,而且特别强烈。"

"有多强烈?"

他尽量展开双臂。"他们说至少是 5 级飓风。但现在还早,飓风登陆至少还要 3 天。天气预报也拿不准会袭击哪里。不过以防万一,我准备开车去雷福奇县,去你奶奶家帮她加固下门窗。"

"万一她必须得撤离怎么办?"妮娜问,"奶奶跟你说了那次婚礼的事情,对吧?"

"是啊,"他叹了口气,"她说了。不管了,实在不行也得冒险试试。"

"要是真的非撤离不可呢?"

"谁也不知道她到底为什么会生病。你有你的想法,医生有医生的诊断。要是情况真的很糟糕,我们就不离开那么远吧。应该也行。"

"希望吧。"

"那我先去了,你一个人没事儿吧?我会把店关了,但你得去一趟店里,下午四点要收货。晚饭我做了辣酸面团面包。"

"我都快 17 岁了,别担心。"

他笑了笑。"妮娜,我们刚刚不就在担心一位 70 岁的老太太吗。担心家人是人之常情。"

这话的确没错。他们拥抱了下道别,妮娜说:"开车小心。"父亲拍着胸脯做了保证。

妮娜回到电脑桌旁,坐在动力学椅上,说:"尼弗蒂,给我看看杰里米2号飓风的天气预报。"

屏幕上弹出了美国南部的天气图,上面显示了一片明亮的红色旋涡,正穿过海湾,向得克萨斯州旋转。

飓风,正朝雷福奇县而来。

第十九章
水腹蛇出发前往第四峰

　　我上次坐机动车，还是和哥哥姐姐们一起去旅游公园的时候。公园在河边的一块空地上安装了一些有意思的装置。比如装在跷跷板杠杆上的旋转椅、由金属条组成的铁塔、你可以在里面全力奔跑也不会移动一英寸的巨大车轮，但最有吸引力的，还是环绕整片空地的单人轨道车。

　　总共只有五节车厢，所以我们分组去坐小火车。我非常愿意最后一个坐，主要是懒得和他们争。

　　事实证明，我还不如干脆别坐。火车太过颠簸，加上从我身边飞驰而过的模糊景色，而且车移动得过快，没有脚踏实地的感觉，让我的胃不停地翻腾。我紧闭双眼，结果头更晕了，特别是我还感受到乱七八糟的化学物质被风吹得直往我脸上扑。但我又不能变成蛇形，不然眼镜和衣服就没了，所以，火车还没跑完半圈，我就跳下去了。

简单来说，上次我坐机动车时，总共忍受了不到五分钟。但这次去山里，少说也要几个小时。

就算扎尔保证我肯定没事儿，但看这辆卡车的样子，也不像能开得多稳当。里斯克、瑞恩还有背着背包的我在日落时碰了头，扎尔领着我们走了半小时，到达马车道旁边的一间木棚。他父亲的卡车就停在棚内，有甲壳虫绿色的金属外壳和四个厚重的黑色车轮。木棚墙上挂着一排工具和机械部件。扎尔打开手电往里面照了照，检查木棚里有没有别人，扳手和齿轮投下奇异的几何阴影。外面还不是很暗，细微的紫红色光线透过墙壁木板的缝隙照了进来。

"亲爱的，你会开这玩意儿吗？"里斯克问扎尔。我听完大笑起来，这纯粹是被吓到的反应。我还是头一回听她说这么肉麻的话。

"怎么了，奥利？"里斯克眯起眼睛问我，"想起好笑的笑话了？讲给我们听听？"

"没有没有。我……呃，吃了只苍蝇。"

她盯着我看了许久，盯得我直发毛，意思是你这个蹩脚的谎言可骗不了在场的任何人。然后她转身问扎尔："抱歉，你说什么？"

"我刚想说……"他打量着卡车，把手电照进车窗。一瞬间，卡车灰暗的内部变得明亮起来，像是巨人的灯笼。"我开得很好，虽然我从来没一路开到山上去过，但有一次我倒是从山上开下来了，当时我爸和我哥……不太舒服。他们在地球上吃了变质的鱼，这么说吧，一路上他们只能把脑袋伸出车外。"

"这样的话,我们就一人开一程吧,"里斯克说,"我开车带大家去第四峰,你再自己开回来。"

"你会开车吗?"他问。

"当然。卡丁车啊,摩托车啊,我和瑞恩什么都开过。"

"是吗?"我问,"我们认识就是因为你们要借我的木筏。你们上哪儿弄卡丁车和摩托车?"

"也是借的呗。"瑞恩笑着说。

"我们有一次还开过怪物卡车呢。"

"你们开过机械怪物?"我缩了缩脖子问道,"那也太恐怖了。"

里斯克用嘲笑的眼神看了看我。然后,她拉开嘎吱直响的车门,坐到驾驶位上。卡车车厢里只有一条长凳,司机得和乘客们坐在一块儿。里斯克把手放到金属方向盘上,其实只是一圈铁环,再焊上几根铁条罢了。我心想,这方向盘长得还挺像太阳的。

"不是,奥利,怪物卡车不是真正的怪物。"瑞恩解释道。她没有绕到车的另一边,而是直接从姐姐身上爬了过去,坐到长凳的另一端。

"那是人类制造的一种巨型卡车,唯一的目的就是用来碾碎小型卡车。"里斯克继续说道,"这是一种运动。"

"我们还是小郊狼崽的时候,我叔祖父就曾把一辆车开回营地。他说:'这是我从地球上偷来的,趁它还在,大家赶紧开一圈去。'我和里斯克跟比我们大两倍的表哥表姐打了一架,才能先开。"

"差点儿把我牙齿打没了。"

"确实!不过也值了。阿姨们一个劲儿喊:'别打了,别打了!都轮得上!'但其实不是,因为开了一会儿卡车就没油了,一大半人都没开成。"

"包括那个一胳膊肘打在我嘴巴上的家伙。"

"活该。"扎尔一边说,一边帮我们把包抬进车厢。然后,他递给里斯克一枚拴在串珠上的六边形坠饰。"把它插进发动机,然后旋转一百八十度,"他指示道,"就可以解锁轮胎了。一定不要撞车,这辆卡车是我爸亲手造的,每个零件都是照着地球上的草图制作的,这可是映像世界里独一份儿的手艺。"

"我会小心的。"里斯克保证道。

"谢谢了。"扎尔坐在中间的位置,笨拙地将长腿曲在仪表板和座位之间可怜的空隙中,"别忘了系安全带。"

这时我才意识到问题的严重性。"我该坐哪儿?"车上没有第二把椅子,而扎尔坐上去后,已经和姐妹俩挤得够呛了。

"你缠在我的胳膊上?"瑞恩说,"你变成蛇形,位置不就够了吗?"

我缩了缩脖子,摇头道:"我蹲在后面吧。"

"你坐儿童火车都晕车,还是不要蹲在车厢里为妙。"里斯克提醒道。

"抱歉,"扎尔说,"我不能和你换位置,我得坐在前面看着点儿。"

"没事儿。"瑞恩连门都懒得开,直接钻出了窗子,双手着地,又用手往前走了两步,才翻身站直,"反正我也喜欢吹风。"

"谢谢你。"我说,我长长地松了一口气,还好不用在那么多人面前变身。很多时候，四肢动物都觉得我的变身过程很奇特，当我把四肢吸进伸长的身体时，他们会发出惊叹不已的声音。瑞恩就不用担心这个问题。当我坐下来，把安全带系在腰间时，我注意到有棕灰色的毛发从我身后开着的车窗里伸了出去，然后，瑞恩把她又长又尖的嘴伸出了车窗。她在郊狼形态下仍披着天蓝色的披肩。

"出发吧。"

我看着里斯克把坠饰插进六边形的凹槽中。卡车内部传来一声巨响，然后她把手放在从仪表盘伸出的曲柄上。"启动发动机需要多少转？"她问。

"大概十转吧。"扎尔说，然后他捂着嘴笑了笑，"但也取决于速度。有一次我曾祖母来开车，因为动作太轻柔了，结果转了一百来次才启动。甚至还不止。我数了一会儿就晕了。"他精准地模仿着转动手摇曲柄的动作，缓慢得让人难以忍受。

"我只要八转就行。"里斯克说。然后她还真说到做到。曲柄高速旋转起来，在卡车启动之前，我只数到了七次，紧接着，卡车的腹部发出低沉的嗡嗡声，像是一只小昆虫忙忙地扇动翅膀的声音。我们向前驶出，因为卡车太过摇晃，我紧紧地抓着安全带，手上都勒出了印子。卡车以步行的速度缓缓驶出车棚，转向车行道。我眯着眼，想看又不敢看。小路太窄了，但凡稍稍偏一点儿，我们都会直接撞进灌木丛里。卡车没有顶篷，但树叶遮住了大部分月光。我要十分努力才能辨认出周围环境的一个细节。

"光线这么暗，你怎么开车？"我问，"你眼神真这么好？"

"明明亮得很嘛。"里斯克踩了一脚油门，我听到她靴子下发出砰砰的响声。紧接着,卡车猛地前倾,开始加速。

"要是你能有我们的视力就好了。"瑞恩在我耳后说道。

"你可别同情一条蛇,他的感官比我们灵敏多了。"里斯克砸咂舌示意。

"感官再灵敏我也害怕啊。"我嘟囔道。我尝了尝空气,舌头捕捉到了泥土、鲜花和金属的混合气味。它们的出现并没有先后顺序,只有卡车的机械气味持久不变。"不试还好,一试更怕了。"我啪的一下闭上了嘴,噘起嘴唇,彻底隔绝空气。

"这条路直得很,"扎尔安慰我道,"很快就到了。"

"要开多久来着?"

"那要看速度多快了。开得快点儿两个小时就能到,开慢点儿得四个小时。但不管如何,得等到早上才能爬山,不然向导还在睡觉。"

"你觉得呢,奥利?"瑞恩问,"你是这里唯一一个会晕车的。"

卡车开过路面上的一个隆起处,颠簸了一下。车头朝上时,我感觉自己被压在了长凳上,但在下降过程中,我又感到一阵失重,还好有安全带阻止我直接飞到空中。

"我决定了,"我说,"慢点儿开吧。"

"坏消息,"里斯克说,"这是最慢的速度。"

我紧紧抓着窗边,做好了颠簸四个小时的准备。

"还是说点儿有用的吧,"过了一会儿,我问,"扎尔,当时你在地球上被困了多久?"

"嗯……六天多吧。"

"那就是说我们最少能在那边待六天。我的好朋友布莱斯特也打算和我们一起穿过太阳,他是只老鹰。他们在地球上的情况怎么样?"

"具体要看是哪种老鹰了,奥利。"瑞恩说。她的声音十分低沉。我从座位上转过身,眯起眼睛,看清了她在车厢后面的侧影。"你也知道,有的老鹰也快灭绝了,"她继续说道,"但八成不是你朋友的种族,毕竟他看起来还挺有活力的。对了,他可以变形吧?"

"据他自己说可以。"

"那这样的话,我估计他也能待六天。"

"那行。"我们还有六天时间,可艾米呢?他还能撑六天吗?"到了地球,最重要的事情就是找到这两样:一是落脚的地方,二是能帮助我们调查的人类。"

"为什么需要人类?"里斯克毫不在意地问。

"地球是他们的家。在那边,他们很强大。"

瑞恩举起她尖尖的食指。"你知道还有什么力量很强大吗?钱!叔祖父说,在地球上想获得什么东西,钱是最管用的。几乎可以用钱买到任何东西。"

"那倒是。可我们要把钱给谁才能阻止物种灭绝呢?听起来就不太靠谱啊。而且就算我们有一桶钱,也需要人类向导啊。"

"确实。"她同意道,"那么,如果赏金猎人计划失败,要怎么才能找到友好的人类呢?"

"我……也不知道。"卡车又颠簸了一下,不过这次我做好了准备,所以没有被吓到。"我们还有四个小时准备备用计划。"

第二十章
妮娜，飓风登陆前三天(2)

妮娜收到父亲的消息时，夜已经深了。"我肯定得在这儿住一晚了，"他说，"这次加固奶奶的房子比较费功夫。她这儿东西太多了。等我回来我们就走，你先准备好。我们应该要往北边去。记得把垃圾扔了。"

尽管比起祖母的房子，书店和二楼的公寓离海岸要远得多，但也仍在杰里米2号飓风的预测路线上。妮娜和她的家人通常在奥斯汀附近的一家路边旅馆等待暴风雨来临。这家旅馆有得克萨斯州最好的欧陆式早餐：玉米粉、家常薯条、新鲜水果和配有正宗枫糖浆的酪乳薄饼。

妮娜用对薄饼的回忆驱走不好的念头，拎着一袋黑色垃圾穿过房间，走进了小巷，扔进一个半满的金属垃圾箱，盖子砰的一声关上了。雨点打在她裸露的手臂和眉毛上；为了避免变成落汤鸡,她从小巷的门进屋,这扇门通往仓库。墙边堆满了装着旧书的纸箱,一张木桌子上放满了绘图笔记本,上面有她父亲决定出售的每本书的书名、ISBN 编号和价格的手写列表。库存中只有一小部分书最终出现在商店的货架上。妮娜也不知道那些没能上架的书最后都到哪儿去了。她觉得可能有些被捐赠出去了,有些被回收了。

妮娜脱下网球鞋,把雨滴抖落在门口的擦鞋垫上,然后打开黄色的顶灯,锁上房门,深吸一口气,缓解压力。她喜欢这个房间的味道,有纸张放久了的淡淡霉味,以及各类二手书从它们之前的旧家带来的味道,比如蜡烛、香水、香料、烟、空气清新剂、咖啡。好像每本二手书都从它们待过的图书馆或是客厅中带来了一只幽灵。

头顶上,被关在二楼公寓里的钢丝绳哀怨地喵喵叫着,仿佛在说:"你回来了,怎么还不给我喂吃的?"它大叫着想得到关注。

"再坚持下,钢丝绳!"妮娜喊道。她把牛仔夹克扔在衣帽架上,匆忙走到楼梯口。楼梯尽头是一扇白色的门;平日里书店营业的时候,这扇门是锁着的,以防迷路的客人进入客厅。当妮娜走到上层楼梯平台时,她听到了轻微的抓挠声……她的猫在门的另一边抓挠着,想引起注意。

妮娜不清楚九条命的传说是不是真的,不过钢丝绳至少有两条命。

小猫亲昵地用脑袋蹭了蹭妮娜的腿,她轻轻挠了挠它的脑袋。它舒服地发出绵长的呼噜声,整个身体都在颤抖。它就是这样,极其黏人。钢丝绳有细长的黑色身体,眼睛像两只黄色的玻璃环。它特别喜欢趴在妮娜的肩膀上伸展四肢——尤其是天气太热，不能环绕在妮娜脖子上做一条会打呼噜的围巾的时候——或者在妮娜腿上蜷缩成一个小球。

这会儿，在妮娜走进公寓时，它绕着妮娜的腿走了个8字。"嘿，宝贝，"她说道，"今晚得吃快点儿。可以吗？"

妮娜用勺子舀了半罐湿猫粮到它的碗里，钢丝绳把头埋在碗里，大快朵颐。它吃饭的样子总让人感觉只要它停下来喘口气，就会有人把它的食物抢走似的。妮娜从储藏室里拿出猫包，把干净的婴儿毯子叠在网格衬里的吊舱里。"这样就舒服了，"她说，"你会睡个好觉的……"

突然，胡须上沾满了晚餐的钢丝绳冲出厨房，穿过客厅，躲在沙发后面。"不！"妮娜轻柔地说，"咬到舌头了吗？怎么了，小家伙？"

然后，她听到了敲门声。砰、砰、砰。有人在楼下敲门。是父亲吗？可他说了今晚不回来。

妮娜手机的电量快耗尽了，这会儿已经打不开。她把手机放在电视旁充电。然后，她蜷缩在沙发和电视之间，等待屏幕上的低电量图标停止闪烁。砰砰砰的敲门声依然响个不停。侧门附近有一个门铃，但敲门的家伙似乎没有注意到。也就是说八成不是父亲，没准儿是需要帮助的邻居。

妮娜卧室里的窗户就在巷子正上方，她可以伸出头去看看。

"别动。"妮娜小声对钢丝绳说。有时候，妮娜身体里的半个乐观主义者，总是相信钢丝绳听得懂自己的话。夹在沙发和墙壁中间的钢丝绳真的一动没动，值得表扬。

妮娜回到自己的卧室，把彩虹色的窗帘推到一边，不知会看到什么人在楼下,她心里害怕极了。但结果是,小巷里不止一个人,而是两个,还是三个?从她这个位置很难看得清。妮娜在没人注意到她之前就蹲下了身子。他们在商店外面干什么?今夜的雨下得很大,而且今年的飓风马上就要来了。她觉得还是不理会为妙。

砰、砰、砰!

他们仍在敲门。接着,一个尖锐的声音传来:"卖书的?在吗,卖书的?"敲门声再次响起,妮娜觉得自己应该下楼去,让他们快走。应该不会出什么问题,妮娜甚至都不用开门。况且这扇门十分厚重,目的就是为了防止别人破门而入。

她一步迈下两个阶梯,快到一楼时,砰砰砰的敲门声越来越响。紧接着门啪的一声开了,撞在墙上。他们打开了门锁!妮娜来不及停下脚步,跌跌撞撞地跑进了仓库。在敞开的门口,站着三个陌生人:一对双胞胎姐妹,长着瓜子脸和尖尖的牙齿,留着卷发;还有一个肩上站着只老鹰的少年。他们看起来都比妮娜想象的年轻,如果在学校里擦身而过,妮娜都不会多看一眼。但妮娜没在学校里见过他们,在任何地方都没见过他们。

那个带着鹰的家伙小心翼翼地绕过他的朋友走了过来。他把太阳镜换成了一副金属框的圆眼镜。他的眼睛是深棕色的,瞳孔呈菱形,但他的眉毛不是棕色的,而是发亮的鳞片。"请不要生气,"他说,"我们非常需要你的帮助。"

第二十一章
水腹蛇遇见始祖羊

我们把车开下了马车道,来到一条破旧的土路上。"这条路是我家人铺的,"扎尔解释道,"好几代人以前的事儿了。那时候我们还用马车往家里运书,相当麻烦。要派十头狼来拉马车,一趟就得花一天时间。这也是爸爸非得造这辆卡车的原因之一。"

"还有其他原因?"我问。

扎尔朝瑞恩努了努鼻子,她正开心地迎风喘着气。"开快车很有意思。"

"你们从来没撞过人?也没出过车祸?"

"没有。"他说,"路上的行人都会提前感受到卡车的。再说了,晚上只有我们走这条路。"他停了下来,沉思道,"不过我还真挺担心的。毕竟凡事都有第一次。"

"那还是像以前那样吧,"瑞恩说,"只在紧急情况下开这辆卡车。"

"问题是,家族里没有那么多年轻力壮的狼人了。"他解释道,"上一辈拉车的人……都老了。"

"我可以帮忙。"瑞恩保证道。

"郊狼也能拉马车?"里斯克笑着说,"那得多少只才够?50只?"

"奥利肯定也能帮忙。"

"别了。我连半本书都拉不动。"我试着想象了一下蛇拉马车的样子,但实在想象不出来。

"没事儿,"扎尔说,"这不是有卡车嘛。"

我们陷入沉默。在地平线上,山脉就像一堵没有尽头的参差不齐的黑墙。我们驶向第四峰时,朦胧的黑暗似乎吞噬了天空。

"我们可以在这里等到天亮。"扎尔指着路边的一个露营地说道。里斯克把车开进了空地,停在一个石头火坑旁。她取下六边形坠饰后,卡车就安静了下来。这里的土地已经被踩得很实,只剩下一些顽强的杂草。我在空气中尝到了新鲜的水的味道,有露水,附近还有泉水。大山离我们还是很远,我可以看到那座有白色斑点的山峰;不过大山也足够近,可以保护我们免受风吹。

"这后面很暖和。"瑞恩表示。她蜷缩在两个背包之间,鼻子搁在尾巴上。里斯克和扎尔直接从后窗爬进去,和她一起待在车厢里。

"我就在凳子上睡吧。"我说。

但我没能睡着。有种感觉挥之不去，我总觉得艾米今晚就会死去。他身边全都是陌生人，他很孤独。或者，他明天就会离去，而他的朋友们则去了另一个世界。

我不禁想，我们是不是做出了错误的选择。我是不是在艾米最需要我的时候抛弃了他？这么做是不是在伤害他，而不是帮助他？

过了一会儿，假太阳在第四峰前升起，用金色的光辉照耀着大山那粗糙的脸庞。我们在附近的一条小溪里喝了水，吃了干果和鱼，然后爬回卡车。每个人都很安静，不知是因为太早，还是因为前面未知的旅程。里斯克开着车，我透过天窗往上看去。

"你在干什么？"瑞恩好奇道。她又变回了郊狼形态，坐在车厢里，背靠着一堆补给品。

"在找布莱斯特，"我说，"他说会在山上跟我们会合。我眼神不太好……"

"那儿有一只鸟。"她指着一个低飞的黑色剪影说，"不过应该是椋鸟。你好！"

这道剪影先是短暂地垂直俯冲，接着马上向上拉起，像是被一根无形的松紧带控制着。它要么是在捕猎飞虫当早餐，要么就是在耍杂技跟我们打招呼。

"我们的计划需要人力援助，最好是有赏金猎人的联系人。"里斯克抱怨道，"要是布莱斯特没来，我们要等他吗？"

"没有时间了……"我停顿了一下，让焦虑的情绪平息下来，"他会来找我们的。布莱斯特也很关心艾米。但是……如果真的没有联系人，我们就得看一步走一步了。至少我们还能去找书店里的人,对吧,扎尔?我们能相信他们吗?"

"能,但有个问题,"扎尔说,"我们有个默契。他们假装以为我们是人类,而我们假装不知道他们知道我们不是……等等,我把自己绕进去了。"

"你就说能不能信任他们吧?"里斯克笑着问。

"嗯哼。"他说,"书店的一家人都很靠得住。但在其他人面前呢?你们还是得装成人类,而且要装得很像。能做到吗?"

"当然可以。"瑞恩保证道,"你也知道,奥利每周都读人类的书。因为叔祖父的关系,我和姐姐也很了解地球。叔祖父胆子很大,总是想方设法到那边去。我还邀请他一起来救艾米,毕竟他很有经验,但他的后腿有伤……"

"说实话,"里斯克打断道,"他不来也好。他的确挺会讲故事的,但你真相信他是地球上最出色的魔术师,有几百万人喜欢他吗?"她沉下嗓音,把绑住马尾辫的细皮绳扯下来。"我的人类同胞们,请看!"里斯克一使劲,将绳子扯成两段,然后分别举过头顶。"你们遇到过这种情况吗?我有一个完美的解决方案。那就是魔法!"她啪的一声合起双手,揉搓着皮绳。当她张开双手时,皮绳又恢复了完整。

我和扎尔不停地鼓掌。

"信啊,"瑞恩疑惑地答道,"为什么不信?"

"如果叔祖父总是把房车变成摩天大楼,或者用绳子绑住龙卷风,这种吸引眼球的事情会很快引起国王的注意。要是被那家伙的杀人组织盯上,再不可思议的消失魔法都救不了叔祖父的命。"

"里斯克说的有道理。"扎尔插话道,"如果你真的要大规模使用塑造世界的技能,一定要记住,梦魇国王肯定会盯上你。好在他从来不离开地球,反应速度也很慢。这些年,都是他的人类手下帮他做那些见不得人的勾当。他们很危险,但只要你保持低调,就性命无忧。"

"你的家人遇到过他们吗?"我问。

"感谢造物主,没有遇到过。"他轻轻哼着,像是十分焦虑。外面,十几只长长的黑色尖耳朵被卡车的隆隆声惊醒,从草地里冒了出来。六只小野兔聚集在路边看着我们经过。它们并没有变成人形,所以必须用后腿站立起来才能看清。扎尔一直等到他们好奇的脸消失在我们身后,才继续讲述他的故事。"但我们知道有一些人引起了梦魇的注意。他们是寻求知识的人,一个包含很多物种的氏族,他们共同的目标是了解地球。归根结底,他们只是观察员而已。很长一段时间以来,他们都能毫不费力地访问地球。

"然后,一位成员,也就是一只狐狸犯了错。她当时正在一座城市观察人类百态,突然发生了一场地震。一座建筑物在她面前倒塌,里面还有一半的居民没逃出来。她说,她在地下都能听到人们的哭喊和求救。那声音听起来太绝望了,她无法坐视不管。

"当晚,狐狸没有回到氏族的会合点,她的朋友们就去了城里。他们找到了她,发现她那没能遮住的毛耳朵耷拉着。她整天都在忙着救援。有新闻媒体拍摄到了她,记者们惊呼:'一位动物精灵回到地球来拯救我们的家人。'她的家族非常伤心,因为他们知道梦魇国王,或者说他所谓的人类骑士会看到这些报道。他们也知道,他们的朋友宁愿死也不愿忽视那些求救的声音。

"因此,氏族里的麋鹿人用巨大的力量搬开了瓦砾,鱼人则给困在地下的人送水喝,鸟人们清除了空气里的灰尘,郊狼人则帮着狐女一起聆听地下的生命迹象。他们忙活了一夜,使用了很多塑造世界的技能,有的人时间用尽后,被安全地传送回了家乡。但还有人必须等到日落。他们染上了致命的重病,其中很多人,包括那位狐女,就这样死在了陌生的世界里。"

我发出一声哭喊。"什么?为什么?"梦魇是人类精灵,八成是最后一位在世的始祖人,但他也不能让他们这么莫名其妙地死去。他拥有无限的寿命,似乎也很难被杀死。据说地球上的武器比攻击性的塑造世界的技能更致命,而且有成千上万个地球人追随他。

"据说国王的手下给他们投了毒。"扎尔看向里斯克,"一定要小心,你保证。"

"我们会的。"她说。

在接下来的十分钟里,我们沿着蜿蜒的小路行驶。我感到脑袋里产生了一种熟悉的晕眩感,显然,我的晕车病只会在遇上极端的环路和转弯时才发作。

"我们快到了。"扎尔安慰我道,八成是注意到了我不太舒服。卡车上也有后视镜,不过其实是一块经过抛光的长方形银条,我从里面看到了我的上半张脸。血从我的脸周围涌上来时,我的鳞片的颜色突然变了。

谢天谢地,没过多久,我们就到了路的尽头。其实就是山脚下。眼前是曾经崎岖不平但现在相对平坦的土地,在岩石嶙峋的斜坡中向上延伸。远处的山峰白雪皑皑。瑞恩扶我下了卡车，因为我晕车，腿肚子直打转，她陪我走向一块露出地面的石头。我们坐在一起，享受着早晨的温暖，扎尔和里斯克则负责卸下背包。

"你今天真漂亮，"我说，"但又不太一样。这件衣服你好像没穿过。"

"本来就不是我的衣服。"瑞恩站起来，张开双臂，缓缓转身。她穿了一件及膝的梭织束腰外衣，配上皮革紧身裤和靴子。外衣上的深红色和柔和的黄色让我想起了沙漠上的太阳。"妈妈把她第二喜欢的探险服借给了我。第一喜欢的给了里斯克，但那是因为她比我更喜欢蓝色。"

果然，里斯克的衣服和瑞恩的非常相像。只不过里斯克的不是红色和黄色，而是深蓝色搭配明亮的天蓝色。

"希望人类还穿这种衣服。"瑞恩重新坐到我身边说，"妈妈说他们肯定穿，但她都是从曾祖父那儿听来的。要知道曾祖父差不多一百年没去过地球了。"

"在得克萨斯州，"扎尔两肩各背着一个背包走过来，"也就是你们会到达的地方，如果消息没错的话，人们穿的衣服多种多样。你们现在穿的衣服都没问题。但如果要真正融入进去，最好找条牛仔裤和T恤。对了，变成人形也不能光着脚。他们在城市里每一寸土地上都铺了路面，铺路的材料，尤其是黑色的那种，在太阳照射下会变得非常烫。"

"但愿我给布莱斯特带的凉鞋合他的脚。"我说。

"他可以飞起来站在我们的肩膀上，"里斯克说，"他好像最喜欢这么干。说起来，你看到天空中有老鹰了吗？我们得赶紧出发了。"

我们同时抬起头。天空中什么也没有，万里无云，没有布莱斯特的身影。

"再等他五分钟吧。"我提议道。

时间流逝，提醒我们不得不再次做出选择，是再等会儿还是立即出发？要等的话，再等五分钟，还是十分钟？

"你们觉得呢？"我问。

姐妹俩面面相觑，从她们不确定的表情来看，她们也没有主意。"那就走吧。"里斯克说，她像撕下创可贴一般坚定、迅速地说。

"嗯。"瑞恩看着天空说，"走吧。"

"那行，"我说，"接下来怎么办，扎尔？"

他小跑回到卡车上，取下一个木箱。扎尔取下箱子上的盖子，里面是一个手持式的鼓，其实就是生皮铺在一个圆形框架上而已。它配有一个鼓槌，是一根结实的木棍，有一个蛋形的皮革槌头。

"这是以前我们穿越太阳之前，我爸爸告诉我的，"他说，"这很重要，所以看好了。"他似乎是对瑞恩说的。她对他甜美地笑了笑，挥动着右手，似乎在说：请继续。

"首先，天空中的那个大圆圈其实并不是太阳。我想，我们只是希望它是太阳。但其实它不是。它是一条通道。只是因为地球是亮的，所以它才是亮的。地球暗下来的时候，它也是暗的。它那么大，是因为……"

他指了指我。

"因为地球很大？"

"没错。猜猜地球还是什么？"

"有金属地核的球体。"

"呃……也对，但我想说的是'地球还是会移动的'。这个像太阳一样的通道早上升起，晚上落下，是因为就像地球一样，我们的世界也一直在移动。这就让事情变得棘手起来，在我们的旅程中，一切都必须精确地安排好，要抓准时机。否则，我们可能会降落在休斯敦的一条高速公路上。如果你们觉得我爸那辆卡车已经很快了，等你们见识到高速公路上的车，就不会这么想了。"

"以前有人犯过这种错误吗？"里斯克问。

"已经很长时间没有了。我们总是在同一片荒地上着陆，想必是它有比较强的拉力。不过还是出现过失误，特别是我们的祖先在完善这项技术的时候。有时会突然消失，再次出现时身上带着枪伤，或者是手上夹着捕兽夹。有一次，一位抄写员就死在了一条湍急的河里。"

"懂了，反正很危险。"里斯克总结道，"我们准备好了。"

"等上了山顶，一切按向导说的办就好。"

"好的，"我说，"向导在哪儿？"

扎尔凝视着前方的山坡。"你永远无法看到他们，"他说，"但他们会来的，总是如此。"然后，他取出鼓，夹在臂弯里，又取出了鼓槌，敲了五下。隔了一会儿，又敲了两下。再隔一会儿，又敲了五下。

砰、砰、砰、砰、砰。

砰、砰。

砰、砰、砰、砰、砰。

鼓声在我们周围传播开来，在山腰回荡，然后消散在天地间。"往山上看。"扎尔放下鼓，站在里斯克旁边，指着崎岖的山坡说。

山上的动静吸引了我的注意。在我们上方，一个个影影绰绰的轮廓从饱经风吹日晒的灌木丛和杂乱的灰色石头中浮现出来。是一群大角羊，皆以真实形态示人，原来他们一直在我们的眼皮底下。除了两头刚满周岁的小羊，其他大角羊都长得孔武有力，头上的巨角从头部两侧呈螺旋状伸出，逐渐变细，直至锐利的角尖。为什么我之前没看到他们？

"他们从哪儿冒出来的？"我问，"躲在隐蔽的洞穴里？"

瑞恩嘲笑道："山羊住洞里？你认真的吗，奥利？"

"嘿，什么动物都可以住洞里好不好。"我被她的调侃分了心，转过脸，目光从那些大角羊身上离开了片刻。但就是那么一瞬间，他们就原地消失了。我疑惑地扫视附近的山坡，才瞥见一只正在移动的蹄子。他们隐蔽的本事真高明。

"啊，"我觉得自己刚刚实在是太天真了，"原来如此。"

在山脚附近，羊群停了下来。成年大角羊把小羊围在一个保护圈里，然后一起低下头，窃窃私语。因为隔着老远，我只能听到他们的说话声，却听不真切他们说了什么。瑞恩歪着头，她的右耳抽搐了一下。"他们在说什么？"里斯克低声问。虽然这对双胞胎姐妹在人形下体形几乎一模一样，不过两人并排站着时，还是能明显看出瑞恩的耳朵更大、牙齿更尖。事实上，从爪子到手背上的毛发，每一个明显的郊狼特征都在瑞恩身上得到了放大。对此，我实在是想不通。我们都无法有意控制人形下的体征细节。比如，我就不能让我的白舌头变成红色,也不能减少我脸上的鳞片。既然如此,为什么瑞恩看起来比里斯克更像郊狼?会不会是她们性格不同造成的结果?还是完全是巧合?

"他们应该是生气了,"瑞恩说,"八成没料到今天会有人登山。"

那头个头最大的大角羊,估计能独自拉动装书的马车。他抬起了头。他的角绕了很多圈,密密匝匝的,像是已经生长了无数岁月,其他大角羊都无法与他相比。他大声打了个响鼻,大步走向我们。他的后蹄每猛踢一下,就会掀开一小片鹅卵石。他继续前进,穿过卡车和山之间的一片草地,向我们飞奔过来。我往后退了一步,伸手去拉姐妹俩,好像这样就能救下她们,免被四百磅重的"肌肉战车"撞到。不过,当我的指尖刚刚拂过瑞恩的袖子时,那头大角羊就停了下来。

"阿——嚏!"瑞恩打了个喷嚏,眯着眼睛看着被大角羊激起的一片沙尘。里斯克迈出三大步,走出了那片尘土飞扬的地方。她脸上一片茫然,仿佛对这位大角羊表现出的速度和敏捷无动于衷,甚至懒得做出明显的情绪反应。

"毒蛇?"大角羊用低沉的声音说道。他有一双金色的眼睛,瞳孔是横着的。当下,他的注意力都集中在我身上。

"是的,我的名字是奥利。"

"你来此地做什么?"

"我要穿过太阳,"我说,"抱歉临时就这么来了,但……"

"抱歉,"扎尔打断了我,走到我和大角羊之间,"他是我朋友,这对姐妹俩也是。"

"你父亲呢?"

"跟他没关系。"他微微颔首,以表尊敬,"这次去不是为了取书。我的朋友们需要去地球,你们的路线是最安全的。"

大角羊打了个响鼻。"我们只帮狼,郊狼就免了。同样的错误我们不会犯第二次。说起来,这两位……"他弯下头,用羊角指向姐妹俩,"与那个疯狂的男郊狼人长得很像,就是那家伙利用我们的好客心理,去地球偷了辆怪物卡车。真是不知轻重的生物。"

"我就是郊狼。"扎尔说。

"你是混血的,而且我记得,你父亲好像不允许你再去地球了。"

"这谁忘得了?"一位大角羊女士喊道。在我们谈话的过程中,羊群离我们越来越近,这会儿正站在一片平坦的土地上,完全能够听见我们说话。"我们当时整个星期都在帮你爸爸穿越到地球,每次他回来都变得越来越伤心。我们还以为你死了。"

"我和爸爸保证过,再也不去地球了。"扎尔说,"我也不准备食言。今天只有我的同伴过去。"

"为什么?"领头的大角羊再次看向我,"你们有什么目的?"

"我的朋友得了重病。"我说,"这是唯一能救他命的办法了。"

"是吗?毒蛇,你想要什么?竟然连我们世界的治愈者都没有办法吗?究竟是什么灵丹妙药?"

"我想找出他究竟得了什么病。"

大角羊点了点头,便慢吞吞地跑回了他的队伍。"跟上吧,"他回头喊道,"带好你们的东西。"

我扛起背包,姐妹俩也拿起各自的包,然后我们排成一列,跟随大角羊绕山而行。地势虽然平坦,但我们还是不太跟得上向导们的脚步。就算是一岁的小家伙都比我敏捷很多。我并不惊讶,毕竟一步踏错,就有可能葬身于陡峭的第四峰。他们的家,也是他们最大的挑战。

走了半个小时,我们看到了一尊雕像:一头巨大的大角羊耸立在山中。它的身体上爬满了干枯的灌木,用灰石雕刻的脸庞饱经风霜。每只角都是玉般明亮的金黄色,鼻子上长着白色的苔藓,嘴上的褶皱布满露珠。如果不是早就知道,我没准儿会把它当成活物,就像之前把羊群误看作山地一样。现在想起羊群竟然能和大地融为一体且毫无破绽,真是令我惊讶。

然后,这尊三十英尺高、比巨石还重的雕像转过身来,睁开了眼睛。

我不记得自己是否叫出声了,但我至少被惊得张大了嘴巴,因为直到瑞恩戳了戳我的脸,我才闭上了嘴。

"爷爷,爷爷!"一岁的小羊围着石羊的腿雀跃不已。他们的"爷爷"低下头,额头几乎擦到地面,让孩子们嬉闹般地用头撞他的角。经过几次冲锋,小羊们筋疲力尽,回到了羊群的保护之中。

"他是始祖动物人吗?"我小声问扎尔。

"是的。"

我们眼前这位是最早的始祖大角羊人之一,自他们种族存在伊始,他就一直存在,直至今日。他有多么古老、强大,已经超出了我的想象。他能够存在于两个世界之间,是造物的桥梁。始祖羊人抬起头，向前迈了一步，显现出身体更多的部分，而刚刚他似乎已经与大地融为一体了。很快，只有他的后腿和尾巴还融于山体之中。也不知道他是不是被困在了这里，与陆地上最高的山峰合而为一。也许，是他主动选择和自己的家结合在一起。

"这几位朋友想要登山，始祖。"领头羊解释道。他的语气很恭敬，也很温和，就像与家中的长辈说话一样。"你能帮助他们吗？"

始祖大角羊打了个响鼻，鼻孔里喷出一股灰色细尘。然后，他朝我们低下了头。

"他是想让我们也去撞撞他的角吗？"瑞恩轻轻地用额头碰了碰姐姐的额头。

"不，"里斯克说，"别这么做。他的角能把我们的脑袋撞裂。"

"他同意帮助你们了。"扎尔解释说，"爬到他背上吧，小心些。"

为了演示，扎尔走到始祖羊人身边，在他耳边轻轻地说了声"谢谢"，然后爬上了他那石头般的脖子。

"谢谢你，爷爷！"瑞恩激动地说。

"谢谢！"里斯克附和道。

姐妹俩小心翼翼地跟着扎尔爬了上去。始祖大角羊的身体实在太过巨大，三人甚至可以并排坐在他的肩胛骨之间。他的前腿及后腿两侧都长出了丛丛灌木。看到这些植物，我不禁想：它们是植根于他的皮肤，还是像血管一样从他身体里长出来的？不管怎样，这些植物已经成了他的一部分。姐妹俩抓着灌木丛保持平衡，然后向我招手。"来吧，奥利，"瑞恩催促道，"我们拉你上来。"

要说这位始祖吓到了我，倒也不至于，因为他的眼神太温柔了。他看我的眼神，就像在看那些一岁的小羊。我想，和他比起来，我们都只算是婴儿，既脆弱，又生机勃勃。但我心底的确有些发怵，毕竟他可能是我见过的最睿智、最有力量的人。

我单膝跪地，道了声谢。但其实我也想问："你确定我们值得你浪费时间吗？为什么要帮我们？我们是陌生人，是微不足道的小人物。你有山岳一般的力量和知识，也许已经见证无数郊狼和水腹蛇的生生死死。你见证过物种的诞生和灭绝。但你竟然愿意载我们登山？"

像是读懂了我的心思一般，始祖用他的左角轻轻碰了碰我的手。然后，他用比颤动的大地更加深沉的声音说："随时欢迎。"

里斯克和瑞恩抓住我的手，把我拉到她们中间。我们挽着手臂，这样当始祖站起来时，她们就可以帮我稳住身形。他的动作流畅快速，也许他看起来像一尊古老的雕像，但他同样拥有同类的优雅敏捷。我还注意到，始祖温暖的体温透过他坚韧的皮肤和布满杂草的外皮散发出来，比我晒太阳的那块岩石还要热。也许，就像地球一样，他的心脏是一池熔化的铁。

"抓紧了！"扎尔喊道。姐妹俩赶忙紧紧抓住灌木枝。

突然，我的身体向前一倾，有什么东西撞在了我的肩膀上。过了片刻，我才感受到鹰爪熟悉的抓力。

"你来了！"我大喊，"嘿，大家听着！是布莱斯特！"

"抱歉来晚了,"他说,"说来话长。我有一个好消息和一个坏消……嗷嗷嗷嗷嗷嗷!"

始祖开始大步上山。布莱斯特拍打着翅膀,在我肩膀上稳住身形。

"什么情况?"他尖叫道。

"我们要去山顶!"强风扑面,我必须竭力嘶喊。

始祖迈着大而平稳的步伐带我们快速上升。我转身跟羊群点头告别,但他们要么已经转身离去,要么已经融入了环境中。"布莱斯特,"我说,"我们担心死了。"

他在我肩膀上缩成一团,终于站稳,不再拍打翅膀。"说出来你都不信,猜猜我在来的路上遇见谁了。"

"你表哥?"

"不是。"

"一只怪物?"

"差不多,但也不是。"

突然,我记起了和布莱斯特相遇那天,那个给我们带来不小麻烦的人。"那只嘲鸫?天哪!她又干什么好事了?"

"她一路跟着我,从山谷到第三座山,再到这儿。她换了个样子,我一开始都不确定是她。但后来她露馅儿了,她模仿……"布莱斯特打了个冷战。他再次开口的时候,声音十分轻柔,以至于在耳边的狂风吹拂之下我差点儿听不清楚。"她变成了一只老鹰,"他说,"但那只鹰不久前已经死了。我大喊:'离我远点儿!别来烦我!艾米快死了!'后来我就没见着她了,但这也不代表她走了。"

"她想干吗?"

"她可能把这个袋子错当成老鼠了。你看。"布莱斯特抬起了右脚,他的腿上绑着一个小皮包,"你也知道,她最喜欢偷别人的食物。"

"费这么大劲儿,就为了偷点儿吃的。"我说。

"八成是太无聊了。"

我咕哝了一声,表示同意。虽然嘲鸫很可能是因为好玩才跟踪布莱斯特,不过她的想法和动机总是让人迷惑。

"赏金猎人那边怎么说?"我问。

"那位实习生确实在山上,她也记得你。她说毯子的事情很抱歉……什么意思?"

"小事儿。"我解释道,"懒得多说了。"

"她说不能透露地球盟友的名字给我们,那是保密的。不过她说会和家里的调查员还有赏金猎人讲讲我们的情况。如果他们批准了外勤任务,她会在地球上的那间书店和我们会合。"

"他们知道在哪儿?"

布莱斯特抖了抖羽毛,我能感受到它们搔弄着我的脸颊。"他们知道的可多了。"

我看着两边的山景嗖嗖从身边划过。始祖的双腿在嶙峋巨石间顺畅穿梭,这会儿已经看不真切了。他既没留下脚印,也没踩烂任何植物,简直是"羊过不留痕"。我本想问:"你和大山已经合为一体了吗?"不过我还是不愿意询问这种私人问题,以免冒犯到始祖。于是我把问题咽进了肚子里。

瑞恩发现我一直盯着始祖的脚不放。她好奇地盯着地面看了一会儿,然后大叫道:"爷爷,你是在岩石里游泳吗?"

他打了个响鼻。"没有。"

"看着很像!"

"我也这么觉得。"我承认道,"看起来你和地面像是融为一体了,就像河流载着树叶漂流一样,大山正把你往山顶上送呢。"

"有意思,"他说,"你觉得呢,小鹰?"

布莱斯特歪着小脑袋,像猎食中的猛禽那样目不转睛地盯着地面。"噢,嘿!"他激动地说,"这是一种视觉错觉。因为跑得太快了,所以看起来就像脚和地面融为一体了。爷爷,你这么大,却这么优雅。太厉害了!"

不过就算再努力,我也看不出布莱斯特所说的情况。我想这是因为鹰眼有得天独厚的优势,毕竟他们可以在离地面一百英尺的地方找到田里的小田鼠。而且,除了布莱斯特和始祖,其他人此刻都是人形。我们变为人形时,大多数感官都会受影响,就像穿上了一套笨重的衣服。

不知怎的,始祖的速度越来越快。随着高度增加,斜坡变陡,空气变冷变稀薄,他的步子也越来越快。爬到一半时,我们的速度比卡车还快。在山上三分之二的地方,我们可能比一支射出的利箭还快。我仍然和里斯克、瑞恩手挽手,但我弯腰低下了头,免得风刮得脸生疼。布莱斯特挪到了我身后,不过每隔一会儿,他都会喊一句"我还在这儿!"以免我担心。扎尔和姐妹俩则十分稳当,就像松鼠爬树似的。始祖背部一部分的绿色藤蔓缠绕在她们的手腕上,像是在帮她们稳定身形。

我们必须想方设法才能让自己坐稳。始祖正在爬一个陡峭的斜坡,它就像一面巨大的灰色石墙一般。在我们周围,覆盖在岩石上的积雪闪闪发光。我不敢回头看,因为脚下的世界想必已经太远,会让我觉得自己在飞翔。温度逐渐下降,我也说不准到底是什么时候,不太舒服的微凉变成了彻骨的极寒,寒意刺痛了我露在外面的耳朵和鼻子,头也隐隐发痛。

接着,始祖高高跃起,跳过了陡峭的边缘,落在一个紧贴山体的新月形的天然平台上。我们还没有到达山顶,它仍像一座迷你的锥形小山一样隐隐若现。

刚刚缠绕在姐妹俩手上的绿色藤蔓已经变成了病态的枯黄色,像干草般触之即折。我注意到里斯克手指上仍缠着几圈细细的藤蔓。而瑞恩则忙着把枯萎的藤蔓扯掉。

"我们只能到这儿了吗?"瑞恩跳下始祖的背,问道。我还是第一次见她落地时那么笨拙,跌跌撞撞走了两步,扭动着双臂保持平衡。"喘口气都难,"她喃喃地说,"肺好难受,感觉是自己一路跑上来的。"

"我受不了的是温度。"我说。我、里斯克和扎尔并没有尝试从始祖背上翻跟头下去,而是慢慢从他脖子上爬了下来。我感觉四肢迟钝无力,像是被泡在蜂蜜里似的,而不是被高海拔的稀薄空气包围。我一从始祖背上下来,寒意就加剧了。他的体温渗入背上的石头和皮肤上的植物,已经无法温暖我了。

"我们不能带你们走太远,"扎尔抱歉地说,"太冒险了。到中午的时候,假太阳会把山峰上的所有东西吸进地球。"

"没关系。"我说,"可以再和我们讲讲流程吗?"

"很简单,不过一定要照我说的做。先稳稳地沿着小路徒步爬山,到山顶后,一定要紧紧抓住绳子,到了那里你们就能看到绳子了,要不然会太早被吸进去。山顶上有一个玻璃球,阳光会穿过它集中在一副象形图画上。当阳光照射在龟壳中央时，放开绳子，就可以降落到地球了。一定要把握好时机，不要犹豫。等光线照到龟壳中心时，赶快放手。如果今天搞砸，明天就再试一次。我们会在这里等你们。"

"这里也很高，"我说，"你怎么不会和我们一起被拉上去？"

"有门槛的，"他说，"在门槛下面，地球的引力够不着。所以我们不会在这附近的其他山脉上穿越，它们都太小了。"

"希望你们能成功救下朋友，"始祖说道，"哪怕只是多活一会儿。"

"希望如此。"我说。

"回……回去时小心，"里斯克结巴道，"我们会很……快回来。"里斯克和瑞恩双臂肘部以下都裸露在外，这会儿已经冻得发抖了。她们露出打战的牙齿，像是在对寒意龇牙咧嘴似的。我忍不住替她们难受。

"不用担心我，"扎尔说，"又不是我去地球。对了！别忘了，你们落地以后，往西边走，会看见一条灰色的路。沿着它往北走，会看到一个让你们停下的标识。那附近有辆房车，住在那儿的人类女人会载你们一程到书店，再远就不行了。你们就说是和抄写员一起的。可以跟她们道谢，但除此之外，就别谈其他的了。"

"她们人这么好？"我说。

"人类也不是全都那么可怕。"他微笑着说，"祝你们好运。我就在这儿等你们。"

作为回应，里斯克伸出手，深情地抚摸着扎尔浓密的灰色头发。然后，姐妹俩一起转身，开始沿着狭窄的山路徒步登山。我脚步迟缓地跟了上去，一路无话。登顶很快，但十分煎熬。当我们到达第四峰的最高点时，我的手指、脚趾、鼻子和耳朵都冻麻了，就算有眼镜保护，双眼也刺痛不已，肺部更是仿佛被点燃了一样。就连我的关节都痛得不行，仿佛在这寒冷之地待上几分钟，我整个人就衰老了几百岁一样。

山顶是一片平坦的椭圆形土地，在狂风和假太阳的摧残下变得光秃秃的，空间很大，足以容下三十个人。我、里斯克、瑞恩和仍站在我肩头的布莱斯特一起走到了山顶中间。在云层之上，在地球引力的作用下，我感觉自己十分轻盈。我的步伐又大又轻，像是要飘走了一般。不过这不就是我们的目的吗？我们会飞走，然后再落地。

我们周围有一圈像大头针一样被钉在石头中的铁桩，用一根粗麻绳连接起来。铁桩环中间有一块石盘，上面放着一颗很重的玻璃球。玻璃球被固定在金属框架内，将假阳光集中为一个极亮的小点。里斯克扫开了石盘表面的积雪，露出一只刻画在上面的乌龟。虽然此时光线已经很靠近龟背中心，但还没有照射到中央的那块八边形。

"很……很快了，"她说，"抓紧绳子。"

我们并排坐在一起，用体温温暖彼此。布莱斯特站在绳子上，用强壮的鹰爪紧紧抓着绳子。我和姐妹俩则用胳膊肘钩住了绳子。这会儿我们已经冻得半僵，手指头是派不上什么用场了。

"一………一定要精确，"我说，"看……看着龟壳。"

"我来看。"布莱斯特自告奋勇。

没过多久，我就感觉到脑袋上的卷发都竖了起来。而我身旁的里斯克和瑞恩看起来则像刚被雷劈了似的。她们蓬松的头发也立了起来，像是充斥着静电。"看……看来快了。"我安慰她们道。

"马上就开始了。"布莱斯特紧紧盯着石盘上的龟壳说道。我感到一阵失重，就像之前坐卡车遇到颠簸时一样。但这次失重感并没有消失，反而越来越强，把我抬离了地面，甚至快把我颠倒过来。我夹紧臂弯，紧紧钳住绳子，用力地让脚踩在地面上。姐妹俩则使用了完全不同的方法，她们干脆不做挣扎，直接晃荡到空中，像是在做蹩脚的倒立。她们尖声大笑，是焦虑中带着喜悦，还是喜悦中掺杂着焦虑，我也说不清。布莱斯特也扇了扇翅膀，飞过去倒挂在瑞恩的脚上。

"快了！"他目光紧锁在龟壳上说道。

"下次来，我……我要戴手套。"里斯克说。她开口说话时散出的雾气全被吸进了假太阳里。它现在与我们就在咫尺之间，除了视线边缘的一圈蓝色外，它仿佛笼罩了整个天空。我的眼镜开始滑落，为了抓住眼镜，我只得不顾危险，单臂吊在绳子上。我的肱二头肌绷得紧紧的，承受着整个人加上背包的重量。

"再等几秒钟！"布莱斯特喊道。

"你们听见了吗？"瑞恩问，"快仔细听！有声音！是……机械的声音？那是什么？哦，哇！是地球！"

可惜我的听力不够灵敏，现在还无法接收来自另一个世界的声音。不过里斯克歪了歪脑袋，大笑着说："还真是！"

"就是现在！"布莱斯特大喊，"放手！"

我用余光瞥到布莱斯特流线型的身体直冲进了假太阳。在我身边，姐妹俩也松开绳子，直直飞了上去。

　　我也没有犹豫。不是因为我很勇敢，也不是因为我不害怕。而是因为我不放手，就意味着我会远离我的朋友。这让我很害怕。

　　于是我松开了手，落入天空。

第二十二章
水腹蛇落入地球

  一股暖意包裹着我,像一个温暖的拥抱。不似火焰般热烈,也没有痛苦的感觉。事实上,我身上唯一感到痛的只有一个地方,那就是被瑞恩紧紧握住的手,像被蟒蛇缠住似的。下坠过程中她伸出了手,本来想拉姐姐的手,但没拉到,于是抓住了我的手。这会儿,瑞恩歇斯底里地咯咯笑了起来,里斯克的笑声则在我们头顶回响。或者是在我们脚下?还是就在身旁?在两个世界的间隙之中,方向感已经不复存在。
  强光迫使我紧闭双眼,但透过人形下的眼皮,我还是能看到带有血色的一片红光,就像穿过彩色玻璃或玫瑰色石英薄片的光线。
  光线的亮度慢慢增加,我闻到了牧豆树的味道,感觉到双脚踏在了地面上。

"睁眼吧。"瑞恩说。

我睁开眼睛,痛苦地呲呲叫着。我抬起头,直视着湛蓝天空上一个明亮的圆盘,但不得不把脸扭到一边。

是真正的太阳。

有那么一会儿,除了眼前的一个黑点,我仿佛什么都看不见了。"大家都在吗?"我问。

"都到了。"里斯克说。布莱斯特降落在我肩膀上,兴奋地用喙发出咔嗒声。"不然你觉得呢?"

"地球真是……"我犹豫了。怎么形容呢?我们降落在一片满是牧豆树的空地上,树木之间长着浓密的灌木和黄色的杂草。两块灰色的石头之间夹着根树桩,很像艾米最喜欢待的那根,我恍惚间竟以为他正坐在上面朝我挥手呢。不远处传来鸟儿的啁啾声。

要不是天空的样子不同,我都以为我们还在家里。

第二十三章
妮娜，飓风登陆前三天(3)

奥利就事情的前因后果解释了好一会儿，其间妮娜打开父亲办公室里的小冰箱，给每位来访者倒了一杯普通的含糖可乐，那只站在金属书架边缘上的鹰除外。瑞恩喝到了饮料里的泡泡，高兴得尖叫起来。其他人虽然也是第一次喝苏打饮料，看样子却不太喜欢，每喝一口都会皱起鼻子。事实上，妮娜都怀疑奥利并没有真的喝进嘴里，而是抬起杯子搁在嘴唇边，让琥珀色的饮料在嘴边停留一会儿，并没有吞进去。

"我这儿也有白开水。"她说道。

"水！太好了，谢谢！我刚刚本来想问的，但……"奥利看着自己在仓库桌子上紧握的双手，"我们知道地球上干旱很严重。"

"干旱？你说得克萨斯州吗？"

"很多地方都有。"他解释道。

妮娜侧眼看向雨滴划过的窗户。"不用担心,你也看得出,这会儿降水充足。不过在飓风季节,洪水才是真正的威胁。"她站了起来,"我马上回来。"

她两阶并作一阶,爬上楼梯去公寓里的厨房。

妮娜从厨房的水龙头接了三杯水,水龙头上有一个笨重的白色固定装置用来过滤杂质。趁此机会,她打开手机查看信息。有一条消息来自母亲,就是简单和她道个晚安,还有五条消息来自父亲:一条是说自己已经安全到达,一条是说最新的天气预报结果很糟糕,一条是说他得多待几天,以防祖母需要疏散,一条是提醒她打开安全系统,如果需要紧急帮助,就给莱斯利姑妈打电话,最后一条是一句话:"睡个好觉,爱你。"

他八成以为她早就上床睡觉了。妮娜本想快速发一条短信解释一下动物人来访的情况,但她知道接下来会发生什么。他一听到手机发出尖锐刺耳的短信提示音,大概看两眼后,就会把短信内容理解成:"亲爱的爸爸,家里来了三个陌生青少年和一只老鹰,我把你应急工作用的可乐都给他们喝了。赶快回家,不然我们就把书店烧了。"然后,他就会跳上车火速赶回家,留下祖母一人。

妮娜心生一计,不如直接带动物人去找他。虽然她没车,不过街尾就有巴士站,坐到镇子中心再转乘火车即可。

妮娜对自己的计划感到十分满意。她把三只玻璃杯放在一块木制的砧板上,像服务员一样端到楼下。在楼梯上,水杯晃动得厉害,水几乎快要泼出来了,不过她还是稳住了。虽然现在不缺水喝,但妮娜也不想浪费。

当妮娜回到储藏室时，发现三杯苏打饮料现在都放到了瑞恩面前。"别喝太快了，"妮娜提醒道，"里面有很多糖和咖啡因。"

里斯克神秘一笑。"糖和咖啡因？不说还好，你一说她更想喝了。"

"你们映像世界也有苏打饮料吗？"

"没有，"瑞恩说，"苏打饮料一直不太流行。"

"从几百年前开始，我们两个世界之间在风俗方面的交流就少了很多，"奥利解释道，"气泡饮料是什么时候发明的？"

"尼弗蒂，"妮娜说，"我有个问题！"

她口袋里的手机传来声音："有什么需要帮助的？"

"苏打水是哪年发明的？"

1874年，由阿那克罗尼斯姆博士发明。需要详细说明吗？

"不用，"妮娜说，"没事儿了。"她把水端给每个人，然后坐了下来，"你们听到了吧？居然已经发明了一百多年了。"

"真是高科技。"奥利惊奇地张大眼睛说道，"了不得，了不得。什么问题都能问吗？尼弗蒂，关于拯救蟾蜍，你知道多少？"

没有回应。妮娜把手机放到桌面上。"它只会识别我的声音，"她解释道，"不过你是对的，在这儿……"她拿指头戳了戳手机屏幕，"可以找到你想要的任何信息。不过问题要问得更精确些。嘿，你朋友呢？叫什么来着……"她闭上眼睛，试着回忆那只老鹰的名字。他的名字很特别，和里斯克、瑞恩的名字一样，都代表名字主人的特征。

"你说布莱斯特？"奥利说。

"对！"

"在洗手间里穿衣服呢。毕竟我们在地球上不可能用真实形态去和人说话，所以他变身了。"

"那他待在地球上的时间会不会缩短？"妮娜想起了之前奥利讲过的话。他说他会和朋友们在地球上待一周左右，然后就会像一团升腾的雾一般消失不见，回到映像世界。"我们的确会……魔法，"他之前说，"不过是有代价的。每次变身或者使用塑造世界的技能，都会削弱我们和这个世界的联系。动静越大，代价就越大。要是我现在出门，把所有雨云都推走，我八成一早就会被传送回家。"

"变身倒只是小事儿，"里斯克给妮娜解答道，"他得来回变身许多次，留在地球的时间才会大大缩短。"

"我觉得布莱斯特只是想和人类一样吃喝，"瑞恩拿起一杯喝了一半的可乐说，"你刚刚上楼的时候，他飞过来把喙插进了我的可乐杯里。然后他就决定变身了。"

洗手间里传来一声巨响，紧接着是一声沮丧的喊叫。桌子边的所有人不约而同地站了起来，看向那扇紧闭的木门。

"没事儿吧？"奥利喊道。

一个略带口音、充满活力的声音回应道："没事儿！别担心！只是被裤子绊倒了。我变身以后腿太长了！"

"需要帮忙吗？"里斯克问，和妹妹互换了一个戏谑的眼神。

"不用！那个人类回来了吗？"

"我回来了。"妮娜说。

"在你家里我可以先不穿鞋吗？"

"当然。其实，在大多数人家里，不穿鞋才是礼貌的行为……"妮娜注意到剩下三个动物人都开始弯腰脱鞋，于是赶忙补充道，"不过我们毕竟只是在储藏室里，所以大家随意就好。"

过了几分钟，门把手响了起来，像是布莱斯特正在无助地拍打它。"这种门要怎么开？"他问。

"旋转把手，"妮娜说，"一边转一边往外推。"

"旋转……"咔嗒一声，门开了。一瞬间，妮娜就明白了为什么这个可怜的鹰人穿衣服这么费劲了。他的裤子至少小了一号，短了四分之一英尺，好在黄色的束腰外衣足够宽松。令人惊讶的是，布莱斯特变身后并没有失去双翼，他的一对翅膀移到了头部两侧，刚好束起了凌乱的黑发。

"哇，原来你变身后是这样的，"瑞恩评价道，"我喜欢。又高又帅。"

"谢谢，我知道。"布莱斯特笑着说，"在我所有兄弟姐妹里，我的眼睛是最亮的，颧骨也是最高的。我爸妈差点儿给我取名叫'美鹰'。你能想象我叫那种名字吗？"然后，他挪到桌边坐下，把一双赤脚伸到奥利椅子的扶手上。"我错过了什么？有拯救艾米的计划了吗？"

"还在想办法。"奥利说。

妮娜尽力忍住不去看那对翅膀，就像她一直在克制自己，不去盯着里斯克和瑞恩软软的尖耳朵看一样。她很想拍张照，不过可能不太安全。

她觉得，毫无疑问，如果那些猎人仍然存世，他们绝对会潜伏在社交媒体上，甚至会窥探别人手机里的私人信息。说不定他们已经开发出了高级算法，能够识别人类形态下的动物人特征，寻找无可争议的证据。云服务器上的一张照片，就有可能给所有人带来危险。

"首先，"她看着奥利问，但不管是出于礼貌还是紧张，奥利避开了她的视线，"你们的朋友是什么时候病倒的？"

"两天前吧，"他说，"快三天了。"

"那关于他的种族，你还知道什么别的消息吗？他们长什么样子，生活在哪儿？"

奥利摸了摸下巴，由鳞片组成的眉毛紧紧皱起。"我们的家乡是和这个地方连在一起的。就是这里。"

"得克萨斯州。"里斯克解释道。

"没错。我也不知道艾米的种族在世界其他地方是否存在。我猜，他们可能生活在与世隔绝的岛上或森林里。有的路是可以跨越大陆的。"

"伙计，这可不一定，"布莱斯特说，"我第一次见艾米的时候，他还是蝌蚪的模样呢。小家伙应该是在湖里出生的。"

"那么现在，我们先假设他是一只来自美国南部的蟾蜍，"妮娜说，"墨西哥北边也有可能。"

"他的脖子是蓝色的，"奥利说，"眼睛是金色的，背是棕绿色的，上面有一些黑点。他大概这么长……"奥利伸出手比画了一下，"这么高……"又缩短了一点儿双手之间的距离，"能听你说上几个小时，都不嫌烦。"

"啊，"妮娜说，"我应该大概知道是怎么回事儿了。"

众人目瞪口呆。"这么快？"瑞恩好奇道，"是因为你读了这么多书吗？"

妮娜只得笑了笑。她的确读了不少书，不过她一般喜欢太空探险和史诗奇幻类的书，对野生动物从未关注过。"上周三发生了一场大灾难，"她解释道，"两场飓风里的第一场袭击了墨西哥湾，横扫路易斯安那州。离我们这儿不远。"

"世界上随时随地都有风暴，"奥利说，"为什么这次会对艾米造成这么大的影响？"他说话时总口齿不清，阵阵空气会掠过他的尖牙，不过妮娜特别喜欢他这一点。尽管这让他看起来有些滑稽，但他也因此更像个人了。

"这就是我们要查明的真相了。"

大家用了一分十五秒时间，草草列出了艾米的身体特征，并找出了与之相匹配的物种。尼弗蒂说了一串听不懂的拉丁文原名：*Anaxius dallasensis*，然后说俗称是"达拉斯蟾蜍"。

"搜索关键词：飓风、达拉斯蟾蜍。"妮娜急忙说，"筛选条件：不晚于周三。"手机仍放在桌子上，屏幕呈现亮眼的白色，上面出现了很多搜索结果。四位动物人都倾身向前围着手机，妮娜只能半站起来挤进去。她发现里斯克、瑞恩和布莱斯特都在聚精会神地看着，奥利却瞪大了眼睛，仿佛读到了什么令人震惊的事情。

"这是什么意思？"他指着第三个搜索结果，即一篇新闻的标题说。

"我看看。"妮娜说。她拿起手机，点击展开了文章。标题是《洪水摧毁大学设施》，下面有一张图片，是一只蓝色脖子的蟾蜍平静地趴在一个女人的手上。她大致浏览了前面两段，然后念道:"飓风伊莱纳2号摧毁了大沼泽水坝后,一个占地一千英亩的达拉斯蟾蜍养殖中心被淹没。据资深爬虫学家路易·芬内尔博士称,此次洪水是'复苏达拉斯蟾蜍野生种群行动中的一次重大挫折',鉴于最近资金削减,尚不清楚何时或是否会重建设施。"

她放下了手机。储藏室里一片寂静,只有冰箱发出低沉的嗡嗡声。妮娜这才意识到她的客人一个个都浑身湿透了。头发在风干后卷曲或缠结起来,也没能好好梳一梳。裤子和鞋子沾满了泥巴,眼睛凹陷发红,显得十分疲惫。这让妮娜有种如梦初醒的感觉,几个小时以来,她一直在强迫自己不要去想几天后将有一场可怕的飓风会袭击自己的家。

"这到底是什么意思?"瑞恩问,"所有青蛙都住在一个地方吗?"

"是蟾蜍。"奥利声音轻柔地纠正道,但显然他的思绪已经飘向远方。

"差不多吧。"妮娜说,"他们本来想聚集足够数量的蟾蜍,再放归大自然,不过水坝塌了,把养殖中心全淹了。说起来挺讽刺的,因为一开始是干旱导致它们的自然栖息地受到破坏,它们才陷入了困境。现在又没有资金来重建养殖中心。要是有用的话……"

"我说什么来着,"里斯克说,"第一天晚上我就知道会这样了。"

"那现在怎么办?"布莱斯特问。

"给钱不就完了。"奥利微笑着说,仿佛这是世界上最简单的事情,"妮娜会帮忙的。"要不是因为情况真的很严重,妮娜这会儿已经笑出声了。

"我会尽力的，"她说，"可……"

她犹犹豫豫的时候，四位动物人都把身体倾了过来。他们的眼睛都是棕色和黄色的，和人类略有差别，这会儿八只眼睛都盯着她。"事情是这样的，"她接着说，"再过三……不，两天，另一场飓风就会袭击我奶奶的家……"

"不用说了，"瑞恩打断道，"我们会帮你对抗飓风。"

"呃……什么？怎么对抗？"妮娜使劲回忆了一番脑子里的故事，尽管动物人做过这样那样的壮举，但她依然不确定他们能不能对付风暴。

"应该说，我们会保护她。"奥利澄清道。瑞恩则喃喃自语地说着叔祖父用套索捆住龙卷风的事情。"我们会尽力的。"

这会儿已经过了午夜，妮娜还不困，却觉得今晚的经历仿佛是在做梦。此刻竟然有四位动物人坐在书店的仓库里，提出要帮助她的家人。她觉得，中彩票的人八成就和自己当下的心情一样。她不相信自己的幸福和好运，但她找不出理由去怀疑自己。这是真的，她不停地提醒自己。今晚是真实的，发生在现实生活和现实世界里。早些时候，在奥利解释事件的过程中，妮娜慢慢建立起了乐观信任的态度。现在，她一开始的震惊和怀疑，已经完全被惊叹和敬畏取代。

传说并没有远去，而是就在这里，就在这间小小的书店之中。

第二十四章
妮娜，飓风登陆前两天(1)

妮娜时不时也会做那种天降横财，可以想买什么就买什么的白日梦。尤其当两款特别贵的游戏在同一年发行时，这种白日梦会频繁出现。不过总体来说，她的生活还是非常舒适的，不太会为钱而困扰。因此，妮娜的卧室里并没有快速致富的计划清单。有些问题是尼弗蒂也无法回答的，她很确定，如果搜索"如何快速赚取大量现金"，结果只会得到一堆欺诈网站，点进去就会中病毒。

在穿越两个世界的旅途中，动物人筋疲力尽，这会儿正在休息。她把多余的毯子、睡袋和枕头，甚至是几张旧的猫床带到起居室，给每个人都安排了临时的床铺。布莱斯特躺在沙发上，里斯克和瑞恩睡在地板上，奥利则头和脚各枕一张猫床。

"你确定这样舒服吗？"她问，奥利则回了她一个难以置信的眼神,像是她问的问题与"水是不是湿的"一样显而易见。

"这么软,"他说,"当然舒服了!"

她差点儿就这样把他们留在客厅里不管,但妮娜在浴室镜子前刷牙时,突然觉得自己对四个陌生人的信任变得莫名其妙起来。诚然,他们是动物人,不是人类,可郊狼不是通常都很阴险狡诈的吗?鸟类不是都很喜欢偷取闪闪发光的物件吗?水腹蛇不都是……她倒是想不起哪个故事的主角是恶毒的水腹蛇,但这也不代表不存在这类故事。

为了安全起见,妮娜打开了厨房和走廊里的动作感应警报器。然后,她锁上了卧室的门。在敞开的衣柜的一堆脏衣服里,钢丝绳发出喵喵的叫声。

"你在这儿呢。"她抱起了小猫亲昵地说道。它钻进她的怀抱,在她手里扭来扭去,像是一摊长了毛的液体似的。妮娜用脸贴了贴钢丝绳柔软的脑袋。它开心地发出呼噜声。"你刚刚躲起来了吗?"她低声细语道,"对不起。"

她轻轻地把钢丝绳放到了地上。然后,在它的注视下,妮娜在房间里缓缓踱步。钢丝绳跳到了妮娜的枕头上,那里是它最喜欢待的地方。

她有了主意。这个想法有些牵强,可能会以失败而告终。不过万事开头难,不妨把梦做得大些。要是失败了呢?嗯……就像父亲说的那样,车到山前必有路。

妮娜爬进了亮黄色的被子里,不过她没有睡觉,而是打开了"故事汇"应用程序。

一阵刺耳的哔哔声吵醒了妮娜。她一定是在做研究的时候睡着了，因为她手里还握着手机。手机画面显示走廊里有人触发了警报，从灰色的画面中可以看到奥利正站在她门前，犹豫了一会儿，才用指尖轻轻敲了敲木门。

笃、笃、笃。

她能听到他的敲门声。然后他低声问道："妮娜，你醒了吗？"

她揉了揉眼睛，喊道："醒了。"

短暂的沉默后，他再次开口："已经是早上了。"

她朦胧地瞥了一眼手机上的时钟，知道确切来说他是对的。此刻是早上五点四十五分。

"我过几分钟就出来，"她说，"告诉大家准备出发。我有快速致富的法子了。"

早上六点三十分，巴士上几乎没有乘客。妮娜替三人付了车费，还叫里斯克和瑞恩一定要坐在最后排。后排座椅足够宽，可以容纳所有人。她让姐妹俩穿上了印花长裙、只能塞进裤子松紧带里的超大 T 恤，还有父亲的鞋子。鞋子很松，她们穿了两层袜子，不过至少能遮住姐妹俩长长的脚爪了。她们的耳朵藏在印花丝绸围巾下，同时用朴素的白色驾驶手套来遮盖手背上心形的毛发。

看起来还真挺有型的。

他们排成一行走过狭窄的巴士过道，瑞恩每见到一位乘客,就会说一声"你好!"第一个乘客咕哝着打了个带着睡意的招呼,第二个笑了笑,但第三个瞪了她一眼。

"太早了,大家都不怎么友好。"妮娜小声说。

"啊!抱歉。"瑞恩滑坐到后排最左边靠窗的座位上,小心翼翼地把一个背包放在膝盖上。她刚坐好,一个长着羽毛的脑袋就从半开的背包里伸了出来。

"那什么时候才应该友好呢?"里斯克坐在另一边靠窗的座位上问道。她的背包里装满了零食,奥利也在里面,但妮娜提醒过他,人们看到水腹蛇时可能会恐慌,所以没让他从背包里探出脑袋。

"这得看情况了。"夹在中间的妮娜说,"社交这种事情,得具体情况具体分析。你们拿不准的时候,干脆就别说话。"她怀里抱着一个装着拍摄用具的背包,她抱得很紧,生怕司机开车不稳,把设备撞到了。有时候,妮娜也觉得自己不太配得上这么一台功能全面的高配置相机,毕竟只有专业摄影师才用这款。当然,如果她的故事频道能挣钱,就是另一回事了。但挣钱的前提是,要公开自己的故事频道。

这款相机究竟花了多少钱?为了支持妮娜的爱好,也就是创作形式更为丰富的日记,她的父母究竟牺牲了多少?母亲远在海上,父亲则独自支撑着生意,但当15岁零2周大的妮娜打开相机包装,惊叫着"我没做梦吧?"的时候,父母都显得十分高兴。

母亲那段时间在海上晒得黝黑,她穿着牛仔工作服,点了点头,面带笑容。"迟来的生日快乐,宝贝。这是我在新西兰找到的。"

"她骗人呢，"父亲轻声说给所有人听，"我们去休斯敦一家电子专卖店买的。"

二十分钟的车程，一路上都很安静，这让妮娜很惊讶。她原以为郊狼姐妹会问她不少关于地球的问题，但她们聚精会神地盯着窗外，仿佛在看一部引人入胜的电影。当巴士接近目的地时，妮娜从裤子口袋里掏出一块手帕，俯下身越过瑞恩，隔着手帕按下车窗下方的红色停车请求按钮。这时，瑞恩才问了第一个问题。

"你这是在干吗？"

"按了按钮，司机才知道我们要下车。"

"不按按钮他就不会停车？"

"除非他看到站上有人等着上车。"

"你为什么要拿着一块布？"

"这样我就不会传播细菌了。"

"按红按钮会得狂犬病吗？"

妮娜还没来得及回答，里斯克就哈哈大笑，尖声说道："你开什么玩笑？被咬了才会得狂犬病！"

"据我们的阿姨说，"瑞恩解释道，"狂犬病是地球上第二可怕的东西。"

"第一可怕的是什么？"妮娜好奇地问道。

"这还用说？当然是国王的骑士。"

"什么？"

"一个狂热组织，专门杀害动物人。这是……他们的爱好？"她向里斯克投去一个疑问的眼神。

"我和扎尔怀疑，他们只是领地意识太强了。"里斯克接过话头,"因为领地意识太强,所以太过活跃、又暴力。在他们看来,整个地球都是他们的,我们不属于地球。"

"嗯……我还以为他们只是讨厌我们,而且喜欢杀人呢。"瑞恩说。

"你们说的可能都对。"妮娜逐渐进入了"人类专家"的角色,"对了,他们为什么叫'国王的骑士'?国王是谁?"

"就是他们的头儿。"里斯克解释道,"整个狂热组织都是他组建起来的。"

"我怎么从来没听说过这些变态?"

姐妹俩同时耸了耸肩。

"可能是因为动物人的尸体不会存在太久吧。"瑞恩看着大腿上的背包说,"死了就会被传送回家。"

这就很好地解释了为什么他们如此令动物人闻风丧胆,却在普通人类眼里销声匿迹。他们穿风衣,戴墨镜,只在夜晚行动。当她听闻地球上有专门猎杀动物精灵的猎人时,她还以为他们只是一个个单独行动的怪物,嗜杀成性的变态,而不是一群有组织的杀手。

"那你们和我一起待在这辆巴士上,会不会有危险?"妮娜问道,她紧张无比,手心出汗,面色潮红,"你们不是说已经计划好了吗?他们能追踪到你们吗?现在安全吗?"

"没事儿。"里斯克侧过身,用肩膀蹭了蹭妮娜,"别担心,我们说过肯定没事儿!我们又不会发出某种信号。除非被抓现行,不然我们就是正儿八经的人类,或者动物。只要别把我们变形的过程拍下来就好。"

"啊……啊。那就好!"妮娜从相机包的外口袋里取出了几个棉口罩。在流感季节，妮娜去人多的地方时会戴口罩，遇上风大尘多的天气，口罩也能派上用场，这种天气在得克萨斯州温暖的月份很常见。"不过……我们还是应该尽量隐藏身份。不仅仅是因为那些猎人。这也是种好习惯。你们知道什么是换脸科技、面部矿工吗？"

她发现姐妹俩都用茫然的眼神看着她。

"呃……简单来说，编辑视频不是什么难事儿，"妮娜解释道，"网上有无数看起来无比真实的目击鬼魂、不明飞行物的视频，还有遇见动物人的视频。不过……现在我倒是不确定里面有多少是真的了。"

"我们的叔祖父有一次上了肯塔基的新闻，"瑞恩说，"他就站在人群里，像一个普普通通的杂货店顾客，谁也没发现有什么不对劲。"

现在离里斯克和瑞恩只有几英寸距离，妮娜在她们身上寻找着动物人的证据。最可能露馅儿的地方都被围巾和手套遮住了，还有牙齿。虽然她们的牙齿相对突出且锋利，但和犬科动物的牙齿还是不一样。她突然发现，不对劲的地方是眼睛。如果不戴美瞳，人类的瞳孔不可能呈现出这种黄色。好在戴美瞳的人比染发的人还常见。事实上，经过多年的努力，学校不再禁止使用颜色"极端或非同寻常"的隐形眼镜，但学生们必须每年参加一次三十分钟的安全用眼讲座。主要讲的是什么？当然是：孩子们，去验光师那儿买隐形眼镜！

妮娜思考着这些事时，巴士开始减慢速度。

"到了，"妮娜说，"装成普通人类就好。别不当回事儿，如果我的相机里捕捉到任何能说明你们是动物人的迹象，我都得把视频删掉。我觉得你们的眼睛有可能露馅儿。不过没有特写镜头应该就没事儿。"

"可是……"

"没有可是!"巴士摇摇晃晃地停了下来,侧门随着尖锐的摩擦声打开了。妮娜默默地领着朋友们出去,直到四下无人时才继续说道。"我知道。真的,我知道。你们愿意为了艾米冒生命危险。其实,你们光是来地球,就已经在冒着巨大的生命危险了。"

双胞胎毫不犹豫地点点头。布莱斯特在背包里叫了一声,表示同意。

"除非真的有必要,不然我们不应该做任何增加风险的事。"

"确实。"里斯克同意道。

他们下车的地方在市郊,靠近铁轨。街对面是一间破旧的露天购物中心。里面曾经有一家杂货店、几家外卖店、一家自助洗衣店和一家酒类商店,但现在只剩下自助洗衣店和酒类商店。其余的店面没有灯光,门都上着锁。由于时间太早,停车场里没有车,这让妮娜在穿过开裂的沥青地面时感到十分不安。她内心的警钟响起:你身处一个偏远、未知的环境中,像这样的地方经常有人失踪。她唯一的武器是挂在腰带上的梅斯催泪气体。妮娜不得不安慰自己,她并不孤单。她身边有帮手,这些帮手还会魔法。里斯克和瑞恩跟在妮娜身后,随意地快步走着,她们的口罩这会儿挂在下巴下面。奥利和布莱斯特都从背包里探出了脑袋,仿佛在享受新鲜空气。

"下辆车一个小时后就来了,"妮娜说,"所以可能的话,我们尽量用几组镜头拍完。毕竟不能错过巴士,我爸午饭的时候会打电话来的。"

她们绕到萧条的购物中心旁边，经过了一排绿色的垃圾桶。一群正在啄食废弃快餐包装纸的鸟尖叫着飞上了天。它们在天上疯狂地盘旋几圈，最终降落在两个垃圾桶之间的一块沾了油污的沥青上。

"它们吃的东西闻起来好香，"瑞恩说，"待会儿我们能来点儿吗？"

"嗯哼。"妮娜保证道，不过她的注意力却在别处。他们来到一片铁丝网前，这片铁丝网位于林荫大道后面和一片刚种植的树林之间。一位当地城市探险家的视频显示，铁丝网有个地方塌了下来，可以从那儿进入树林。正如妮娜所料，铁丝网还没人修复，现在反而像是被很多人踩过一样变得更塌了。

"林子里有一条隧道，"她说，"人们说那里闹鬼。经常有人去拍视频。根据传说，它的回声承载着可怕的秘密。不过肯定都是假的。"

"映像世界里也有一个这样的山洞，"里斯克腼腆地笑着说，"而且在我们的'必去清单'上面。"

妮娜反复想了想，还是不确定里斯克是不是在开玩笑。据她所知，有意识、能进行交流的洞穴，在映像世界里很常见。但里斯克却表现得似乎根本不知道这事儿，这着实有点儿奇怪。"为什么有人想去那种地方？"

"这个洞穴提供的是警告，而不是可怕的秘密。所以对我们这种爱冒险的人来说，能派上很大用场。"

"有道理。"

"我不信。"瑞恩说，"说不定这些警告全是藏在石笋后头的蝙蝠跟你说的。'不要熬夜！善待你爱的人！'看见没？这种话谁不会说啊。"

"只有一个方法能找出真相了。"她姐姐说，"今年冬天我要和狼群一起探险，来不来随你。"

"我当然去！"

待在背包里的布莱斯特叫了起来，好像要说话，但又失落地用鸟喙嗒嗒敲了两声。妮娜忍不住咯咯笑了起来。

一行人沿着小路下山，绕过一片杜松林。最后，妮娜踏上了一条通向混凝土隧道的残破小路。隧道口两侧生长着细长的小橡树，它们的树干构成了隧道的框架。"到了！开始准备！"她欢呼道，"都出来吧！"

背包拉链一开，布莱斯特和奥利分别飞出、溜到阳光下。他们舒展着身体，布莱斯特展开翅膀，奥利伸直身子，随即眨着眼睛看向妮娜，只见她正忙着打开支架。

"一定要力求真实。"她强调道，"如果视频一看就是演的，就用不了了。所以，让我看看你们惊恐的表情。"

里斯克和瑞恩一边轮流指着奥利，一边做出震惊的表情。妮娜十分满意，忍住了没用夸钢丝绳抓住老鼠的语气去夸姐妹俩。她还没想好自己该以什么样的态度对待动物人。一方面，他们有一种来自异世界的独特美感。他们的"人类"身体在这个世界上行动时显得异常轻盈，像是地球的引力对他们来说没那么强似的。他们的声音也有很强烈的音乐性。这并不是说动物人在说话时会像唱歌一样喊出音符，而是听他们说话时，妮娜会感受到以前听音乐时才会有的情感反应。他们担心的时候，妮娜仿佛听到了小提琴的乐声，惊悚片背景音乐里快速的心跳声。里斯克和瑞恩拌嘴时,则有响葫芦和小鼓带来的节奏感。而奥利充满希望的问题,则让妮娜想起自己学习时会听的低保真嘻哈乐。

另一方面,在很多时候,他们的面部表情和行为又让妮娜想起了对应的动物。这一点最让妮娜痛心,所以她才愿意为了这群刚认识还不到一天的朋友,在飓风即将来袭的时候放下一切,帮助他们去拯救一只蟾蜍。

妮娜看着他们排练自己的角色。里斯克和瑞恩仍在喘气,假装惊讶。而在地上,化为蛇形的奥利比妮娜想象的要小得多,这会儿正抬起头,露出白色的嘴,试图显得很有威胁性。布莱斯特则使劲地扇着翅膀,围着奥利跑来跑去。

"大家应该已经准备好了。"妮娜一边说,一边检查相机设置。通过取景器,她可以看到隧道入口和穿过树林的一段支离破碎的小路。"布莱斯特,看到高处那根树枝了吗?你上那里等待指示。奥利,你藏在那丛灌木后面。里斯克和瑞恩,你们跟我走。戴上口罩。"

大家或跑、或飞、或爬,都找到了自己的位置。妮娜最后一次观察了一下这片区域,除了树上的几只鸟,就只剩他们了。这也是她选择这个隧道的原因之一,这个地方是拍摄探险和捉鬼视频的好地方,但又没那么多人知道。妮娜可不希望有人来打扰。

姐妹俩来到她身后时,妮娜深吸了一口气。自从她开始拍摄视频以来,她都是如此平复紧张情绪的。只要自己不想太多,剩下的事情就容易了。

她走进镜头范围内,看着圆形的玻璃镜头,确保它能够清晰地拍摄到她戴着口罩的脸。"尼弗蒂,打开可视化工具中的'妮娜跟踪'模式。"

跟踪模式已启动,手机传来声音。相机上的绿灯闪烁,它成功锁定了她的身体,并使用人工智能辅助技术和支架上的机器旋转附件来跟踪她的动作。也就是说,她不用担心自己会离开镜头的范围。

"我们爬到这儿都差点儿丢了小命,"妮娜一边走向隧道,一边说,"你们觉得这个隧道真的被诅咒了吗?"

"对。"里斯克说,"所以我们决定让你打头阵。"

"我好害怕啊。"瑞恩哀叹道。她的语气有点儿演过头了,但没关系,毕竟参观一条"闹鬼"的隧道,本来就不是什么正经事儿。这对姐妹已经学会了如何用英语朗读台词,而不是依赖她们特殊的动物精灵语言,因为妮娜不知道拍成视频效果如何。

"隧道知道你什么时候会死,所以如果你听到了今天的日期,我们就得交代在这儿了。"妮娜的声音很轻,尽量让她扮演的角色显出不相信这个故事的样子。

然后,她们走到了奥利所在的灌木丛旁边。奥利出现得正好,他猛地冲出灌木丛,抖着尾巴,张大嘴巴以示警告。里斯克和瑞恩吓得尖叫起来。

"啊,天哪!是水腹蛇!"妮娜喊道。

紧接着,布莱斯特以猛禽捕食的经典姿势从天而降,拍打着翅膀降落在奥利身后几英尺的地方。奥利不甘示弱,张开嘴猛扑过去,但布莱斯特往后一跳,躲过了攻击。两人上演了一场致命的舞蹈,一个摇摇晃晃地躲避,一个咄咄逼人地出击,直到布莱斯特将奥利踩在一只爪子下，而奥利则用尾巴缠住了布莱斯特的脖子。就在这时，三个女孩逃走了，摄像头跟随妮娜，离开了"动作戏"现场。

"搞定！"她大喊。

完美。一切进展顺利，表演很真实，打斗很精彩。但妮娜并不满意。她靠在一棵杜松树的树干上，拿起手机说："尼弗蒂，重放最后两分钟的视频。"

"哇！"瑞恩说。

"我们演得真棒。"里斯克说。

她们站在妮娜的两侧，紧紧贴着她，想看清小小的屏幕。妮娜张开胳膊肘，轻轻地把她们推离她的私人空间。这又让妮娜想起了钢丝绳，当它想要什么东西时，它总是不停地用头撞她的腿。

"确实。"她同意道，"你们演得很像人类了。但……还是不行。"

"什么？"瑞恩喊道。

"为什么不行？"里斯克问。

"这个视频确实有意思，"妮娜答道，"大家应该也会喜欢。但……想要挣大钱，我们就得拍点儿不一样的。"妮娜低头看着奥利。他礼貌地蜷曲着，眼睛闪烁着天真的光芒。"他……没那么吓人。"

奥利歪了歪脑袋，像是在问："什么？"

"你太可爱了，不适合拍这个视频。"

他仰起头，绝望地大口喘息。

"如果由郊狼发动袭击呢？"里斯克提议道。

"两只看起来像小狗的小动物?不行,你们可爱过头了。再说了,鹰也不是郊狼的对手啊。"

"奥利可以召唤其他水腹蛇,那样看起来吓人吗?"瑞恩问。

"什么意思?"

"我们与自己的物种都有紧密的联系。比如,如果这片森林里有郊狼,我和我姐姐只要用脑子想:'嘿,朋友们,过来!'它们就会跑过来围在我们身边。"

"那奥利能让它们别咬我吗?"

"呃……"瑞恩摇了摇头,"不行,这不是精神控制。只能召唤过来而已。"

"那我们还是别冒这个险了。"妮娜踱着步,开始思考。时间还够再拍一条视频,但如果鹰和蛇的打斗不够吸引人,还能拍什么呢?动物人会魔法,他们说那叫塑造世界的技能。但如果她理解得没错,他们只要使用了这种技能,就会极大减少在地球上停留的时间。再说了,有什么魔法能够在不引起国王注意的情况下在全网火起来?她得好好想一想了。电影的噱头在于特效,舞台的噱头在于凭空悬浮和藏在黑色礼帽里的兔子。而在"故事汇"应用程序上,人们想要的是真正令人惊讶或非凡的瞬间。

在她头脑风暴时,奥利和布莱斯特躲到了杜松树后面变身穿衣服。而里斯克和瑞恩则来到了隧道口。"你好!"里斯克喊道,"你好,你好!"然后,两人安静下来,竖起围巾下的耳朵仔细听。

"好像有声音。"瑞恩说,"啊!真的闹鬼了!"

"等等,什么?"妮娜小跑到姐妹俩身边,凝视着隧道,隧道太长了，出口就像一个硬币大小的光圈，内部一片漆黑。"再喊一次！"她鼓励道，"我也想听听。"

"你们好，鬼魂！"里斯克大喊道。她的声音传进了隧道，像是水被吸进吸管一样，给人一种空洞的感觉。没有回声，但是……

妮娜的确听到有声音。

那是一阵低沉的呼啸声。隆隆作响。在隧道的尽头，一个黑色的轮廓在光圈前晃动。那是什么？离得太远了，她看不清，但如果非要猜的话，她觉得那道影子很像一个大脚怪。她举起了手机。

"尼弗蒂，打开手电筒。"

闪光灯发出一束强烈的白光。隧道尽头，两只眼睛闪烁着黄色的光。然后，那头灰熊发起了冲锋。

第二十五章
水腹蛇出演动作大片

布莱斯特学会了穿裤子,但穿T恤还是费了不少力气。我穿完衣服,发现他在地上打滚,一只胳膊从领口伸出,另一只胳膊在袖孔里。他的脸被棉衣料裹着,大口喘着气。"奥利,搭把手?"

"别动。"我扶着他坐了起来,帮他把手臂放到正确的位置,然后小心地把领口套进他长有羽毛的脑袋里。布莱斯特累得面红耳赤。"呼!"他说,"谢了!我感觉自己像是被蜘蛛网困住了似的。"

"多穿几次就好了。"

"我真的必须得……"

"是的,只要在地球上就得穿衣服。"我扶着他站了起来,在他头上围了一条紫色围巾。

"看起来怎么样?"布莱斯特问。

"帅气。不过就像是在两只鹰翅上盖了一条毯子似的,也许瑞恩可以帮你设计一顶帽子……"

正在此时,另外三人突然尖叫了起来。她们的尖叫声此起彼伏,显然是受到了极大的惊吓。我转过身,原以为她们就围成圈站在我身后,正在为第二次拍摄排练。但这会儿她们都指着隧道里。"怎么办?"妮娜喊道。

"你快跑!"里斯克说,"我们会……拦住它。"

"那可是灰熊!怎么拦?"

我现在听得真切了,那是爪子踏地的沉闷声音,像是有一颗重达一吨的肌肉毛皮炮弹,正极速穿过混凝土隧道。我克制住逃跑的本能,跑到隧道口,站在姐妹俩身边。这头灰熊身体大部分都在阴影之中,不过我还是能看出两件事:第一,她的身材无比魁梧;第二,再过几秒钟,她就能冲到我跟前。"照她们说的做!"我对妮娜喊道,"快跑!"她疯狂地摸着腰带,对我的警告置若罔闻。真是难以置信,还有什么能比一头正在冲锋的灰熊更值得注意的呢?

"我的梅斯喷雾……"

我抓住妮娜的胳膊,把她从隧道口拉开。而她一直在忙着把腰带上一个红色的罐子解下来。与此同时,里斯克和瑞恩交换了个眼神,跳上隧道口附近的一棵小桦树。瑞恩踩着里斯克的肩膀高高跃起,抓住桦树顶部的树枝,在灰熊冲出隧道口前一秒钟,利用自己的体重将整棵桦树压弯。灰熊一头撞到了桦树上,强烈的冲击力直接把桦树从地里连根扯了出来,还带起了一阵尘土。

这头熊的身形看起来有些熟悉，希望在我的心中升起。灰熊在地球上还是很少见的，对吧？那么，以下哪种情况更有可能发生？是我们真的倒霉透顶，遇到了一头极度愤怒的灰熊，还是赏金猎人找到了我们，要加入我们的行动？

既然妮娜想要更壮观的冲突场面……

"布莱斯特！"我大喊，"把T恤扔过来！"

里斯克和瑞恩一起抓住树干，抬起了那棵倒下的桦树，仿佛它是一根长矛，她们试图用刷子一样的树冠把灰熊挡开。考虑到对手的体形、体重和敏捷性，我觉得这只是一时的权宜之计罢了。灰熊已经开始试着从侧面进攻。

一件揉成团的黄色棉质T恤从空中飞了过来。感谢造物主，还好布莱斯特脱衣服比穿衣服容易。在我单手抓住衬衫时，妮娜终于举起了红色的罐子。"我可以灼伤它的眼睛！"她大喊。

"不要！里斯克，瑞恩！用衣服盖住灰熊的头！"

当我把衬衫扔给姐妹俩时，灰熊向我转过身来，被我突然的动作分散了注意力。她四肢着地，用前爪狠狠一击，把我打倒在地，随即张开大嘴，用足以断骨裂肉的牙齿咬向我的肩膀。这时，我看见了她那双胡桃棕色的眼睛。

而那位赏金猎人的眼睛是琥珀色的。

我惊恐地张大了嘴，却吓得发不出声，这时妮娜向灰熊的脸上喷射出一股液体，紧接着瑞恩爬到灰熊背上，翻过它宽阔的肩膀，用布莱斯特的衣服盖住了她的脸。里斯克拉着我跑进了隧道，我的眼镜上要么是口水，要么是梅斯喷雾的液体。我目不能视，浑身青肿，于是试着伸出舌头感受空气中的味道，但我的嘴唇上肯定也沾了喷雾，因为这会儿我感觉嘴唇上有灼烧感，像是咬了一口地球上最辣的辣椒似的。

"我什么都看不见了！现在什么情况？"

"拉住我的手，快跑啊，奥利！"里斯克说。在我们周围，脚步声在弯曲的墙壁间回响起来。我仔细听着，生怕在回声中听到我的死亡日期。

然后，一个低沉、沙哑的声音在我们后面喊道："嘿！嘿！回来！我的眼睛怎么了？怎么感觉比森林大火还烫！"

"是赏金猎人！"我喊道，"别跑了！"

大家的脚步都慢了下来。里斯克放开了我的胳膊，我迅速摘下眼镜，眯着眼睛沿着隧道往回走。一个模糊的人形站在阳光耀眼的隧道入口处。

"你也是动物人吗？"妮娜问，"我的天哪！对不起！我还以为你要把我们都杀了！"

"相信我，要是我铁了心想要你们的命，就算眼睛被蝎子蛰了，也不会收手的，"赏金猎人笑着说，"不过这玩意儿弄得我痛死了，是什么东西？给我来点儿。"

我们都到了隧道口附近。黄色的衬衫紧紧地裹在赏金猎人身上，几乎遮住了所有不能示人的地方。瑞恩看到这一幕，放肆地大笑起来，然后撕掉了自己半条长裙的布料。"我给你做件衣服裹裹吧，免得人类把你光屁股关起来。"

"啊，谢谢，"赏金猎人说，"那可就糟了。"

"你怎么没穿衣服就跟过来了？"我好奇地问道，"食肉动物在人类城市里行走很不安全。你该不会是赤身裸体过来的吧？"

"我自有妙计。"

"呃……"

"所以你是熊人？"妮娜一边问道，一边从支架上取下相机。她和姐妹俩都摘下了口罩，要是刚刚我也戴着口罩就好了。

"是的。如假包换。"

瑞恩在赏金猎人的腰上系了一条临时裙子。"对了，"她说，"现在，我们扯平了。"

"啊？什么扯平了？"

"刚刚的打斗。算我赢。"

她愣了一会儿，然后说："你说什么就是什么吧。"

这句话加剧了我的怀疑。

当姐妹俩为赏金猎人的衣服瞎忙一气、妮娜查看相机时，我把布莱斯特拉到一边。"假装你在帮我擦脸上的喷雾。"我说。

"我看这根本用不着假装。无意冒犯，但你的脸看起来像是被一堆红蚂蚁啃过似的。"他用围巾蘸了蘸水，开始轻轻给我擦脸。

"还记得你去拜访第三座山的时候吗？"我问。

"当然记得。"

"那只嘲鸫跟着你去了，对吧？"

布莱斯特站得离我很近，就算没戴眼镜，我也能清楚地看到他的表情。他显得十分紧张、担忧。"对。"

"她有没有听到你和赏金猎人的对话？"

他耸了耸肩，换了个围巾的角给我擦脸。"我倒是没看见，不过……我也不敢确定。毕竟她可以假扮任何人。"

我对那位赏金猎人努了努下巴。

"她？你确定？"布莱斯特的牙齿开始打战，"你能感受到气味吗？"

"现在我只能感受到疼痛。但从下了巴士以来，我从来没有感受到灰熊的味道。你知道我感受到了什么味道吗？"

他指着自己裸露的胸膛，绒毛从锁骨覆盖到腹部，像件汗衫似的。"鸟？"

"就是鸟。"

"那我们怎么办，哥们儿？"

"我会先私下知会姐妹俩一声。你多注意赏金猎人。"

"行，我会盯着她。"他把刚擦干净的眼镜递给我，"我不太会打架，奥利，你知道的。比起树敌，我还是更喜欢交朋友。但要是她想干涉我们的计划，就算只是想想……"他抱起手臂，哼了一声，"其实，我也不知道我会怎么做。以前也没遇到过这么大的事。"

"那……"

"我们成功了！"妮娜突然激动地大喊道，"太完美了！刚刚的打斗都拍下来了！"

听到这话，布莱斯特显而易见地紧张起来。"哈。她真是帮大忙了。"

"这就是第一次了。"我说完了刚刚的话。

"不过我们应该再拍一次！"妮娜喊道，"里斯克和瑞恩，别表现得那么厉害。你们只是很厉害的人类，不是超人。"

我也不知道我和姐妹俩谁哼得更大声。"为了艾米，豁出去了。"我说。

赏金猎人耸了耸肩。

之后我们又拍摄了两次。然后我们坐上了回书店的巴士，我坐在妮娜身边。剩下四个人一起坐在我们后排的座椅上。妮娜开始第三次播放我们打斗和逃跑的视频。"真是天衣无缝，"她说，"如果这都不能引起'老朋友戴夫'的关注，那就没天理了。"

"我还是不太明白……"我指着她的手机屏幕说。

"电子科技？"

"不是。呃，也算是吧。但这不是最让我费解的地方。为什么这个'老朋友戴夫'这么重要？他是谁？"

"他是'故事汇'上最红的博主。你看。"她点击进入'老朋友戴夫'的主页，点开一份声明：分享你的内容，获得50%的收益。"我特别喜欢看他的视频，"她说，"他每天都上传别人提交给他的内容，评论一番，然后平分利润。"

"为什么要分钱？你不也在讲故事吗？"

"是倒是，不过……说来复杂。"她盯着我看，仿佛在纠结有没有必要给我解释那么多，"是这样，想在'故事汇'上挣钱，只有一种方式。里面有一个组委会，他们会决定你的故事能不能代表这个应用程序，要全票通过才算合格。在这个基础上，他们会让你成为明星级别的故事讲述者。那么，每有一个人花一分钟听你的故事，你就会得到一分钱的分成。如果你有足够多的粉丝，还能不断产出新内容，组委会就会把你定为银河级别的故事讲述者，每分钟挣的钱就更多了。但这样还是不够。不过，每年都会有十个银河级别的故事讲述者被提升为宇宙级别，那挣的钱就多了，至少有几百万美元。其他人都挣不了那么多，除了这十个人，其他谁也不行。所以我才需要'老朋友戴夫'来帮我讲这个故事。"

"因为没有他的帮助，你挣不到那么多钱。"

她笑着点了点头："没错！我就知道你很聪明！"我有种不妙的感觉，妮娜好像要伸手来捏我的脸了。好在她知道我的脸还在刺痛，便悻悻地收了手。

"谢谢，"我说，"我妈妈也这么觉得。"我想起了艾米，想起了时间的流逝，"你会很快得到报酬吗？"

"没理由不快。"妮娜坐在窗户旁边，在我问这个问题之前，她一直在看手机，或者看我，但这时她看了看窗外。车辆飞速行驶，两旁的建筑物模糊不清，让我头晕。"我今天就把视频剪好上传，"妮娜说，"几个小时就好了。然后……就抱拳祈祷吧。你知道这句话什么意思吗？"

"祈祷好事发生嘛。"我猜道。说句公道话，我并不是胡乱猜的，因为我脑海里自动对这个短语做出了粗略的解释。

"你怎么知道？蛇又没有手指！"

我抬起人形的手，在她眼前动了动。"有时候也有的。"

那种想捏我脸的表情又出现了，她双眼放光，我真想捂住脸。"你太棒了，"她说，"从头到尾都那么棒。"然后，她突然温柔地说："真希望你们能多待一阵子。要是你住在这儿，奶奶每天都会给你送礼物。"

"这里不是我们的家。"我简洁明了地说。

"以前曾经是。"

"不，"我说，"我的家在无底湖边一块温暖的石头上。"

"嗯。"

"不过，要是地球变得安全些，我会很高兴过来玩儿。"

"希望如此吧，"妮娜说，然后语气变得更加温柔，"我会想办法让地球变得更安全的。"

第二十六章
妮娜，飓风登陆前两天(2)

妮娜的手指悬停在发送图标上。只需点击一下，已经剪辑好的灰熊袭击视频就会被压缩发送到"老朋友戴夫"的收件箱里。在那之后，就只剩等待了。

除了等待，还有遐想：在洛杉矶一座大厦深处的一间办公室里，"老朋友戴夫"的员工在那里工作和生活。一名实习生盘腿坐在一把毛绒电竞椅上，面对好几块显示器，查看无穷无尽的视频，用一个大玻璃瓶喝着黑色的苦咖啡。显示器里没什么新奇的东西，不是跳舞，就是去冒险，虽然有意思，但不够吸引眼球。偶尔，一段淫秽或暴力的视频会逃过人工智能过滤器的监视，于是实习生缩了缩脖子，转过身，大骂这群混蛋：除了这种激怒一个19岁媒体科学学生的无聊之事，就没别的事可做了？然后，妮娜的视频出现在屏幕上。几个青少年站在"闹鬼"的隧道外,要不是因为标题足够唬人——"被熊袭击",实习生一秒都不想多看,会果断删除视频。但他被吸引了,然后激动不已。他会给主管打电话,主管再通知"老朋友戴夫"。"熊是从马戏团里逃出来的吗?"他会问,"就用这个视频,给他们发一份合同。"

除了等待,还有后怕:这个视频将由一个拥有三千万粉丝的"故事汇"账号发布。妮娜可以赚很多钱,但代价是什么?迫于公众压力,动物管理部门将在得克萨斯州南部的偏远地区地毯式搜索一头攻击性很强的熊。这个地区已经很多年没有野生灰熊出没了,这一头肯定已深藏不露许久。现在,它正在攻击儿童,这让家长们十分担忧。先是飓风来袭,现在又出这档子事?动物管理部门会承诺重新安置这头灰熊。但一天过去,两天过去,还是没能找到它的踪迹。在滚滚云层的阴影下,猎人们荷枪实弹,瞄准树林。

又或者,模仿者会认为对抗危险的野生动物是通往成名之路,这同样可怕。他们不会冒这个险吧?"故事汇"应用程序上不会冒出一些捅马蜂窝、对着美洲狮大喊大叫的视频吧?

当然会。

妮娜甚至还没有按下发送键,就已经处于恐慌的边缘。她一直想的都是怎样才不会被国王和骑士发现蛛丝马迹,至于其他问题,则有欠考虑。她心脏狂跳,呼吸紧促,手心冒汗,在贴有据称是"无痕"贴膜的手机屏幕上留下了油腻的指印。她抱起趴在窗沿的钢丝绳,把它放到腿上。猫咪斜靠在妮娜的膝盖上,咕噜叫着,提醒妮娜别想那么多。为什么非得考虑最坏的情况?"故事汇"上每天都有无数野生动物的视频,也没造成什么混乱和灾难。她的朋友们都很安全，她让大家待在客厅里，帮他们找来了许多关于蟾蜍的书，还有三盒爆米花、一盒午餐肉和比萨百吉饼，以及"老朋友戴夫"的"故事汇"播放清单。她准备一会儿就带大家去火车站，赶到祖母家。如果他们的视频真的奇迹般地火了，她就匿名宣布那头熊只是用特效做出来的而已。只是一种数码把戏，仅此而已。而且，"老朋友戴夫"毕竟是一位宇宙级"故事汇"博主，所以他不能提倡危险行为。在评论妮娜的视频的同时，他会提出很多警告。她都能够想象到他那吵闹的声音：我才不管这些女孩是不是世界上最幸运的孩子，她们就不该活着。各位粉丝，这也是我不允许你离开卧室的另一个原因。

妮娜终于冷静下来，她松开了钢丝绳，它像液体一样滑到了地板上。一个爆款视频肯定是利大于弊的。妮娜可以挣很多钱，她可以拿出一半拯救在格兰德河沿岸生活的时间比她族人还久的蟾蜍。而另一半该怎么用？她可以重建祖母的房子，在里面摆满闪闪发光的新物件。那个狡猾邻居关于罚款的威胁，再也不会吓到家人了。

妮娜点下了发送键。

"希望是个正确的选择。"

像同类一样，钢丝绳精确、迅捷地从窗沿跳下，落入妮娜怀里。她吓得直喘粗气。"你这个小……"

钢丝绳则厚着脸皮蜷缩起来，把脑袋埋在妮娜下巴下面。

"真是个小淘气鬼。"她亲吻了它的脑袋，以示原谅。

客厅里传来一声喊叫，然后响起了打碎玻璃的声音。妮娜跳起来，跑去打开卧室门，她的恐慌已被一阵汹涌的恐惧所取代。

第二十七章
水腹蛇对峙冒名顶替者

在妮娜回到房间,忙着剪辑视频时,我假装被爆米花给噎住了,这是我定的暗号,代表我们是时候和嘲鸫对峙了。在暂停了电视上播放了半小时的"老朋友戴夫"视频后,瑞恩悄无声息挪到了窗边。布莱斯特则盘腿坐在楼梯前。里斯克迈出两步,穿过客厅,站在走廊口怒目而视。

"干吗?"假赏金猎人说道,"我还要看呢。"她懒洋洋地躺在沙发上,肚子上放着一碗吃了一半的爆米花。

"嗯……首先,你没有危险,"我说,"我们只是想搞清楚你的目的。"

她坐直身子,把零食放在咖啡桌上。"又不是什么秘密,奥利。我只是想证明自己,能帮上你和你朋友们的忙。在地球上执行一次成功的任务,对我成为真正的赏金猎人大有帮助……"

"嘲鸫，"我训斥道，"闭嘴。我警告过你，变形已经骗不过我了。别装了，你来这儿干吗？"

她不满地嘟囔道："反应倒是挺快。"

"是啊，毕竟地球这么危险。"

"你们这些食肉动物，还跟我谈什么危险？"她从碗里拿出一粒爆米花，抛向空中。然后她后仰着头，嘴巴张得大大的，接住了那粒爆米花。接着，她用锋利的牙齿将它咬碎，发出一声骨头裂了般的嘎吱声。"抱歉，应该是我们这些食肉动物。"

"你又不是真熊。"我说，"再说了，灰熊并不是食肉动物，而是杂食动物。"

"哈。感谢提醒，我还不太了解这个角色。"

"那……真正的赏金猎人还会来吗？"布莱斯特问。

"你们还是别指望了。好在书店女孩帮了大忙，对吧？"嘲鸫把一只手放在胸前，像是要揭开一个可怕的秘密，"好吧，说实话。我跟着你到了第三座山，布莱斯特，看到了你乞求灰熊的帮助。她说：'我会尽力的。'但猜猜你飞走后发生了什么？说真的，你们猜猜看。"

"她……按照约定告诉家里人了？"

"没有！她摇了摇头，就像这样。"嘲鸫示范了一遍，缓慢而悲伤地摇着头，"然后，那头灰熊说：'根本不可能。'就这样。你们根本做不到的。"

"回答我的问题，"我坚持道，"你到底来这儿干吗？"

"答案重要吗？"

"重要!"

"行吧。坦白从宽是吧?我喜欢你们所有人。你,你,你,还有你。"她伸出巨大的爪子,先后指向里斯克、瑞恩、布莱斯特,最后是我,"所以我才来帮你们。又或者……所以我才来破坏你们的计划。心爱的人,不就是用来嘲笑和折磨的吗?"

"但不应该故意这么做。"里斯克说。

"你怎么可能喜欢我们?"我竭力保持冷静。我不想和一个鬼把戏那么多的人变成敌人。至少眼下不行。艾米的性命取决于我们的行动是否成功,而我们已经失去了赏金猎人的帮助,要知道她曾经同意以两份烤鱼早餐为报酬帮我找到毯子。

"怎么不可能?"

"呃……因为你根本不认识我们?"瑞恩小心翼翼地说,"可能是你想岔了,其实……唉,算了。我不感兴趣,我不喜欢鬼把戏那么多的人。"

"哎哟,我太伤心了。"嘲鸫蹦了起来。她的身体不断收缩,直到宽大的衣服在细弱的肩膀和四肢上松散地摆动起来。她的眼睛变成了熟悉的褐色。皮毛缩进了越来越黑的皮肤里,毛孔里长出了黑色的鳞片,头发变得又卷又短,然后舌头也变白了。要不是因为穿的衣服不一样,我差点儿以为自己在照镜子。

"不过她说得对。"嘲鸫拉起了我的手,"我来这儿,只为了一个人。你知道是谁,对吧,奥利?"

"是艾米。"看来她也很喜欢艾米。

她报以微笑,亮出了乳白牙龈里的利齿。"不。"此时,一只柔软但肌肉发达的手臂猛地勒紧我的脖子,另一只爪子弄乱了我的头发。我身后响起了瑞恩的声音:"我来这里,是为了消灭你,小蛇!然后,就没人能发现我了,哈哈!"

真瑞恩和里斯克见状,赶忙跑过来帮我,但眨眼间,锁我喉咙的手臂就不见了。假瑞恩直接冲向玻璃窗,碎玻璃掉了满地,她撞得满身是血,飞出了窗外。

紧接着,一只灰色的嘲鸫拍动翅膀飞了起来,扬长而去。

"你这是做什么?"我大喊,"嘿!嘿!你是不是有毛病?"

"让她去吧,"布莱斯特叹了口气说,"我之前也试过和她讲道理。但……每次都弄成这样。"

"真是个谜。"里斯克说。

瑞恩喃喃道:"我倒是不会用'谜'这个词来形容她。"姐妹俩很可能说得都没错。

"她真是来消灭我的?"我揉了揉脖子的酸痛处,看着一地狼藉。玻璃这种东西可真是磕碰不得,但愿妮娜的家人有钱重装玻璃。

"八成不是。"布莱斯特说。

来到走廊里的妮娜喊道:"什么情况?"过了一会儿,她呈防御姿势,手持一支扫把,另一只手则拿着手机。"窗子!"

"那头熊决定离开。"我解释道。

"她不知道走门吗?"妮娜放下扫帚,开始打扫地板上的爆米花和玻璃碎片。好在大部分玻璃都落在了空荡荡的小巷里。

"是啊。"里斯克说道,弯腰捡起一片三角形的玻璃。妮娜倒吸一口冷气。"小心点儿！"然后挥挥手把姐妹俩赶到一边。

"那头熊其实不是熊，"我解释道，"她其实是个变形人，所以……要当心些。"

妮娜却用一种同时包含着喜悦和困惑的眼神看向我，我怀疑她误解了"变形人"这个词的意思。在跨语言交流中，错误并不常见，但确实会发生，尤其在涉及这种独特或者复杂的概念时。我说的每句话，都会在她脑海里被解析成她自己的语言。但有时候也会出现纰漏。事实上，有些时候词与词的表面意思的确是对应的，但深层含义却大相径庭，不过也没有更合适的表达方式了。

"也就是说，她可以伪装成任何人？"妮娜问，"哇，只有超级英雄才有这种本事。"

看来交流没出现问题。"是的，不过她也不能模仿得那么完美。当然，已经非常非常像了。至少比大部分嘲鸫模仿得都像，他们都有这个本事。"

"那你有什么本事？"她把一堆玻璃扫进簸箕里，"我记得你说过，水腹蛇人的能力都跟水有关，那具体是什么？你们可以造雨吗？可以……治理干旱吗？"

里斯克和瑞恩慢慢靠近咖啡桌上的金属水罐，眼里闪烁着期待的光芒。她们要么是想用罐子保存一句话，要么是想让我凭空从半满的罐子里抽起一小滴水。这都很简单，使用塑造世界的技能就能做到，但我不愿为了一时的乐趣，拿我们在地球上的时间来冒险。我对她们摇了摇头，不行。

"我可以这样做！"布莱斯特喊道，他跑到一碗爆米花前，抓起一把白色的爆米花，放到嘴唇上开始吹气，像是要吹灭蜡烛一样。爆米花粒滚落到地上。"只不过我不用吹气，而是可以控制身体周围的空气。老鹰最擅长和飞行有关的塑造世界技能了。"

"最擅长？"里斯克说，"注意用词，可别在大雕面前说这种话。"

"也别在猎鹰面前说。"瑞恩补充道。

"猫头鹰面前也不行。"

"蜂鸟更不行。"

"还有……"

"够了够了，姑娘们！"布莱斯特举起双手投降，"反正在用自己的特殊技能的时候，我们都是最厉害的。"

"那郊狼呢？"妮娜问，"你们的能力是什么？"

姐妹俩又看了看罐子，瑞恩咬紧下唇，仿佛在竭力克制表演的欲望。"各种各样奇妙、有用的技巧，"里斯克说，"我们可以用瓶子装声音或歌曲，可以完全消失在阴影中，可以将绳子或纸的碎片融合在一起，也可以无声无息地走过一地木屑。"

"我可以让我的眼睛发出红光，"瑞恩炫耀道，"除了我，别人都不会。"

"的确，就连我也不行。"

"不可思议。"妮娜赞叹道，"你们四个在一起，就是特别厉害的超级英雄团队了。我当你们幕后的技术人员，每位超级英雄都需要的。"她已经把爆米花和玻璃碎片扫到一边，堆成了一个闪闪发光的小堆，这会儿正把一个书架推到破碎的窗户前。我赶忙上前帮忙，挨在她身边，把整个身子的力气都用在书架上。我们一起使劲,才把这个大家伙挪动了几英尺。

"你们要打败的敌人就是这个变形人了。"妮娜疲惫不堪地靠在墙上继续说道,"我得给爸爸打个电话了,得让他知道你们在这儿。"

她往后退了一步,弯下腰对着手机小声说:"给爸爸打电话。"

我捡起一大块玻璃,以刚好合适的角度拿在电灯下观察。它和我的镜片很相似,不过更薄些,更平些,边缘十分锋利,足以划破皮肤。它就像一颗尖锐的牙齿,也像一把匕首。

妮娜的声音大了起来,引起了我的注意。她对着电话喊道:"等我过来,好吗?"

一阵沉默。瑞恩的耳朵抽动了一下,但没有为了偷听悄无声息地靠近妮娜。

"呃,什么?不是,等等。模拟撤离的时候我想在场,所以我才要带指南针。"

这会儿,里斯克正往妮娜身边靠近。姐妹俩都踮起了脚尖,耳朵一抽一抽地动着……别问我她们为什么这样。妮娜还在打电话,朝她们笑了笑,便转身快步走进了房间。房门啪的一声关上,只留姐妹俩在门口面面相觑。

"她把我们关在外头了!"瑞恩喊道。

我们四个都坐到了沙发上,布莱斯特坐在一边扶手上,优雅地跷着二郎腿,姐妹俩则在我的两侧生着闷气。我们盯着电视画面,"老朋友戴夫"的脸上一直保持着不变的笑容。他的衣服比鹦鹉身上的羽毛还要鲜艳,亮绿色的衬衫配着宽大的黄色裤子,全身上下的口袋都是橙色。他站在阳台上,张开双臂,把一张张纸抛向空中,一瞬间,像是漫天飞舞着雪花一样。我之前没看视频,而是忙着阅读有关濒危蟾蜍的书籍,结果越读越难受。我了解到它们的栖息地不断减少,它们对污染物十分敏感,体形有多小、多么容易被忽视。曾经,在妮娜的家乡,下过一场大雨后,你走出房门时会听到阵阵蟾蜍鸣叫。但我到现在都没听到一声。就算之前我们去了森林里,去了蟾蜍最可能栖息的落叶层或那个闹鬼的隧道里,都没有见到它们的身影。我只听到了鸟类和昆虫的声音。还有在这水泥和深色玻璃建造的空旷宫殿外,汽车呼啸而过的声音。

"他为什么要把纸扔到天上?"我问。

"是个游戏,"布莱斯特说,"'老朋友戴夫'把他的名字写在了其中一张纸屑上,剩下的都是空白的。这是他的房子,建在一座山的半山腰上。"

"好莱坞。"瑞恩说,"在很远很远的地方。"

"对,好莱坞。"布莱斯特接着说,"在他家阳台下面,有很多人等他。找到那张他签名的纸的人就能得到奖金。"

"看看后来怎么样。"里斯克说,伸手去拿黑色的遥控器。

"老朋友戴夫"又动了起来,放肆地大笑着。他给自己配了画外音:真没想到事态会这么快升级,变得这么可怕。画面聚焦到这个年轻人身上,他低下头,看着山下那群并没有显示在画面中的游戏参与者。一阵杂七杂八的说话声传来,远处还有叫喊声。他仍低着头,笑得更大声了,还弯下了腰,像是笑得肚子都痛了。"不!停下!停下!"他笑了一会儿便停了下来,但声音里仍充斥着快乐,"啊,不会吧!那些姑娘们打起来了!我们得下去看看。"画外音说道:这本来应该是个欢乐的游戏才对。虽然不是每个人都能赢得大奖,但每个人都能获得半打含咖啡因的泉水,还有一张"戴夫小店"的礼品卡。

他穿过一间白色的房间。家具是白色的,地毯是白色的,墙壁也是白色的,还摆放着可能是雕塑、机器或玩具的白色小玩意儿,不过我猜不出它们的用途。他沿着螺旋楼梯往下走,每一级阶梯都有不同的颜色。接着他走进一间铺着厚地毯的绿色房间,这块地毯就像是人类在房子周围种植的草坪似的。然后,他走下另一段五颜六色的楼梯。他的房子好像永远没有尽头似的,仿佛掏空的山腹中全是他的房间。这就是人性的缺陷,画外音说道,大家都想成为最大的赢家,不满足于小奖品。但现在,我需要叫停那场打斗了,这意味着所有赠品都可能被取消,谁也得不到奖品。

"我倒想看看是怎么打的,"瑞恩抱怨道,"这栋房子还没个尽头了是吧?"

"我觉得应该要走过彩虹里的所有颜色才能出房子。"里斯克说。

布莱斯特用手托着下巴说:"我要是住在彩虹上就好了。"

终于,戴夫出现在一楼一间阳光明媚的房间里,但这还不是结束。他推开一扇沉重的大门,沿着一条蜿蜒的小路慢跑,路过了一排小跑车和一座带跳水板的泳池。蓝色的水面上漂浮着充气天鹅,一个年轻女子躺在毛巾上打盹儿,一头金发散落在温热的水面上。我突然特别羡慕她,因为我已经好几天没晒太阳打盹儿了。地球上的太阳明亮而又温暖,光线像摇篮曲一样柔和。

最后,"老朋友戴夫"来到一扇带有高高的尖刺的大门前。他按了个按钮,然后用肩膀把大门顶开。他绕着山脚走的时候,一阵说话声越来越响,画面里出现了十五个年轻人。他们站在肮脏的纸屑上,围观着中间的两个女人。根据戴夫之前的描述,我以为肯定有人已经头破血流了。人类是很厉害的武器设计师。他们发明了枪、炸弹和剑。甚至连妮娜也随身带着一件武器:梅斯喷雾,它的威慑效果甚至不亚于被我咬上一口。不过,画面里的两个女人甚至都没有打斗,只是手牵着手,面对面站着。画面放大,原来她们手里都捏着同一张纸。在拇指之间的空隙里,可以看到戴夫的签名,墨迹已经模糊了。

"撕开就没奖金了!""老朋友戴夫"大喊。

最后,我定了一条新规矩,免得她们互相伤害。但如果她们想在大太阳下站一整天,比比谁撑得更久,我也管不着。这是个自由的国家。

两个女人的周围已经铺上了不少野餐垫,像是一座座摆满食物的孤岛。旁边的观众四散开来,泡在塑料泳池里,悠闲地吃着喝着。"老朋友戴夫"给了两个女人冰水和凳子。其中一个人请求去上个厕所。他递出一个杯子!瞧瞧她的表情!把我当什么人了!然后,他笑了笑。"开个玩笑。你们各自有十分钟时间上厕所。去吧!"

意识到没有打斗场面,里斯克和瑞恩顿时失了兴趣,开始阅读关于蟾蜍的书,眉头都皱得紧紧的。布莱斯特则站在破碎的窗户旁,透过书架和窗框之间一厘米宽的缝隙凝视着外面。

但我不想把目光移开,我想看看后面会发生什么。这两个人站在温暖的阳光下,能坚持多久不打盹儿?她们为什么不平分奖金呢？也许她们都想把奖金据为己有，我也理解。坦率地说，如果这么做就能拯救艾米，我愿意捏着一张纸玩拔河游戏，直到筋疲力尽晕倒过去。

两个人僵持不下，越来越离谱了。蚊子已经在她们腿上享用起周日的早午餐。我必须让她们达成和解。

"新规矩。先放手的人，这一周都不会被赶出这栋房子。""老朋友戴夫"把手放在两个女人肩膀上，宣布道，"谁要钱？谁要豁免权？"

"赶出房子是什么意思？我不明白。"我说道。

"我也不知道，奥利。"瑞恩说，"能不能把它关了，我们还要看书呢。"

就在这时，传来一阵轮子的嘎吱响声，妮娜终于回来了。她拖着一个巨大的紫色行李箱走进客厅。"好了，朋友们，"她大声说，"该去看望奶奶了。"

第二十八章
妮娜，飓风登陆前两天(3)

收件人用户名：妮娜的故事
收到时间：下午2:59
阅读时间：下午3:38
主题：恭喜你！

　　嘿，妮娜的故事！恭喜！"老朋友戴夫"决定在故事里采用你提交的视频：《在闹鬼隧道遇到灰熊袭击》！你知道规矩吧？有没有看过用户须知？想必你已经读过了。只需要签署附件中的协议，填写表格即可，剩下的就交给我们吧。你的视频将在周四放出。《在闹鬼隧道遇到灰熊袭击》播放二十四小时内的一半收益，将转入你的"故事汇"账号。谢谢。

　　还等什么？快回复吧！
　　感谢你的视频。

戴夫团队

妮娜带着里斯克、瑞恩、布莱斯特、奥利还有钢丝绳,一起坐在火车车厢里。"哇,"她说,"明天就是周四了。"

"嗯?"奥利问道。他蜷缩着身体,头靠在振动的车壁上,在没有车窗的车厢里和晕车作斗争。为了买五张经济舱车票和一张宠物票,妮娜花光了自己的积蓄,她根本买不起靠窗的座位。好在整个旅程不到两个小时,他父亲会开卡车来车站接他们。但他以为只有妮娜自己来,一想到要和父亲解释动物人的事情,妮娜就对奥利感同身受,也觉得自己胃里一阵翻腾。

奇怪的是,收到了"老朋友戴夫"的回信,她却没觉得多开心。她现在满脑子想的都是飓风。

"我们拍的视频,"她说,"明天就会上传了。也就是周四。"

也就是说,他们会在周五收到分成,刚好在飓风来袭前。那周六会发生什么?

"好耶!"瑞恩抓住钢丝绳的前爪,把它们举到空中,让小猫欢呼起来。钢丝绳花了十分钟才从它的吊舱形宠物包中逃脱。整整十分钟,哀号了能有一百声。直到布莱斯特喊道:"我受不了了!它太伤心了!放它出来吧!"于是钢丝绳剩下的路上就在几个人的腿上来回徘徊。

"这是好事儿吧?"奥利勉强睁开一只眼睛看着妮娜,"得来的钱可以拯救艾米的同类吧?"

"嗯……可能会有帮助吧。我已经联系了他们,问我们能做什么,但还没有回应。不过我觉得,就算成了,也还要花费很多功夫和时间。不过无论如何，我相信我们肯定能挣一笔大钱。我保证：你们回家后，我也会继续想办法拯救蟾蜍。我妈妈有很多科学家朋友，他们正在研究海洋变化，这是一个很大的项目，很多国家都参与进来了。我想说的是，她肯定至少认识一位两栖动物专家。我可以在爸爸卖给狼群的书里给你们塞纸条，让你们了解事情的进展。"

"谢谢你。我知道这担子对你来说也不轻。"

"没事儿，应该的。"

瑞恩松开了钢丝绳的爪子，它小心翼翼地跳到了里斯克的膝盖上。"你看起来很担心，"瑞恩察觉到了妮娜的不对劲，"是因为飓风要来了吗？别担心，妮娜。你帮助了我们，我们也会帮助你。"

"你们可以阻止飓风吗？"她问，"用魔法？"

令她惊讶的是，动物人似乎在认认真真地思考这个问题，好像真能给出一个比"对不起，不行"更好的答案。

"说到塑造空气和风，"布莱斯特开口道，"我的所有技能都与飞行有关。我可以操纵自己翼展周围的空气，在飞行时耍帅，但我还是阻止不了风暴。"

"如果是在映像世界里，一群人一起，没准儿能成功。"里斯克补充道，"但前提是大家齐心协力，还要有经验老到、精通塑造世界技能的人做指导。"

"等等，真的吗？"妮娜好奇地问道，"你们人数也不少，可以在这儿试试吗？"

"地球上的物理规律和我们那儿不太一样，所以要困难得多。"奥利说，"而且，我们也没什么经验。"

"我们的叔祖父曾经用套索捆住了龙卷风！"瑞恩说,"就在地球上！他一个人做到的！记得吗？"

"嗯哼,"里斯克怪里怪气地说,"我真信了。"

"干吗挖苦人？"

"我也不是对叔祖父有意见,但他那些故事都发生在没人看见的时候,你不觉得奇怪吗？"

"没人看见是因为大家都躲起来避风了。"

里斯克甜美地笑了。"也是。但也无关紧要了,飓风可比龙卷风要宽得多,不可能被套索捆住的。"

"你能阻止飓风破坏一个小区域吗？"妮娜问道,"比如一栋房子？"

奥利揉了揉脸,发出咝咝声,表示自己有点儿想法。"也许能阻止几分钟？你们觉得呢,里斯克,瑞恩？你们是在场的最有经验的塑造世界者了。"

"结合你们对风和水的控制能力,加上我们的一些技巧,没准儿能够保护一栋房子,但会很快耗尽我们在地球上的时间。我们在风暴中心袭来之前就会消失。"

"你们消失之后会去哪儿？"妮娜问。

"回家。如果是没有固定住处的人,就会被传送到映像世界里某个舒适的地方,比如鲜花盛开的草地上。但我还是不明白,你奶奶得了什么病？不能让救护车来接走她吗？它们可是会移动的医院。"

"她还不知道救护车是什么吗？"里斯克说,"她是地球人。"

"没用的,"妮娜失落地摇了摇头,"她只要一离开家,心脏就会出毛病。所以肯定不能撤离了,我才这么担心。不仅仅是因为这次飓风，还有以后会出现的飓风。每一年都会有的。"她想了想，又问道，"你们会治愈魔法吗？"

"抱歉，"布莱斯特也学妮娜摇了摇头，"这种塑造世界的技能现在已经很少见了。"

少见，并不意味着没有。这让妮娜开始思考……

"哦。"妮娜觉得再往下问就显得太天真了，就像扑克玩家要求荷官发出皇家同花顺一样，"即便如此，那有这种技能的人可以……下意识地治愈自己吗？"

"有可能。"布莱斯特歪起了脑袋，像是在深思熟虑，"但这种问题，还是问治愈者自己才能有答案。"

火车开始减速，车上的广播扬声器传来列车长的声音："雪松站马上就要到了。下一站：雪松站。"妮娜抱起钢丝绳，轻轻地把它放进铺着毯子的猫包里。"快到了，"她说，"准备下车。"

"啊，终于到了。"奥利长出一口气。

里斯克和瑞恩提起猫包和手提箱，妮娜带着大家穿过车厢之间的过道。车厢连接处的金属板晃动不已，她不得不靠在墙上才能勉强保持站立。奥利和布莱斯特也站不稳，他们紧紧抱住对方，双腿发抖。

"我们不会是要在行驶过程中跳车吧？"奥利声音颤抖地问。

"不用，"妮娜说，"车会停稳的。不过还是要当心，火车和月台之间有空隙，踩空了就掉到铁轨上了。"

除了妮娜一行人，就只有一位裹着披肩的老妇人在出口处等待下车。她毫不掩饰地盯着众人不停打量，双眼在浓密的灰色眉毛下闪烁着好奇的光芒。雪松站位于两个城市之间，与其说它是车站，不如说是建铁路时考虑不周的补救措施。火车猛然停下，车门顶上的绿灯亮起，叮当一声滑开了。车门外是一片狭窄的月台，还有一个能停二十辆车的停车场，里面只停着一辆卡车。

"我爸已经到了。"妮娜说，礼貌地等老妇人先下车后，她拉住布莱斯特的手，扶着他上了月台。奥利紧随其后，一踏上坚实的地面，奥利整个身体明显放松了下来。里斯克和瑞恩毫不犹豫地跨过间隙，步伐一如既往地平稳迅速。

一分钟后，当他们来到卡车旁边时，妮娜才发现自己说错了。开车的不是父亲。

"你带朋友来啦！"祖母摇下车窗喊道。她扭过头拧钥匙熄火，然后下了车，仔细观察着一行人。"有五个孩子。没想到卡车会坐满，不过欢迎大家，上车挤挤吧。幸好你爸爸在家帮我整理文件。"

"我要坐后面的露天车厢！"瑞恩欢呼道，然后把行李扔进车厢里，爬了上去。

"我也是。"里斯克把钢丝绳递给妮娜，也跟着爬了上去。

"不行！"祖母训斥道，"太危险了。你们坐到后座去，系好安全带。我的天哪，坐得下吗？"

"我可以自己飞着去。"布莱斯特说。

妮娜的祖母不可置信地摇起了头。"飞？"

"他们不是人类，"妮娜说，"奶奶，他们来自映像世界，分别是两只郊狼、一条蛇和一只老鹰。原来一直以来，爸爸都在和狼人做生意！我就知道。我就知道！他们很棒吧？"妮娜高兴又兴奋地指着奥利说。她觉得自己现在就像一位马戏团领班,正在一场盛大的表演之前介绍演员。现在,所有人的目光都集中到了奥利身上,他尴尬地笑了笑,手指微微弯曲。

"真的?"祖母问,"这孩子是动物?"

"真的。我看过他变身。"

"我也会变身,"布莱斯特加入对话,"瞧我头上的翅膀。"他环顾四周,确认停车场四下无人后,把妮娜罩在他翅膀上的围巾扯了下来。祖母看到他脑袋上扇动的小翅膀时,脸上的笑容消失不见了。

"我的天……"祖母走上前,仔细看了看布莱斯特的翅膀和脑袋之间的连接处,"会不会很重啊?"她问道。

"不会。就是有时候挤得我耳朵难受。"

"还有我们的耳朵!"瑞恩喊道,解了半天也解不开围巾上的结,最后只能放弃,"我们什么都听得见。"

"真棒!"祖母说。她那眼窝深陷、满是笑纹的眼睛闪闪发光。"你们肯定很自豪吧?"然后,她看向妮娜,握住她的手,亲吻她的脸颊。"我从没想过能亲眼看见从映像世界来的人。"

"但你已经见过了。那两头狼,还有那个打零工的男人。"

"那都不算正式见面。我有好多问题想问!"

"那太好了,因为他们什么都知道!"

祖母放开手,转身爬上车,坐在方向盘后。"都上来吧,"她说道,"想坐哪儿就坐哪儿,但是要小心!"

姐妹俩坐在货厢里,奥利、钢丝绳和布莱斯特则在后座,妮娜坐在副驾驶位。祖母拧动车钥匙,引擎发出一阵轰鸣声。

火车站附近没有加油站，不过这辆老卡车油量充足，足够载一行人回家了。

"闲聊之前，你先跟他们说说你的情况。"妮娜说。

"啊，"祖母咂咂舌，道，"那说来可就话长了。"

"别担心，又不是看医生。他们会有不同的看法的。"

"我们也不太了解人类的身体情况，"奥利说，"基本上是一问三不知。"

听见这话，祖母毫不犹豫开始讲起自己的故事，从她充满活力的童年开始，一直讲到那次去得梅因火车上的濒死经历。"上哪儿去找比这儿还舒服的牢笼？"她说道，努了努鼻子，指向驾驶座车窗外的世界，"但牢笼终究还是牢笼，我就是想知道自己为什么被关起来了。"

"我们也不知道。"货厢里的里斯克喊道。

"我们狼群里没人得过这种病。"瑞恩解释道。

"妮娜倒是有些想法。对吧，宝贝？"

"对。一开始，我以为是这片土地有治愈人的功效，就像不老泉一样。如果是这样的话，我们只要用铲子挖一堆土，用卡车拉走，就能让祖母成功撤离了。"

奥利若有所思地咝咝说道："哈。不过这不合常理。一般来说，某个地点本身是没有魔力的。只有不同的人在不同的地点施展魔法。"

"快跟他讲讲你的最新理论，"祖母催促道，"之前你居然没跟他说过？"她的语气里略带嘲弄的意思，不过妮娜能够分辨出祖母的意思是她不该这么含蓄，而不是在说她的理论很可笑。"妮娜这些年一直在研究家族里流传的一个故事，"祖母解释道,"一开始是她的曾曾祖母讲述的。"

大家都竖起了耳朵等妮娜开口。布莱斯特甚至伸直了耳朵上的翅膀,以便听清她要讲的话。

"嘿,"里斯克说,"你竟然对我们有所保留?"

"我们都给你讲了几百个故事了。"瑞恩有些夸张地说。

妮娜笑着道歉。"抱歉,只是我还没找到确切的证据。只有一位已经去世的老太太讲的只言片语,还是我费了很大劲在不久前翻译出来的。"

"我觉得这已经是很充分的证据了。"奥利鼓励道。

"好吧。这个故事……暗示了我的曾曾祖母是一个地球女人和一位映像世界动物精灵的女儿。我知道这挺不可思议的,毕竟人类精灵在联结时代结束的时候就销声匿迹了……"

"也不是全部。"奥利打断道,他的声音轻柔,略带歉意,"毕竟梦魇还在这个世界上。"

"在法国。"里斯克说。

"没错,还有一小批人类精灵存活了下来……"

这次轮到妮娜打断她了。"等等,梦魇?"

"对,"瑞恩解释道,"他还自称国王。记得我们之前说的那个人吗?"

"不!会!吧!梦魇!他是人类精灵?那他会不会杀死自己的同类?"

"会,"奥利说,"而且他最喜欢这么做了。"

卡车的速度慢了下来,似乎连祖母的注意力也转移到了几人的对话上。随着速度的变化,奥利缩了缩身子,像是被卡车的颠簸弄得很不舒服。

"那人类精灵的后代呢？"妮娜说，"比如……我们家的人？当然这只是假设而已。"

"据我所知，他不会伤害凡人，但我觉得应该取决于这个人身上有多少塑造世界的力量。好消息是，隔了这么多代人，你应该是安全的。实际上，妮娜，我觉得你应该已经没有塑造世界的力量了，你祖母可能遗传了一小部分。"

令妮娜感到欣慰的是，梦魇不会追杀她的家人，相比之下，得知自己没有魔法的失望就微不足道了。但她毕竟还是有些失望，就像云彩下面那一点点灰暗的部分。

"那你们四个呢？现在真的安全吗？"她问道。自从他们在巴士上聊了猎人的话题以后，这八成是她第一百次问这个问题了。

"安全！"瑞恩保证道。

"拉钩保证！"布莱斯特附和道，他不耐烦地用手抠着已经破烂的坐垫。他是在"老朋友戴夫"的视频里学到"拉钩保证"这句话的，也许是因为他有翅膀，所以格外相信用小拇指拉钩就能让人一诺千金。"我想听你的故事了，妮娜！一直以来，都是我们在讲我们的故事！"

"讲给他们听吧。"祖母的声音不似之前那般轻佻了。

妮娜还没开口，就听到了一阵惊讶的嗡嗡声。

"这个地方，"奥利瞪大了藏在眼镜后面的双眼，"感觉好熟悉。"

他指着那座旧加油站，油箱早已经空了，杂草丛生的地面上仍有油渍。他又指着以前的农场房子上被报纸覆盖的窗户。最后，他又指向一排叶片形状像海鸥翅膀的风车。

"我们是在这儿降落的！"里斯克激动地喊道，"我闻得出来！嘿，就是地球上的这个地方，对映像世界有很强的引力。"

"真是好消息！"瑞恩补充道，"在这种地方施展塑造世界的技能代价就小多了。"

"看来我们绕了个圈啊。"布莱斯特惊叹道，似乎这是什么意义深远的事。

"家乡……那就说得通了。"妮娜说道，"指南针在这里不起作用。这里就是故事开始的地方……"

在这里，两个世界相互连接，就像罗茜塔水井里源源不断的水一样，魔法从这里涌进了地球。

第二十九章
水腹蛇回忆美好时光

　　我在一个房间里待了好几个钟头，这里是"客房"，只是里面并没有多少可容纳客人的空间。窗户上打横钉着木板，阳光不能从窗户木板之间的细长缝隙射进来。我周围有很多防水容器，里面装满了各式物品，多到我根本无法在一个故事里恰当地描述出来。我从没见过这么多地球用品。有纸张和工具，还有机器制造的机器。这种物质上的充足虽然毫无必要，却叫人难以抗拒，有那么一会儿，我甚至有些开心。我一边收拾行李，一边在手里把玩着每件物品，按下不同的按钮。要是有简介，我也会看看。比如足浴盆的使用说明，列明肉类、炸土豆和蛋糕等盛宴的菜单。接着，我看到了一个木制娃娃，它的脸上带着微笑，肚子上有一条缝。我一扭，它变成了两半，露出了另一个藏在它中空身体里的较小的娃娃。我本能地转向右边寻找艾米,渴望分享洋娃娃里套着洋娃娃的发现。在湖边那会儿,他就趴在我晒太阳的那块岩石的右边,坐在一块比卵石大不了多少的平坦石头上,整个身体位于青草的阴影里。

但他不在,这清清楚楚地提醒我,在祖母杂乱的客房之外,还有一个世界。我不再流连于那些迷人的物件,而是认真地收拾。里斯克和瑞恩正在帮助妮娜将重要的物品放在防水容器中,以防客厅和壁橱被洪水淹没。布莱斯特在和祖母唠唠叨叨,同时帮着做飓风来临前的各种杂活。妮娜的父亲独自一人在外面忙着。每隔一段时间,他就朝屋里瞥一眼,摇着头,重复一句"真见鬼"。他第一次这么说的时候,我不得不向朋友们保证,不要看这句话的字面意思,他这么说只是为了表达心里的怀疑和好奇。我在地球的时光,以及许多文字指示和不同寻常的短语,都实实在在地凸显了我高超的沟通技巧。

即使过了好几个钟头,我在客房的工作也只完成了一部分,但我设法找到了之前藏在一堆书下面的床垫。抄写员真该找个时间来祖母家串串门,这里不光比书店近,还有足够的材料,抄上几个月都不在话下。我对自己的成就感到满意,便蜷在满是灰尘的床垫上,用圆点毯子把自己裹起来,睡着了。夜晚就这样过去了,我没有做梦。

我的脸上突然感觉很痒,像是昆虫轻轻落在了我的脸上。我把它拂开。

"奥利!"

"奥利,嘿!你睡过头了!"

"哎呀?"哪里是昆虫,原来是里斯克和瑞恩,她们探身面向我,松散的鬃毛尖蹭得我的脸直痒痒。

"太阳都起床三个钟头了。"里斯克玩笑地说道,"你决定接受夜行生活方式了吗?"

我揉了揉眼睛,又拍拍床垫,摸到了我的眼镜。瑞恩帮了我个忙,拨动嵌在墙上的一个开关,黄色的灯光立即照亮了房间。每个房间的天花板上都装着这样的灯,有的用玻璃碗罩着,也有些白炽灯直接裸露在外。"我睡得太晚了,"我猜测道,"用木板封住的窗户扰乱了我的生物钟。"

"少找借口了。"里斯克偷笑道,"猜猜你睡觉时发生了什么。"

我摇了摇头,扭动着身子离开床垫,站了起来。我的衣服皱巴巴的,假发打了卷,一簇簇地直立着。

"我们出名了。"瑞恩说。

"什么意思?"

从屋子的深处,四个声音齐声欢呼道:"一百万!"

里斯克和瑞恩抓住我的手,带我飞奔着穿过走廊。妮娜、她的父亲和祖母围坐在餐桌边,他们的脸在笔记本电脑屏幕的光线下闪闪发光。布莱斯特踮着脚尖跳来跳去,兴奋地哇哇叫着。我能听到电脑扬声器里传来"老朋友戴夫"那充满活力的声音。单听他说的话,我就知道他是在解说我们的视频。

"你们知道我为什么怀疑那只熊是从巡回马戏团里逃出来的吗?"他问,"现在我相信那些女孩子也一样,她们肯定是马戏团的杂技艺人。帕特里克,你确定这个视频是真的吗?"

一个较为柔和的声音插了进来:"审核过了,戴夫。没有伪造的痕迹。"

"如果是这样的话,那就查查新闻,看看有没有关于四名失踪儿童的报道。就算熊没抓住她们,她们也过不了隧道。里面都是食人鬼,对吧?我想到了另一个类似的无人隧道。"

"他真的以为我们死了吗,还是说他只是在开玩笑?"

"开玩笑而已。"妮娜说着眨眨眼,"他从不发布虐杀影片。"

"他不会为了浏览量这么做吗?"她父亲问。自从开始播放视频,他的眉头始终紧紧皱着,由此可见,他不怎么喜欢"老朋友戴夫"。

"当然不会了,爸爸。这不符合'故事汇'的规矩。他不会冒险的,降到黄金级别就惨了。"

"我对这个人一无所知。"

"你知道一点就行了:他可以让我们变得富有。"妮娜用食指指着我,"其中一半会用来帮助蟾蜍。"

"这么说,我们成功了?"我重重地坐到唯一的一把空椅子上,这是一把木椅子,椅背很高,椅子腿咯吱作响。厨台上放着一堆热腾腾、香味浓郁的鸡蛋和土豆,妮娜的祖母站在那里,正从橱柜里取盘子。厨房里的东西还没打包:锅碗瓢盆都不怕洪水。冰箱上原本挂着一幅拼贴画,上面画着房子和动物,还歪歪扭扭地写着"爱你,奶奶"几个字,现在什么也没有了,画纸都被塞进了塑料袋。

"没错。"妮娜说,"第一步很不错。"

我微微一笑。

就像在客房里的时刻,很短暂,但一切都很好。

然而,时间一直在流逝。

吃完早饭,随着时间的流逝,天空中乌云密布,箱盒里塞满了奇奇怪怪的东西,电视上的女气象播报员下去后,换上了一位男气象播报员。我们完成了一项又一项工作，直到最后，里斯克、瑞恩和布莱斯特再也没活儿可干，妮娜和她的父亲也把保护祖母需要做的事都做完了，而我此时才意识到自己的乐观情绪就像一棵生长在河边的树。

具体来说，那是一棵开了花的沙柳。

它生长在母亲的小屋和水坝镇之间的河边。沙柳的枝头总是开着淡粉色的花朵。无论什么季节，它始终在盛开。每每我和兄弟姐妹乘坐内河船经过它身边，我们都把身体贴在栏杆上尽量向外探，朝它大喊"你好！"。沙柳会回应我们，它的树叶沙沙作响，松松的花瓣随风飘散，旋转着飘落到水中。我一直想好好介绍一下自己，但水流太快了。我们只有片刻的时间欣赏它的美丽。然后，它变成了地平线上一团模糊的颜色，跟着便消失不见了。

随着搭扣咔嗒一声响，我在客房里把最后一个箱子封好了。窗板的缝隙里透出昏暗的光线，夕阳穿透了乌云。我站起来，最后环视了一眼房间。这么一动，搅得尘埃来回飘荡。前一天晚上，所有讨人喜欢的杂物都被装进了堆得像墙一样的不透明塑料箱子里。有的箱子整齐地堆在墙边，还有的堆在被完全清理干净的床垫周围。够好了。我光着脚走到客厅，木地板在我脚下咯吱咯吱地响着，里斯克和瑞恩正在客厅与祖母和妮娜下棋。布莱斯特靠窗站着，从两块木板之间往外看。我想知道他在外面看到了什么、在寻找什么。

"都完成了。"我跪在桌边说。

"谢谢你，宝贝。"祖母说，"你帮了很大的忙。"

小几上有一个木碗，里面盛满了用银箔纸包裹的巧克力。

我拿了一块,小心翼翼地打开闪闪发光的包装纸,把整个糖果塞进嘴里。巧克力融化,浓郁丰富的可可味传遍了我的舌头。在水坝镇,他们卖的巧克力口感醇厚,还加了香料,并不太甜。两种口味我都喜欢。

就在我伸手去拿第二颗糖的时候,祖母把一个圆点纸袋推过桌子。纸袋的一面粘着一团看起来很喜庆、很有弹性的蓝色长条。

"是礼物哟。"妮娜解释道,"你们每个人都有份。"这时,我才注意到双胞胎之间放着毛绒小狗玩具。布莱斯特的脖子上戴着一条新的白色围巾,上面有蓝知更鸟的图案。我发现我的礼物袋底部盘绕着一条橡胶蛇,这样一来,东西是什么就显而易见了。橡胶蛇是松针的颜色,我抓住它的尾巴,把它从袋子里拿出来,它不停地摆动。"和真的一样!谢谢!"

"我本来想送你一条玩具水腹蛇的,"祖母解释道,"可惜我的礼物储备里没有。"

"没关系。这个小家伙简直就和曾经向我招手的树蛇一模一样。"我把橡胶蛇绕在脖子上,模仿布莱斯特戴围巾的样子。假蛇顺势卷成了一个松散的环。

祖母的身体离开棋盘,往后靠了靠。棋盘是一块四方形的硬纸板,上面布满了鲜艳的长方形棋格、玻璃卵石和数字。"趁现在你们都在,我有话说:要是明天的疏散不顺利,我希望你们先走,不要管我。"

三个声音同时回应。

妮娜:"不!"

里斯克:"嗯?为什么?"

瑞恩："你说真的？"

祖母回答了声音最大的那个人的问题。"是的，真的。风可能把我的房子吹倒。避风棚可能会被水淹。太危险了。"

"有我们在就不会。"我说，"就算我被压在屋顶下面，我也会用塑造世界的全部力量来抵御雨水。我保证，用不了几分钟，我就会被安全传送回家。你的风险才是最大的。"

"我是个成年人，可以选择让自己置于危险之中。"

"我们也是。"里斯克争辩道。

"确实如此，奶奶。我和姐姐都长大了！你以为我们的族群会让两个小宝宝到地球来吗？"

"也许会很危险，可那又怎样？"妮娜站在那里嚷嚷道，"你是我的家人，奶奶。爸爸，你怎么不吭声？告诉她呀。我们不会抛弃家人。"

妮娜的父亲一直在厨房入口听着，这会儿，他迈开大步，两步就进了房间。他把手伸进装糖果的碗里，一把就把碗抓空了。然而，犹豫片刻后，他若有所思地放回去两块。剩下的都被他直接揣进了防风夹克口袋。

"等等，你那件好夹克呢？"妮娜问，"你身上这件也太土了，像是21世纪初的式样。"

"我在壁橱后面找到的。"他笑着说，"所以很可能确实是那个时候的衣服。她保存下来的东西实在是太不可思议了。妈妈，听着……"

"什么？"妮娜问。

他把一块巧克力咬成两半，吞了半块。"我们都忘记了我们这个世界的现实。"

他跪在我身边，一只手搭在我的肩膀上按了按。"说到生存，奥利可以活着见到山脉崩塌，然后在大陆碰撞时重新形成。他可以活到地球上最后一只水腹蛇死去，或者变成新的东西。我认为蛇称霸世界的时间会比人类长得多，你说呢？"

"不知道，不过能看着大山形成倒也不错。"我说。

"这是当然。"他站了起来，走到布莱斯特身边，"鸟类呢？它们是恐龙的后代，是天空的主宰。妈妈，你知道飓风最危险的地方是什么吗？是风。你怕风吗，布莱斯特？"

"从来不怕。"他说，仍然目不转睛地盯着窗外，"你是妮娜的……父亲？"

"我们说话的时候更喜欢用'爸爸'这个词。"他纠正道。

"那我们呢？"瑞恩问，"你能让她相信我们是英雄吗？"

"这个……"

妮娜犹豫了一会儿，想了想说："最伟大的传奇故事有一半都始于土狼人的冒险精神。比如什么怪物猎人、冒险家。如果让我选两个人来对抗自然的力量，我每次都会选你们。"

"这就对了！我们会尽最大努力……"里斯克把目光从妮娜转到祖母身上，"保护你的家人。"

祖母额头上垂直的皱纹随着思考而加深了。"那好吧。"她终于说道。然后，她带着近乎痛苦的严厉语气说："我再去拿点儿糖果。有人一下子全拿走了。"

妮娜的父亲耸耸肩，咧开嘴笑了。"机械工作消耗卡路里。说到这个，我还是回棚子里吧。老船快修好了。你会划船吧，奥利？"

"会。"

"太棒了。"他点了点头,大步走出前门,亮黄色的夹克像斗篷一样飘动着。祖母摇了摇头,慢吞吞地走向厨房,妮娜紧随其后。很快,我就听到了她们在柜子里翻找的声音。

"布莱斯特,你一直看什么呢?"里斯克问。

"你自己来看看吧。"他说着走到一边。收到邀请后,我和双胞胎也来到了窗边。草坪对面,敞开的车库里泛着光,形成了一片长方形的黄光。墙上挂着工具,一辆车停在一台燃气发电机旁边。妮娜的父亲穿着他常穿的牛仔夹克,正把一个红色罐子里的东西倒进发电机。

"他一直都在那里吗?"我低声说。

"是的。我已经分不清谁是谁了。"

我品了品空气里的味道,有股淡淡的嘲鸫的气味。"所以夹克才不一样。"

"要告诉人类吗?"瑞恩问。

"算了吧。"里斯克轻声说,"那只会让事情变得复杂。再说了,她说服了奶奶让我们留下来。"

"不知道她是想帮我们,还是想害死我们。"瑞恩道。

在我看来,这是一个非常好的问题。

第三十章
妮娜，飓风登陆前不久(1)

星期五早上 6:01 分（母亲）
　　有什么消息吗？
星期五早上 6:02 分（妮娜）
　　爸爸正把东西装上卡车。差不多要出发了。
星期五早上 6:03 分（母亲）
　　小心开车。你很清楚下雨时人会变成什么样子。
星期五早上 6:04 分（妮娜）
　　我们会慢慢开。时速只有 30~40 英里。
星期五早上 6:05 分（母亲）
　　低于限速开车也很危险。
星期五早上 6:06 分（妮娜）
　　没有选择。奶奶需要时间适应。爸爸说他会打开应急闪光信号灯。

星期五早上 6:07 分（母亲）

　　她现在的心率是多少？

星期五早上 6:08 分（妮娜）

　　每分钟 74。

星期五早上 6:09 分（母亲）

　　如果心跳加快就靠边停车，通过她手腕或脖子上的脉搏再次检查。靠手摸不是 100% 准确。别给她看指南针。可能会引起焦虑。

星期五早上 6:10 分（妮娜）

　　好的。

星期五早上 6:11 分（母亲）

　　这周真是受够了。又是动物精灵，又是飓风！！！

星期五早上 6:12 分（妮娜）

　　是的。你错过了。

星期五早上 6:13 分（母亲）

　　确实。

星期五早上 6:14 分（妮娜）

　　该出发了！！过会儿再给你发信息！

星期五早上 6:14 分（母亲）

　　爱你。

星期五早上 6:15 分（妮娜）

　　也爱你。

星期五早上 6:16 分（妮娜）

　　对了，为什么这么晚还没睡？去睡觉吧，妈妈！！

星期五早上 6:17 分（母亲）
很有趣。:）不睡。

杰里米 2 号飓风的外围风带还没有到达得克萨斯州，但天上的云层移动得很快，下起了阵阵细雨，预示着暴风雨即将来临。妮娜把手机塞进帽衫的口袋，小跑着穿过嘎吱作响的砾石车道。一晚上没睡着，她筋疲力尽地打了个哈欠，钻进卡车驾驶室的后面。里斯克和瑞恩坐在她的旁边，变成了他们本来的样子，很像小狗。布莱斯特竖起羽毛，落在里斯克的头上，奥利在妮娜的脚边爬来爬去，一半的身体掩映在阴影中。

坐在前排乘客座的祖母看了一眼脉搏血氧仪，报告说："78。平均水平。"这个仪器的形状就像一个短粗的晾衣夹，夹着她的食指指尖，可以测量她的心跳（以及其他一切指标）。得梅因事件发生后，她从一家医疗补给站购买了这台设备。

"会一直保持低位。"妮娜的父亲评论道，仿佛他能预测未来，仿佛死亡像红色旋涡状的飓风一样可以在地图上绘制出来。但在某种程度上，他们都不得不盼着祖母的病其实并没有那么严重。否则，这次撤离又有什么意义呢？即使妮娜，她虽然一直捍卫罗茜塔的故事，认为这是他们家族所有秘密的关键，却也不是百分之百相信祖母的健康取决于"映像世界"的力量。正是出于这个原因，她才准备了工具来测试自己的假设。

祖母叹了口气说："上次可没那么低。不过还是走着瞧吧。"

妮娜把一个从一元店买来的指南针放在膝盖上。红色的指针在东和西两个方向之间来回晃动，随着异域磁场的节奏舞动着。假如祖母的生命是靠塑造世界的力量维持的，那么磁场干扰的强度和她日渐衰退的健康状况之间应该存在着关联。

卡车转向，驶上了铺面道路，妮娜把钢丝绳从便携箱里拉了出来，放在自己的腿上。显然它的自我保护意识天生就有缺陷，居然拍打起了里斯克的腿，想要和他玩。"面对别的土狼时，可千万不要这么做。"妮娜警告猫咪，把它塞回了便携箱，"还记得我们找到你时的情形吗？"

当时，钢丝绳血流不止，胃还被牙齿咬穿了。

"你知道吗，奶奶……最近，我一直在琢磨你到底是不是用魔法治好了它。"

祖母咯咯笑了。"希望是吧。假如我会治伤，那我会帮助的肯定不止一只猫。还记得你手腕骨折的时候吗，儿子？"

"很不幸，我还记得。"他说，"那年我12岁，第一次玩滑板。偏偏就是这么倒霉，对吧？"

"妮娜，我无数次希望能治好他的骨折，但他还是过了几个星期才好起来。"

"也许在无意的状态下才能起效，在潜意识里。"妮娜向前探身，把空着的手伸过前排座位之间的缝隙。她依然咬指甲，指甲被咬得很短，周围的皮肤都咬坏了，有很多参差的倒刺。"离开这个街区之前，把我的一根手指弄好。"

"你的指甲，妮娜！"

"我知道，我知道。这是个坏习惯。"

"我尽力吧。"妮娜感觉到祖母温暖的手握住了自己的手。接下来的一分钟，他们经过了保罗的露营车。他的窗户没锁好，好像他不知道如何应对严重的飓风。也许他是从内陆搬到这里的。但愿他有足够的知识，知道如何撤离。他可能是个讨厌鬼，但妮娜不想让他受苦。

"不要紧。"祖母说着，放开了妮娜的手。

"不要紧？"她在暗淡灰蒙的光线中查看着自己的手指。果然，所有的小伤口都没有愈合。"是的。不要紧。"

他们默默地开了一会儿车，驶过铁丝网后面的一座小山。

"那儿有只蟋蟀……"

妮娜一直在检查手上的倒刺，此时抬起头来。"蟋蟀，奶奶？"她看不见祖母的脸，祖母的嘴和眼睛周围纵横交错的皱纹富含感情，传达着她的每一种情绪。

"那时候我还是个小姑娘，光着脚在外面玩，在草地上跑来跑去。有个小东西在我的脚趾下皱成一团。原来我踩到了一只蟋蟀，那只虫子肥嘟嘟的，很脆弱，又长又弯的腿绝望地抽搐着。那时我年纪太小，还从没见过什么东西死去。但我知道，我就是知道。

"已经有蚂蚁聚过来了，我赶紧把蟋蟀捡起来，把它的身体放在我的手掌里。接下来的部分我记得非常清楚：它又抽搐了一下，整个身体都在剧烈地动着，然后它一跳，就逃走了。"

布莱斯特的羽毛都竖了起来，他好奇地轻叫了一声。

"也许你真有超能力，"妮娜父亲说，"但是……"

沉默持续了一段时间。

"但是什么？"妮娜追问道。

"但这种超能力只能拯救濒死的人和动物。"

在随之而来的令人不安的沉默中，指南针的指针继续跳动。然而，每走一英里，它移动的速度和幅度就会减小一点儿。

二十五英里后，祖母说："每分钟81次。"

又过了十英里。"85。"

妮娜以每分钟89次的频率，查看手机时间，她注意到"故事汇"应用程序上方有一个通知符号，那是一个红色感叹号，表示她收到了一条消息。

这条消息来自"老朋友戴夫"。

"哇。距离视频上传已经过去二十四小时了。"

父亲斜睨了一眼，注意力从马路转移到妮娜身上，然后又回到了马路上。"太好了。"

"意思是我很快就能拿到报酬了。据我所知，视频的点击量超过了7000万。"

"你不是认真的吧。怎么可能一天之内全国近四分之一的人口都看过？"

"我猜是全球的观众。'故事汇'在全世界有很多粉丝，是宇宙级的。"她打开页面，滚动查看完整的信息。

收件人用户名：妮娜的故事

收到时间：上午8:00

阅读时间：上午9:08

主题：《在闹鬼隧道遇到灰熊袭击》的收益

嘿，妮娜的故事！你猜怎么着？你的视频《在闹鬼隧道遇到灰熊袭击》赚钱了！

老朋友戴夫已将58.31美元存入了你在"故事汇"的账户。拿去买点儿好东西吧。

戴夫团队

"什么。"妮娜又读了一遍留言，确信自己不是理解错了。只有 58 块钱？仅凭 58 块钱，是没法重建蟾蜍保护区的！仅凭 58 块钱，都买不起一双新鞋！"也许弄错了。"

"怎么了？"

"没什么。不可能呀。"她重新查看了《在闹鬼隧道遇到灰熊袭击》的浏览次数，该视频观看次数从凌晨开始飙升，现在已超过 8000 万次。这个视频火了，哪怕对"老朋友戴夫"来说也是如此，毕竟他的每个故事平均只有 1900 万的阅读量。她可能提供了他有史以来最受欢迎的评论视频，而以宇宙级别故事讲述者的报酬，应该至少能有 50 万美元。

"他们弄错了。"她说，"58 美元零 31 美分？我应该拿到 25 万！"

郊狼姐妹歪着头听着。布莱斯特不再整理翅膀，直起身子，盯着手机屏幕。

"钱不好赚……"妮娜的父亲说。

"不是的。很好赚。对他来说很好赚。一定是搞错了。我签过合同的。"

妮娜按了一下回复键，凝神快速发送出一条信息。

收件人用户名：戴夫团队
主题：关于《在闹鬼隧道遇到灰熊袭击》收益的问题
　　亲爱的戴夫团队：
　　谢谢你们推荐我的视频！真不敢相信它这么受欢迎。已经有八千万的浏览量了！！！我有个关于利润的小问题。想必视频赚的钱不止58块吧？其余的稍后转给我吗？

请回复我的问题！

妮娜

"90。"奶奶说，"我觉得……状态不如平常好。"

外面，银色的云似乎浸在了上下颠倒的波浪中，云层底部在牧场上方翻腾着。妮娜放下手机，抱歉地碰了碰祖母的肩膀。"对不起，奶奶，我不应该提高嗓门儿。我就是太紧张了。"

"没什么，和你无关。三十英里以后一直是这样。"

指南针只是在轻微地晃动着。事实上，妮娜也说不清这是因为卡车在动，还是因为联结世界仍对他们现在所处的地方有些许影响。

"快到休息站了，到了就靠边停车。"妮娜的父亲说，"心跳应该会加快。我们可以休息一下。也许会有帮助。"

果然，从写着"安全休息区"的牌子，他们从此处下了出口匝道。紧靠高速公路的是一个长长的停车场，地上铺着草坪，种着树，还有一座砖砌建筑，里面有卫生间、自动售货机和一架子旅游宣传册。停车场空荡荡的，只有两辆摩托车。时间一分一秒地过去，祖母的心率没有加快，但也没有减慢。"再等十分钟吧。"她建议道，"我会好好生活。这是通往魔法的正确方向吗？"

布莱斯特抬起一只爪子，像是在竖起大拇指。

妮娜很无助，她既不能加快时间的流逝，也无法影响等待的结果。她只好刷新信息。报酬的事一定是弄错了。

这时，她的收件箱里出现了几个粗体字："新消息"。她的问题有回复了。

收件人用户名：妮娜的故事
主题：《在闹鬼隧道遇到灰熊袭击》收益问题的回复

请参阅你在向戴夫团队提交材料时签署的条款3b-9部分。如3b-9所述，就我们的交易而言，贵方有权获得的利润并非为总利润的一半，而是"新增订户产生的利润"的一半，也就是"在你的内容发布24小时内订阅了'老朋友戴夫'的账户"。简单地说，尽管《在闹鬼隧道遇到灰熊袭击》上线24小时内浏览量达到了79400312次，但超过99%的浏览量均来自未订阅账户或已经订阅了"老朋友戴夫"故事的账户。因此，戴夫团队有权获得这些浏览量的全部经济利益。

若有进一步的问题，可与我们的法律代表联系。

附言：给你一个建议，一定要阅读附属细则，别忘了你的保密协议。

戴夫团队

就是这样。妮娜的一夜暴富计划失败了。她其实一直在试图降低期望，期待却一直在悄然升高。

她放下了手机。

一个人承诺分享"一半利润",然后在一份 30 页的法律文件的第 24 页上重新定义了"利润"这个词的含义,这似乎太不公平了。58 块钱?是真的吗?她本可以要价 1000 美元,把视频卖给标题党媒体。这些钱仍然不够重建蟾蜍保护区,但她会觉得至少有个补偿,毕竟表演了一上午,又用了一下午的时间剪辑,还紧张不已,迟迟不能做出决定。

她的手指悬在回复按钮上。也许只要解释一下她的情况,"老朋友戴夫"就会重新考虑,多给她一些钱。就这一次,为了拯救一个物种,他也许愿意分享故事的全部利润。而且是在她的帮助下才大获成功的故事。毕竟,在他总是讨人喜欢的公众个性背后,他是一个人。一个男人。要是她能与他开诚布公地谈谈就好了……

就在这时,回复按钮从黄色变成了灰色,这表明戴夫团队拉黑了她的账号。她没有机会为艾米求情了。

她要怎么向艾米的朋友公布这个消息呢?这会儿,他们都用困惑而关切的小眼睛注视着她。

"我……要去上厕所。"妮娜说。

"是吗?这里和其他地方一样好。"她父亲拿出一张皱巴巴的五美元钞票,"在自动售货机上看到什么想要的就买吧。给郊狼们弄点儿牛肉干,好吗?我要是急着走,就按喇叭。"

妮娜笑了,但她一推开洗手间的旋转门,就打开水龙头,打湿毛衣袖子的一角,擦去了脸颊上刚流下的眼泪。她转身背对着卡车的那一刻,眼泪就止不住地往下流。她用一张方形厕纸擤了擤鼻涕,把它揉成一团,盯着镜子里的自己。为什么她一哭眼睛就这么肿?她可以说雨下大了,脸上的泪痕是雨水,但红眼圈却很难解释清楚。

门吱的一声开了,一个上了年纪的女人灵巧地走进了散发着消毒剂气味的厕所。"啊。"她呆呆地看着妮娜说,"对不起,你很伤心吗?"

"是过敏了。"她轻声回答。那个女人看起来似曾相识。"嘿,你是不是之前坐过火车?我们在同一站下的车。"

"是的,我这周坐过火车。"女人的眼神变得轻柔起来,"我觉得你看起来很面熟。但是……你也像我女儿,像她年轻的时候。"她举起一只因患关节炎而弯曲的手,轻轻地碰了碰妮娜的胳膊,"请告诉我你为什么哭。"

"只是……"妮娜摇了摇头。"这很难解释。很多事情。我犯了一个错误。"

"什么意思?"那个女人担心得皱紧眉头,"发生什么事了?"

"没什么重要的。对不起,打扰了。"妮娜走向一个厕位。她尊敬长辈,但是谈心也要分时间和地点,而暴风雨中的休息站卫生间并不适合。

"等等。"老妇发出一声叹息,沮丧地呼出一口气,"是我。"

妮娜停下脚步,盯着她看。"什么?"

"还记得我伪装成一只熊,打破了你家的窗户吗?"

"记得吗?你这么问是认真的?嘲鸫,你跟踪我们?"她在前两天的记忆中翻来倒去,寻找变形人潜伏在周围的蛛丝马迹。除了火车上的经历,妮娜什么都没想起来,不由得纳闷嘲鸫是不是变成了真正的飞鸟。毕竟飞鸟只是得克萨斯州生活背景的一部分而已,很容易被忽略。

"我还能怎么办呢?"她不耐烦地摆摆手,"你掉眼泪了。

是为了你奶奶吗?"

"是,也不是。她在……竭力坚持。但这也是意料之中的事。我们可能需要掉头回去。"

"什么?"她伸出一根瘦骨嶙峋的手指,戳向妮娜,"有人威胁过你吗?"

"没有。"她双臂抱胸,"你管这个干吗?"

"我用很多方式告诉过你们我想帮忙。"嘲鸫凄凉地盯着卫生间镜子里自己那张干瘪的脸,"这就是变形人的问题所在。人们总认为你在伪装。我最好的朋友们根本不信任我,对吧?"

"并不是。但我怀疑你,与其说因为你是变形人,倒不如说因为你总在作弄他们。"

嘲鸫窃笑起来。"那倒是。"

"我只是提个建议……如果你想与人为善,就别再玩心理战了。"

"如果我不想与人为善呢,妮娜?"嘲鸫戳了戳自己的脸颊,对着镜子眨了眨眼睛,"帮助他们,我是做了一件好事,却很可能是出于一个非常自私的原因。你有这样想过吗?"

"是这样吗?"

"嗯。"她放下双手,别过身,"你怎么看?"

"不管怎样,我都相信你可能是真的关心。恶作剧有很多方法,可在两个世界来回穿梭,实在是太危险了。不过这并不重要。反正这件事你也帮不上忙。'老朋友戴夫'诱使我签了一份糟糕的合同。长话短说吧,我们的视频赚来的钱都流进了他的口袋里。这……没什么大不了的。我是个失败者。谁叫我没留意附属细则呢。"

嘲鸫居然咧嘴一笑。她的牙齿又小又白，像孩子的牙齿，似乎不该出现在一个 90 岁的老妇身上。接着，她的身体出现了变化，开始不断地伸展，五官也在变，如同有一只无形的雕塑家的手在捏造。妮娜看着这个矮小的老妇人变成了一个留着淡黄色头发、高六英尺、有酒窝和结实下巴的男人。是戴夫。他穿着紧身裤站在那里，衬衫的扣子紧扣在他肌肉发达的胸部上。

"哇。"妮娜说。这是她想到的第一个也是唯一一个词。

"把你的眉头松开。"假戴夫眨眨眼睛，鼓励道，"故事还没有结束呢。"

"你不会伤害他的，对吧？请不要那么做！"

"你说暴力？不可能。那不符合'故事汇'的规矩。"

"不管你在计划什么，都保持冷静！我知道你非常擅长……"妮娜指了指嘲鸫现在的样子，"但说真的，你又不知道他住在哪里，要从哪里开始呢？"

"这就是住在大房子里的好处，孩子。想不引人注目都难。"

"我实在不放心，嘲鸫。"

假戴夫转过身，踢开门，走进灰色的日光中。"谁是嘲鸫？我是'老朋友戴夫'。打扰一下。我在自动贩卖机前调头往回走了。迷你高尔夫球场在哪里？这里是厕所，我总不能把高尔夫球打进马桶里吧。太容易了。"

门咔嚓一声关上了。

"那好吧。"妮娜说。

她得向所有人解释这一切，这可能会带来更多的问题，而不是答案，因为嘲鸫拥有看似无法控制的混乱能量。但至少妮娜不再为戴夫的事感到难过了。担心吗?是的。困惑吗?有一点。但这两者都好过之前的无助。

这倒是不错,因为她有更紧迫的危险需要担心。

在卡车上,祖母的心脏开始不规则地跳动,先是跳得很快,然后又慢了下来。"我生大病之前就是这样。"她解释道,"不知道我还能活多久。"妮娜钻进座位,看了看指南针。指针很稳定。"得到证实了。"她说,"联结世界已经没有影响力了。"

"坚持住,妈妈。"妮娜的父亲尖叫着开出了停车场,"我们回家。"

他开得很快,车外的风景模模糊糊,一闪而过。不久,祖母的心跳恢复了正常,呼吸也平缓了下来。"我真的能感觉到,"她说,"是的,真的可以。"

妮娜从跳动的指南针上抬起头来。"你说什么,奶奶?"

祖母的回答很轻,却带着虔诚,几乎无法盖过迎面吹到车上的阵阵寒风。"家才是我的归属。"

第三十一章
水腹蛇、鹰和郊狼姐妹对抗狂风

那天停电后，我们围坐在一起，喝着草莓味的豆奶，听着发出颤音的收音机。透过前门纱门射进来微弱的光线，妮娜和她的父亲正在和她的母亲进行视频通话。窗户上的胶合板挡住了其他自然光，只有一支三芯的粗蜡烛照亮了我们的脸。我以前见过蜡烛，我甚至用蜂蜡做过蜡烛，但地球的蜡烛有些特别。它散发着松树的味道，但我没有尝到树木的味道，也没有尝到掉落的松针或带刺的松果的味道。感觉就像是幽灵森林在这栋昏暗的房子里。

"收音机里说，第一个飓风带很快就要来了。"祖母说，"到时候房子会被吹得哐啷哐啷响，就像下了一场猛烈的雷暴雨。我什么都经历过。飓风比预期来得要早,但没关系。我宁愿白天下暴雨,也不愿晚上下。"

"每年都有飓风吗?"我问。

"是的。"她点点头,"不过我并不总是会碰上。而且通常很快就过去了。问题是……"祖母向后靠在沙发上,整个人缩在毛毯里,像一个茧。她很冷。我因此更喜欢她了。我明白微风一吹就发抖的感觉。"问题是,"她继续说,"飓风的威力越来越强了。这是气温升高的结果。在我的一生中,海洋的温度不断升高,飓风因此更加活跃,我也觉得自己老得难以忍受。这是真心话。如果在生日蛋糕上插七十多根蜡烛,那可真是糟糕透顶。我年纪太大了。但这种温度变化通常要经过几代人的时间。凡人之躯活不了这么久。"

我想起了一棵古老的榆树,那棵树有些困惑,总是哭喊着要回家,想到这段记忆,我不由得一激灵,而这与气温无关。

"我曾经遇到过一只一千岁的乌鸦。"布莱斯特说,"假如我们在蛋糕上插蜡烛庆生,那可真需要一个超级大的蛋糕才行。"

"那也不是坏事。"里斯克承认。

"映像世界里的气候怎么样?"祖母问,"和我们这里像吗?"

我很清楚她想问什么。地球最近的转变众所周知。海平面上升,平均温度升高,生态遭到破坏,某些物种的数量暴增(比如蚊子,我自己就很喜欢吃蚊子。但我也承认它们有恐怖的一面,比如传播疾病,被它们咬一口会又痒又肿),其他物种灭绝。但在艾米生病之前,这些事从来都和个体无关,对我没有丝毫影响。

对祖母的问题，回答是……

"不。"我说，"没有直接的影响。我想这是因为我们的大气不同。"

"问题在于，"布莱斯特补充道，"地球和映像世界是由生者连接起来的。"他低头看着火焰，我被布莱斯特在金色光芒下帅气的样子打动了。火有办法使它照亮的一切看起来都像在跳舞。我的朋友一如既往地细心，他留意到我在看他，便问："怎么了？"

"我只是在想，这就是我们起初来到这里的原因。"我说，"是艾米的联系。"

"艾米就是你们来这里要救的那个朋友吗？"祖母问。她向前倾身，把绘本拉到膝上，轻敲着"达拉斯蟾蜍"的图片，那只蟾蜍身上长着斑点，有一双炯炯有神的金色眼睛。"我发誓……我以前见过。那时候罗茜塔还住在这里。肯定在那口井附近。"

"一点儿也不奇怪，因为我们的家就像映像世界版的得克萨斯州。"我表示赞同，还怀着强烈的希望，"你最近见过艾米那样的蟾蜍吗？或者见过不止一只？"

她摇了摇头。"没见过，但这片土地是许多小动物的家园，有很多都藏起来了。它们陪伴着我，让我觉得不那么孤单，毕竟……"她的声音有些嘶哑，听来有气无力。在停顿的时候，她瞥了一眼那堆装满玩具的盒子，里面有泰迪熊、娃娃、塑料汽车和霓虹色的弹力球。"其他人都不在了。"说到物品，几乎没有什么东西能把我和我失去的家人联系起来，但她身边有很多东西供她回忆。那是一种什么样的感觉呢？

突然，瑞恩猛地站了起来，她那杯粉色饮料被从咖啡桌上撞了下去。

她的耳朵时而抽动，时而旋转，仔细听着。

"怎么了？"我厉声问道，"你听到了什么？"

"是一声号叫。"她喃喃地说，"但不是有生命的东西发出来的。"

就在这时，收音机发出了三声短啸，接着是一声尖锐的长啸。姐妹俩缩了缩身子，垂下耳朵。尖啸声持续了几秒钟，比妮娜手机的哔哔声和叮叮声要长得多，也更持久。尽管如此，我还是能听出这是警报。是大敌当前的那种警告，感觉就像草原土拨鼠在对着捕食者狂吠，或是乌鸦对着陌生人尖叫。我经常听到这种警告。

美国国家气象局向伊达尔戈县发布龙卷风警报。中部时间上午11:34，龙卷风出现在以北九英里……

"不是我们这儿。"祖母说，把音量调低了一点儿。

"我还以为是飓风呢！"瑞恩喊道。

"有时，飓风会和龙卷风一起来。别担心。如果无线电告诉我们有龙卷风来了，我们可以躲到地下，等风过去。但伊达尔戈县挺远的，我不担心……"

三声尖锐的短啸响起。随后是一声尖锐的长啸。国家气象局向纽埃塞斯县发布龙卷风警报……我们不明白怎么回事，便一起看向祖母。

"不是我们这儿。我们在雷福奇县。"

"声音更大了。"瑞恩对姐姐说,"外面有号叫声。"

里斯克摇了摇头。"我什么都没听见。"

我也没听见,只有风声时大时小,收音机不停地发出滋啦声。沉重的脚步声响起,可知妮娜和她的父亲正在穿过走廊。片刻之后,他们出现在门口,手掌大小的蜡烛将闪烁的光投射到他们的脸上。"看来又要来一场暴风雨了。"她父亲叹了一口气说。

几分钟后:三声响亮的短啸和一声高亢的长啸响起。国家气象局向迪尤县发布龙卷风警报……

然后:国家气象局向哈罗德县发布龙卷风警报……

"显而易见,"妮娜的父亲说着,把那只喵喵叫的猫从地上抱了起来,"龙卷风太多了。该去地下室了。"

祖母站起来,她的毯子像一件斗篷。粉色针织披肩从她的肩上滑落到地上。我把它捡了起来,披在自己肩上保管。

布莱斯特拿着便携式收音机,我们排成一列纵队,跟着人类穿过走廊。客房旁边有一扇窄窄的白门,门上有一个色彩暗淡的黄铜把手,门后陡峭的灰色楼梯直通阴影之中。妮娜举着蜡烛,不过烛光不够亮,照不到楼梯的尽头,她只好吹灭火焰,打开手电筒。从下面吹上来的风很冷,夹杂着一股霉味。我感觉到土地浸透了水,洪水即将到来。

"里奇,过来扶我一把。"祖母说,"楼梯太陡了。"

妮娜的父亲叫里奇!所以他确实有名字!他尽职尽责地搀扶住他母亲的胳膊肘。他们往下走,她则抓着细金属栏杆,以增加支撑。走到第二步时,里奇大声喊道:"孩子们,快,去拿毯子。再拿一个垃圾箱下来。"

"好的，爸爸！"妮娜经过我身边时，碰了一下我的胳膊，用手电朝我收拾东西的客房晃了晃，"我想里面应该有被子。还得拿点儿吃的。谁知道要在下面待多久呢。"

"要是龙卷风来了，"妮娜去客房的时候，瑞恩说，"我很清楚该怎么做。"她把沉重的手电筒从一只手扔到另一只手，似乎要打败恶劣的天气。

"老天，不。"她的姐姐嘟囔道。她跟我想的一样。自从瑞恩在火车上提到她的叔祖父，我就一直害怕这一刻出现。

并不是说我相信她仅凭意志力就能战胜龙卷风。感谢太阳，没有郊狼能做到这一点。然而，瑞恩已经清楚地认出龙卷风即将来临的所有迹象，此时，风暴猛烈而充满威胁，她却满脑子想的都是实现自身抱负的戏码。但愿她扮演的是英雄，而不是被冲动的决定害惨了的受害者。我一直担心会出现这样的结果。

但我也很了解我的朋友，相信她会成为英雄。

"我们需要一根长绳。"我承认道。

"有个小问题……用套索套捕龙卷风……"布莱斯特说，"假设你能用绳子套住龙卷风……"

"没那个必要。只需要套住一点点风，再使劲拉一下。"瑞恩打断道，"估计就是把钓鱼和用套索套动物的方法结合起来。"

"好吧。正确。但会不会把龙卷风直接拖下来，砸到房子上？"

"不会的，只要这样……"瑞恩向外一甩胳膊，"把它扔到一边就行了。有点儿像抽陀螺。"

里斯克咂咂舌头。"根本不可能控制龙卷风。它太强大了。还记得叔祖父怎么样了吗？他像拔河那样拉扯了几秒钟，就被拉到了高空。你别听他吹牛了，他去套龙卷风，却险些丢了自己的小命。"

"不过肯定不会只有我一个人去做，对吗？"瑞恩问，"飓风还没来呢，你就由着龙卷风破坏我们的避难所吗？"

"收音机里还没有对我们发出警告呢。"妮娜抱着毯子回来说。

"但我能听到它越来越近了。"瑞恩压低声音说，她的笑容有些紧绷，"时间不多了。"

里斯克嗤之以鼻。"该从哪里弄长绳呢？"

"电线可以吗？"我问。

我们飞奔到客房，把防水箱里的东西倒在床垫上，找出一堆电线。大部分都是粗铜丝，外面包着一层柔韧的绝缘层。有些很粗，带有三叉金属插头。其他的则很细，似乎能塞进矩形或圆形的孔里。还有几根橙色、绿色和蓝色的电线缠在一起，等找完最后一个盒子，电线已经堆到了我胸口的高度。"需要几个钟头才能把这些电线捻成一股绳子。"我意识到这一点后，厉声说道，"还得先把缠结在一起的拆开。"

"我能帮上什么忙吗？"妮娜抓着电线问，"告诉我该怎么做。"

我递给她一张叠好的被子。"你去和家人待在一起。那里很安全。"

"但是……"

"号叫声近了。"瑞恩警告说,"很快就会变成吼叫。"

"快点儿,妮娜!拜托了。没关系的。你没有塑造世界的能力,就算在这里也什么都做不了。去吧!"在我的催促下,她矛盾地叫了一声,既像是在叹气,也像是在呻吟,然后冲出了客房。我一直担心得紧咬牙关。她一走,我下巴的紧绷感才稍稍有所减轻。

"绳索,绳索。"里斯克闭上了眼睛,"看起来行得通。你觉得呢?"

"什么?"我问。

"你能做到吗?这么多?"她的妹妹问道。

"什么?"我又说了一遍,"能做到什么?"

"魔法呀!"里斯克喊道。她从地板上抓起圆点床单,啪的一声盖在那堆电线上。等毯子的四角落定,她开始来回踱步,像是有些心神不安。接着,她充满自信地咧开嘴笑了出来,牙齿露在外面,用低沉洪亮的声音说:"注意,食肉动物和杂食动物。爬行动物和鸟类。你们亲眼看到我把绳子切成无数条,再也不可能变得完整……"

"再也不可能!"瑞恩赞同道。

"也许能变完整?一切都是可以挽回的!"里斯克高兴地叫了一声,一把抓住毯子,把它甩向空中。我和布莱斯特只得闪避到一边,躲开圆点床单。原本一大堆乱糟糟地缠结在一起的电线把床垫都压弯了,现在则变成了一个长线圈。这些电线竟然已接合为一根长线。龙卷风套索有了。"谢谢,谢谢!"里斯克鞠了一躬,头发倒悬在脑袋上,"好了,我们得快点儿了。"

这个时候，我也感觉到了。近了。狂风呼啸，把一切都吹得狂乱起舞。我的第一反应促使我爬下地下室的楼梯，到祖母那里去避难。但在不久的将来，还会有其他威胁。飓风的风眼被猛烈的风墙包裹着，将直接从我们这里经过，如果这都不能让地下室淹没，还有什么能？

只要我们能做到，祖母就有栖身之所。

我跪下，把手指伸到沉重的绝缘电线下面。"来帮帮我！"我咕哝着，试图把电线举起来，"像石头一样重！"

我们费力地把电线翻过床垫，翻到圆点毯子上。然后，我和里斯克、瑞恩、布莱斯特一起拖着它穿过走廊和客厅，走向出口。起初，门阻碍了我们，风仿佛是一具沉重的身躯，抵在大门上。我们不得不把线圈转向一边，像推轮子一样推下门廊的楼梯。我们在推的时候，有些电线松开了。我累得喘不过气来，深深地吸了一口水汽氤氲的空气，徒劳地擦了擦眼镜上的水滴。我的袖子在玻璃上留下了道道划痕，暴风雨马上又把水珠补上了。因此，我最后才看到它。

布莱斯特自然是第一个发现龙卷风的人。

"哇！"他拍了拍我的肩膀，急切地指着地平线，"在那边！"

从远处看，龙卷风几乎堪称优美。在银色天空的衬托下，龙卷风呈深灰色的圆锥形。在它的底部，被搅动的灰尘像一条倒挂的裙子一样向上翻滚。那些灰尘就像瑞恩用灰色薄纱缝制的衣服。

"不是冲着我们来的。"里斯克说。

"不是。"布莱斯特眯起了双眼，"实际上，我想它是朝邻居家去了！"

据妮娜说，住在那里的人喜欢霸占别人的土地，不值得信任。"我对那个人很反感。"她解释道，"我不会放过保罗。你们要是看到他，就躲起来。无论如何都要避开！"她没必要警告我两次。在我与急躁的布伦、鲇鱼狂徒发生冲突后，就再也不想和大坏蛋打交道了。

"他已经离开了，对吧？"我问。在天气比较晴朗的日子，我从门廊上能隐约看到街对面有一幢银色的小房子。但此时雨点打在我的眼镜上，我什么都看不见。

"但愿吧。"瑞恩假装擦去额头上的汗水，其实是把雨水弹到一边。

"他其实……就在外面，正朝我们这边跑过来……"

"他跑不过来的。"我压低声音恶狠狠地说。人类只有两条腿，灵活倒是灵活，可惜速度不快。也就是说，即使是一匹马也跑不过龙卷风。我眯着眼，还是看不清楚。于是我在脑海里想象着布伦在一群知更鸟和其他鸟类的催促下逃离龙卷风。快跑呀，它们叽叽喳喳地叫个不停。快跑！说来也怪，这样的想象一点儿也不好笑。

这反而让我思考起了一个问题：如果在我们相遇的那天我救了布伦的命，而不是咬了她的脚趾，会发生什么？

"他逃不掉的。"我冷冷地重复了一遍，"我们能不能……"

瑞恩似乎明白了。"给他一个战斗的机会？"她举着一条三英尺长的套索说，"是啊！里斯克？里斯克？"

就在几秒钟前，里斯克还站在门廊最低那级台阶上，双手叉腰，凝视着暴风雨。但此刻她不在那里，到处都看不到她的身影。

"里斯克！"瑞恩喊道，"奥利，她去哪儿了？"

我困惑地摇了摇头。"哪里都没看见她，除非……"

当然。里斯克刚才使用了塑造世界的魔法，耗尽了她在地球的时间。当初我们来的时候，书店大门也是被她这么打开的。

"我想她被传送回家了。"

"什么？不！我一个人不行！"

"拜托试试看吧！"

瑞恩迅速摇了摇头，踢了一脚一英里长的电线。它像一条盘绕的蛇，朝上翻动着。然后，她拿起线圈，在屋前跑了几步，看着龙卷风从祖母的院子前卷过。没有电闪雷鸣，也没有狂风呼啸，但空气似乎在隆隆作响，我们仿佛站在狂奔而来的幽灵中间。"怎么可能把套索扔那么远？"她喊道，"没办法了！"

布莱斯特毫不犹豫地把套环抓在手里，开始跑过田野。"别担心。"他喊道，"风伤不了我。我不会让这种事发生。"然后，他变了形，把套环移到爪子上，同时展开了翅膀。风把他卷了起来，他飞得像风筝一样快，带着一根如同尾巴的巨大黑线。在龙卷风柱卷起的垃圾的映衬下，他看起来像一抹闪亮的金色。普通的鸟不可能这样逆风飞行，但布莱斯特并不普通，从来都不。他是空气的雕刻家。

尽管如此，当我看着自己的朋友接近龙卷风时，我仍然惊恐得目瞪口呆，无声地尖叫起来。我很清楚，只要犯一个错，他就可能送命。

"快到了。"瑞恩喊道,但我怀疑布莱斯特是否能听到。龙卷风在咆哮,无数的雨滴噼里啪啦落下,他有没有拉近和龙卷风的距离?我擦去眼镜上的雨水,眯着眼睛望向天空,但再也看不到我的老鹰朋友了。

在那里!那是他美丽的羽毛。布莱斯特一个俯冲,在他能飞到的最高处松开了套环。

然后,在眨眼之间,他就消失了。

就在那一眨眼的工夫,瑞恩拉住了绳子,双腿叉开,做好了搏斗的准备。电线绷紧了,像是在快速移动的旋转灰尘柱中钩住了一个钩子。龙卷风似乎变慢了,也许它已经停了下来,但冲力还在,因此她未能如愿让它偏离轨道。瑞恩的双脚开始拖过湿漉漉的土地。我惊恐地大叫一声,抓住了她的腰。"那家伙还没跑开呢!"她喊道,"啊!他倒下去了!起来!快起来,快跑!快跑呀,人类!奥利,我快抓不住龙卷风了!"

一个声音在暴风雨中响起。是妮娜,她冲到了我们身后的门廊上。

"你能捕捉到龙卷风吗?"她喊道。

第三十二章
妮娜、水腹蛇和郊狼大战龙卷风

老故事都是这样展开的：问题出现，再想出计划来解决问题。龙卷风正在逼近。那计划是什么呢？用套索把风套住。那故事的结局是什么呢？妮娜没有可参考的依据，但她听过上百个故事，那些故事讲的都是一个更为神奇的时代。

里斯克和瑞恩都是风暴竞技场上的新手，她们可能会失败。事实上，很可能会出现这样的结果，除非她们是不可思议的塑造世界者，能够在瞬间掌握任意技能。当然，她们会尽最大努力。但是自信和善意并不能代替练习，况且还有一场飓风即将到来。

话又说回来，她的这个假设可能是错的。妮娜不太了解里斯克和瑞恩,她对魔法的了解更少。根据魔法的规则,只要决心坚定,就可能得到奖励。假设这个计划成功了,龙卷风就会转向其他地方。到时候,它可能会撕裂镇上仅存的牲畜,也就是里特家庭农场的奶牛,或富裕退休人士的农场里的长角牛。那些可怜的动物根本无法存活。龙卷风还可能摧毁最近的杂货店、医院或药店。而祖母需要食物和药品。她不能离开太远,这一点已经得到了印证。

妮娜停在地下室楼梯的入口想了想。接着,她跑过走廊,砰的一声关上了纱门。她的朋友们开始在外面大喊大叫。

在那里!

邻居家的房子!

他们说的是保罗吗?坦白说,如果龙卷风把他的露营车卷走,生活就容易多了。

但如果妮娜满不在乎,任由这种事发生,她是无法心安理得的。

在一片混乱中,她想道:如果可以把歌声存在挂坠盒里,是不是也可以把龙卷风装在盒子里?

不可能的。

然而,根据古老故事的逻辑,这虽然异乎寻常,却仍合乎道理。毕竟歌声和龙卷风都是空气的运动。

她扔下被子,冲进客房,父亲听到她沉重的脚步声,便大声喊道:"妮娜,你们都在楼上吗?"

"是的!马上就好!"她抓住了翻倒的塑料收纳箱。防水盖子应该足够紧了，但为了以防万一，妮娜还把套娃和一个空爆米花罐扔进了收纳箱。

外面的喊声越来越高了，听得出充满恐惧。

快跑呀，人类！

于是妮娜奋力冲刺，用肩膀撞开门，顶着风向前走。在院子里，奥利和瑞恩正在努力控制龙卷风。说来也怪，妮娜的第一个想法是：他们应该戴上园艺手套，不然手会磨出水泡的。

"你能捕捉到龙卷风吗？"她喊着，举起箱子，向二人跑去，"就像把歌声捕捉起来，放在挂坠盒里？"

"或者像把问题装在瓶子里。"奥利回答道，脚跟死死抵着地面。而龙卷风把他和瑞恩向前拖了一英尺，然后是两英尺。

瑞恩尖声笑了。"我要试试！妮娜，把瓶子扔给我！"她稍稍松开套索，只用左手紧紧抓着，然后用爪子扯掉电线上的保护层。妮娜照办，递给瑞恩一个最像瓶子的东西，也就是最外层的套娃。

彩绘木娃娃一碰到瑞恩的手掌，她就松开电线，向前一跃。有那么几秒钟，奥利凭一己之力顶住了风，但绳子从他手里滑了出去，被龙卷风卷了起来，就像一根意大利面。

这似乎没什么关系。瑞恩跪下，打开了娃娃。妮娜的父亲在门廊上喊道："退后！"但妮娜无法将目光从眼前的一幕移开。奥利双手朝天，把瑞恩和龙卷风之间的雨滴分开，让瑞恩能清楚地看到龙卷风。被水平旋转的气流卷起来的灰尘和碎片形成了一缕黑乎乎的卷须，从龙卷风中分离，向他们伸了过来。虽然卷须没有伸过草地,但娃娃依然在瑞恩的手中颤抖。

妮娜惊讶地看着,龙卷风变形了。就像有人把风的插头拔掉了。随着龙卷风旋转程度的减弱,娃娃剧烈地摇晃着。

"差不多了!"瑞恩喊道。就像对她的宣告做出反应一样,龙卷风完全停止了移动,空中只剩下柱状的悬浮微粒。远处,大块大块的碎片像冰雹一样落下,细尘则慢慢地降落。瑞恩对着娃娃咆哮,试图把两半合在一起。她的手臂来回摇摆,几乎无法控制娃娃,让它不再晃动。

"我来帮你!"妮娜承诺道。她向前跃进两大步,跪下来,用力握住瑞恩的双手。"好了!"

她们齐心协力,咔嗒一声把娃娃封好。它静静地倒在地上,娃娃的红唇朝她们微笑,神秘而沾沾自喜。

"哇。"妮娜举起玩具说,"我们把龙卷风困住了。"

第三十三章
水腹蛇返回映像世界

"我们做到了！我们真的做到了！奥利！你看到了吗？上面出太阳了！"瑞恩咯咯地笑着说，"我套住了龙卷风，还把它困在了娃娃里！"

"是……的！简直就是传奇！"我知道我的朋友可以做出不凡的壮举，但亲眼见证，依然感觉很惊人！瑞恩站起来，张开双臂搂住我的脖子，拥抱了我。

接着，就只剩下我一个人了。

"她回映像世界去了吗？"妮娜问道，敬畏的笑容从她脸上消失了。

"别担心，"我向她保证，"她在家，很安全。"

"那我们安全吗？"里奇问，"她把整个龙卷风塞进了一个比面包盒还小的东西里。又是风又是雨的，都压缩了。会爆炸吗？"

"只要一直闭合着就不会。"里奇似乎很怀疑，所以我试着解释，"她使用了一个简单的塑造世界的技巧。把声音振动这种主动运动转化为了潜能运动。在玩偶里的是龙卷风的潜能，而不是龙卷风本身。"

"好吧。那样的话，我要用胶带把娃娃缠起来，毕竟听起来还是很危险。"

"你还有多少时间，奥利？"妮娜问。

"可能不多了。我挡住的雨水太多了。"我所有的朋友都在塑造世界不久后消失了。比起和龙卷风缠斗，分开雨水或许不算什么，但这是我一生中做过的规模最大的塑造世界的行为了。

"再见。"她说。虽然我们的脸都被雨水淋湿了，我对水的感觉很迟钝，但我还是能感觉到她的眼泪流了出来。"等你见到其他人，告诉他们我很高兴认识他们，我们会尽全力帮助艾米的。"

"妮娜……"

一种叫人不快的感觉突然出现，仿佛地面塌陷了，我的膝盖开始发软。然而，我并没有落在坚硬的地板上，而是掉进了齐踝深的湖水中。随着我一起来到映像世界的手电筒从口袋里滚出，啪嗒一声掉到了泥里。很好。我不再需要它了。

在无底湖边，天气晴朗。

"奥利，伙计，你没事儿吧？"

是布莱斯特。他一直栖息在树上，等待着。现在，他飞到我晒太阳的岩石上，看着我从淤泥中爬出来。

"瑞恩阻止了龙卷风，布莱斯特。太不可思议了。"

"我就知道她能做到！"

我坐在他旁边，深深地吸了一口气，能闻到家的味道，我不由得感激涕零。

但当我想到人类，想到我们留下他们去面对即将到来的猛烈飓风，我就感到很痛苦。

"怎么了？"布莱斯特一边问，一边伸出翅膀拍打我的手臂，"没人受伤吧？"

"我很担心他们。危险并没有解除。"

他叹了口气，鼻孔里喷出一股气流。"危险永远不会解除的。我们可以回第四峰。"

"那要花太长时间。"我看了看我的帐篷，三四天没人打理，它已经变得歪歪斜斜。我的木筏依然处在待命状态，准备顺流而下。曾几何时，一想到要离家几十英里远，我就怕得要命。我还很怕穿越树林或是遇见宿敌。

我现在依然害怕。只是怕的东西不一样了。

"你能飞到山谷去，看看那对双胞胎吗？"我问。

"当然，当然！"

"你到那儿的时候，请告诉艾米，除非我们真的成功了，否则我不会离开地球，无论如何都不会。"

布莱斯特歪着头，一头雾水。"你可以亲自告诉他……"

"不。"我解开靴子，把它们从脚上脱下来，接着又脱下袜子和衬衫。我没有浪费时间把衣服叠好，而是直接丢在了晒着太阳的岩石上。"你知道他们给这个湖起的名字吗？"

"无底湖。"

"严格来说这么叫很恰当。至少……我是这么认为的。有些水域把我们和地球连接起来。比如一眼望不到头的河、溪，或是深不可测的井、湖。我听过深渊的故事。游过假太阳的光亮能够到达的地方，那里的水如冬日一样冰冷，重得足以压垮马背……你会感受到大海的拉力。"

"你是说海湾？"

"也许吧。"

"奥利，"布莱斯特说，"黑暗的水域中有怪物。你知道的，还是绕远路安全一点儿。"

"曾在龙卷风中飞行的鸟竟然会说这种话。"

"我从来没说过我是个谨慎的人！"

"你启发了我。"布莱斯特叫了一声，低下头，我挠了挠他脖子后面柔软的羽毛。然后，趁自己尚未改变主意，我跳入了湖中。

◆

我和我的兄弟姐妹们过去常在母亲小屋附近的河里玩"待在水下"的游戏。我们滑下河岸，钻到水里，绕过水下的草叶或被水浸泡的树枝。总之就是绕过任何能保护我们的东西。埃尔文总是兄弟姐妹中第一个放弃的。他的缺点是做什么都觉得厌烦，撑不过二十分钟。接下来，被埃尔文一番奚落，布里克或阿尔就会受不住，返回岸边。我其余的兄弟姐妹通常能在水下多待一个钟头。到了这个时候，游戏就变得很有挑战性了。肺开始刺痛。倒是不疼，也不是什么危急的情况，但弗里尔一觉得不舒服就受不了，很可能会放弃。就在这时，真正的游戏才开始。尽管我从来没有赢过"待在水下"的游戏，总是败给肺活量惊人的皮洛特，或是宁愿吃苦也不愿意输的索娜，但有几次我差一点儿就赢了。这段经历让我认识到自己的极限。我可以屏住呼吸两个小时。

我会潜水游一个钟头，假如到时候还没有靠近两个世界的边界，我就转身回来。

前提是我没在湖里淹死。

一开始潜入水下很容易。游到湖底陡然下降的深水区边缘后，我最后看了一眼天空，吸了一口气，然后潜了下去。从阳光明媚的水面进入漆黑的水下，这种转变并不突然，但确实发生得很快。在永远保持朦胧的水底深处，有那么一分钟，一条条游鱼难以分辨，如同黑色的污迹，泥沙像雪一样落下，此时我无比害怕自己看不见的地方。但在真正的黑暗笼罩我的那一刻，水中的未知似乎消失了。我独自一人，只有一个目标，那就是向前游，不断地向前游。

时间一点点过去。然后又过了很久。我的耳朵里一直回响着敲击声，富于节奏，很轻柔，那是我的心通过我的身体传递到湖中的乐声。我尾巴上方的水越来越多，直到我的头开始疼，我才意识到水竟然这么重。

到了这个时候，弗里尔会放弃，但我不会。

所以我仍在不停地游。

过了一会儿，虽然没过多久，我听到了第二种心跳。它隐藏在我的内心深处，是一种更深沉的嗡嗡声。它的速度比较慢，如同潺潺的水声。接着，那个声音变成了笑声。

黑暗中，怪物说："毒蛇，你现在在我的家里。"

"我有个故事要告诉你。"我一边解释，一边向前游着，"这个故事大得用一个瓶子都装不下。"

第三十四章
妮娜，飓风登陆前不久(2)

那天晚上，在平安度过飓风之前，妮娜带着手机下到了地下室。在那里，一片片水泥地面因潮湿而变暗了，水从墙壁的缝隙渗出来，积聚成小水洼。四四方方的房间中央有一个很大的金属圆筒，是个锅炉，但地下室比房子的其他地方要空得多。有一堆油漆罐和一把金属椅子，这种椅子很巧妙，可以折叠成一个扁平的框架。祖母不得不把她的大部分杂物放在地上，以防被水泡坏。

多年来，妮娜在她的"故事汇"私人视频日记中记录了大约二十八个不同的故事，都是她最喜欢的。记录的行为是一种安慰。即便她从地球上消失（但愿不会），这些故事（用她的声音讲述）也将继续存在。在某种程度上是这样的。

现在，她有一个新故事要保存。她会用老派的方式录下来，保存在 U 盘上，除了家人谁也拿不到。

她的相机靠在一堆油漆罐上，妮娜则坐在金属椅子上。

"尼弗蒂，连接到可视化工具。开始录制。关闭所有滤镜。关闭所有附加功能。"

只有一个灯泡照明，妮娜的脸上布满了阴影。

"这是一个有关改变的故事。"她说，"我是从一个叫奥利的水腹蛇人那里听来的，他是从他妈妈那里听来的，他妈妈又是从她妈妈那里听来的，而她妈妈又是从一条老蛇那里听来的，而在那条老蛇出生的时代，人们还可以在映像世界和地球之间自由地移动。

"那个时代已经结束了，而我第一次明白是什么力量终结了我们共存的状态。

"数十亿年前，地球形成了，但这颗行星在早期并不适合生命的生存。经过了很长很长的时间，行星诞生时产生的剧烈活动才平息下来。又经过了很长时间，微生物才进化成更大更复杂的生物。最终，第一个会做梦的生物诞生了。奥利说，也许映像世界就是在这个时候形成的。不过他也不能确定。有好几种说法。很多人坚持认为他们的说法是冷酷无情的事实。也许映像世界不受时间的影响，可以折射出很多宇宙，以及在我们之前存在的很多行星。又或者，映像世界是地球的一个梦，甚至可能是更奇怪的东西。

"就我个人而言，我很好奇，但这个问题的答案在这个宏大的故事中并不重要。至于重要的是什么，马上揭晓。

"随着物种的诞生，始祖也出现了。他们首次出现在映像世界中，是他们所属族群中第一个出现的成员。始祖来到地球，认为他们的孩子可以把家安在这里。于是，曾经有一段时间，所有的动物人和植物人都混居在一起。那个时代，出现了很多横跨这两个世界的冒险，出现了很多不存在语言障碍的传说。那是一个联结的时代。

"我不知道这个联结时代究竟是如何瓦解的，奥利说原因是个谜。但一些人类声称自己是王族和神，还向彼此宣战。他们那些爱好和平的伙伴要么被杀害，要么被驱逐，只能躲藏起来。其中就有动物人，他们不喜欢打仗。最终，痛苦和流血事件逐渐累积，导致了一个结果：人类始祖获得了胜利，存活了下来。

"他就是国王。

"他自吹自擂，声称自己是世上最厉害的杀手。他发动战争的目的也很简单。他想成为地球上唯一的永生者。只有这样，才能防止另一场战争。为了和平，两个世界应该分开。反正他是这么说的。许多人相信了他，现在依然有很多人相信他。

"我问奥利，为什么国王没有受到挑战，他猜是'因为他很危险'。瞧，如果你想扇国王一巴掌，他就会一箭射穿你的心。如果你试图囚禁国王，他就会杀死你的家人和朋友。想杀国王？那最好一次成功，否则他肯定会反击。他并不是一个人。他的支持者仍然为数众多，忠心耿耿。当然，他们有日常工作。但在闲暇时间，他们会接受训练，去猎杀动物精灵。

"因此，所有的始祖，甚至是少数幸存下来的人类，都带着他们的孩子回到了映像世界，那里是一个活生生的星球的梦。而猎人被赋予了一个更合适的新名字：梦魇。"

第三十五章
水腹蛇心口中弹

水怪把我带到地球之后，我沿着水井和祖母家之间被雨水浸湿的小路滑行到前门，然后我把身体变长了一点儿，刚好能敲门，我大喊道："我回来了！我回来了！"除非艾米恢复过来，可以睁开眼睛，否则我不会离开地球太长时间。

起初，我的人类朋友打开门的时候，似乎没有注意到我。想必我还是很小，于是我露出洁白的牙齿，咧嘴一笑，还摆了摆尾巴，和他们打招呼。

"是奥利！"妮娜大叫一声，把我搂在怀里，驱散了我身上的寒气。我和他们一起在屋里等暴风雨过去。有时，风声大作，将散乱的垃圾卷起来丢到房子上，我担心屋顶会被吹走。但最终，如同出现了奇迹一般，飓风向北扫去，把妮娜家抛在了身后。我根本不需要拿出任何塑造世界的本事。

接下来的一天,温暖的金色阳光照耀着大地。树叶、石头和树枝上残留的雨水闪闪发光,而那些树枝有的仍在生长,有的已经毫无生气,有的直立着,有的已经弯曲。我和人类一起走到阳光下,围着房子走了一圈,查看损坏情况。车库看起来很好,房子的外层被刮坏了,但其他地方仍很坚固。

"看来我又成功挺过了一场世纪风暴。"祖母说,她的唇边虽然形成了一抹微笑,但紧皱的眉头暗示她仍很害怕。这怎么能怪她呢?我曾经住在帐篷里,时刻准备一有危险就逃跑。区区一个赏金猎人实习生就把我吓得半死。然而,祖母的命运和她的家紧密相连。她甚至不能出门旅行和游玩。

"接下来呢?"我问。

"通常,我们会把垃圾捡走,把打包的东西都拿出来,再打开太阳能电池板,直到主电源恢复。"

在我身旁,妮娜弯下腰拾起了一张纸大小的屋顶波纹金属片。一定是被风吹下来的,最后落在了鼠尾草丛的枝杈上。"不知道保罗怎么样了。"她说,"他就这么跑了。"

"这家伙看到龙卷风消失后,可能就去度假了。"里奇说,"要是我就这么做。"

"我也是。也许他会重新考虑侵占你土地的计划,奶奶。不管保罗想要什么,都不值得这么麻烦,对吧?"

其他人把她的话当作无需回答的问题,我却觉得这是一个真正的问题。

"什么麻烦?"我追问道。

她摇摇头,耸了耸肩。"这取决于他。你知道,有些人会为了停车位互殴。我觉得保罗就是这种人。但你知道吗?有时候,想起我们相遇的那天,我就感觉很害怕。他的眼神凶狠极了。他似乎深不可测,比井还深,根本猜不到他会干出什么危险的事来。"

我本能地倒吸了一口气,露出一口白牙。

"我会尽快和他谈谈。"里奇下定了决心,"到目前为止,我一直小心翼翼,不去捅马蜂窝,但这太过分了。妈妈,你不应该生活在恐惧中,总是担心邻居在密谋什么。"

"还有你,"祖母戳着我的肩膀说,"在你穿越回家之前,不要离开我们的视线。"

我们的一天是这样度过的:聊天,打扫卫生,为制订帮助艾米的计划集思广益。我们甚至在晚饭前和钢丝绳一起打了个盹儿。我努力吸收每一缕阳光,意识到这可能是我能享受阳光的最后一周。晚上,我抓着橡皮蛇睡在客房里,因为我没法把这个礼物带回家。正如我向祖母解释的那样,任何在地球上创造或出生的东西都不能留在映像世界里。就算把玩具带回家,几天后它也会消失。

"那玩具会回到这里吗?"她问道。

"说实话,我不知道。"

我经常琢磨这个问题。狼人在两个世界之间偷运的那些书呢?它们会重新出现在书店的书架上吗?还是它们选择了另一个家,出现在随机挑选的房子里?

也许扎尔或里奇知道答案。以后我会问问他们。

接下来的几天,在等待电力恢复的同时,我们会在门廊上一起吃饭。这就是为什么那天下午,当一辆闪闪发亮、像食鼠蛇一样黑的汽车隆隆地驶上车道时,我、祖母和妮娜都在外面。妮娜飞快地放下一盘子鸡蛋，瓷盘竟然没碎，简直是一个小小的奇迹。一秒钟后我才明白她为什么这么激动。"妈妈！"她喊道。

驾驶座一侧的车门打开了，一个身材高挑的女人走了出来，她留着一头短发，其中有几缕是灰白色的。她穿着一件宽松的雨披，显然以为今天会下暴雨，因此，她张开双臂时，看上去就像一对翅膀。她们母女长得很像。就像我身上长着与母亲相同的鳞片一样，她们两个也都有浓密的黑眉毛和宽鼻子。妮娜向母亲冲去，高兴得像钻进蓝莓地里的负鼠。她每走一步，脖子上挂着的相机就会摇来摆去，但她似乎并不在意。"你能待多久？"她被母亲抱在怀里，问道。

"他们给了我两周的紧急假期。而且是带薪休假。有时候，这份工作倒也有好处。"女人抬起头，显然注意到了我，"奥利？"她问，"你一定是奥利！"

我点头表示确认，紧跟着祖母走下门廊楼梯。"很高兴见到你……"

我没能做完自我介绍。

也没看到危险正在迫近。

一声爆裂声响起，我的嘴里涌出一股金属味。我并不觉得疼，只感觉自己的人形身体逐渐变得麻木。血从我胸口的洞里涌出。

妮娜尖叫着，挣脱母亲的怀抱，向我跑过来。祖母气喘吁吁，在我摔倒时扶住了我。太阳还没有升到最高处，但我看到了一道光晕。

很快，黑暗笼罩下来，天空从我的视野里消失了。

第三十六章
妮娜挑战梦魇

鲜血从奥利的身上涌出，漫过雨水浸透的地面，把妮娜的牛仔裤染成了红色。这么快就流了这么多血。难道子弹射穿了他的心脏？那样的伤根本无法治愈吧？不用魔法肯定治不好。

"奶奶，快帮帮他！"她央求。祖母把手放在他胸部的洞上，用力按压。血顺着她满是皱纹的双手，像小溪一样流了下来。

有人射杀了她的朋友，他还可以狙击更多的人。是谁干的？谁会做出这么可怕的事？妮娜不应该待在外面。他们都不应该。但她不能让奥利死去。奥利是水腹蛇人，他曾穿过太阳，又在水下从映像世界游到了地球，即便遇到怪物的袭击他也活了下来，还把他最好的朋友的生命托付给了她。

"发生了什么事？"她母亲问。她不停地望向天空，望着云层之间的蓝色苍穹,仿佛确信是一颗陨石击中了他,确信肇事者毫无目的、完全随机。但妮娜做过多次定期射击训练,所以明白是怎么回事。

"他中枪了!"

母亲倒吸了一口气,跪在女儿身前,也许是希望她披着雨披的身体能挡住子弹。"快进屋去。"她命令道。妮娜虽然听话,却还是试图抓住奥利的肩膀,想把他拖到门廊后面。

"放开他!"一个男人喊道。女人们现在都围在奥利身边,她们扫视着这片区域,寻找开枪的人。妮娜的目光停留在附近一条沟边的一排橡树上。"在那里。"她说着,举起一只沾满鲜血的手指了指,"是不是……"

的确如此。

保罗穿着几年前的迷彩服,拿着一支装备瞄准镜的猎枪,从那排大树向他们走来。妮娜想起了他们刚认识时的情形。当时他手里拿着指南针盯着她,眼神锐利,充满了怀疑。

"他是梦魇骑士。"妮娜小声说,"是动物精灵杀手。我们不能让他抓走奥利。"这会儿,她痛苦地领悟到一件事:那天,保罗其实是在追踪一头郊狼。他侵占土地并不是为了水源,他不需要指南针也能找到北方。不。指南针可以指引骑士到达猎物充足的猎场。

"停下!"母亲喊道,"我丈夫正在打电话求救呢!"

真的吗?妮娜想知道。父亲在屋内是否听到了枪声?他会救他们吗?他有能力救他们吗?祖母确实有很多东西,但家里并没有藏着一个军械库。

妮娜挪了挪身子,确保脖子上的摄像头能畅通无阻地拍到保罗，然后按下了"录制"按钮。不管有什么价值，机器都可以拍摄下证据。

"我只是射杀了一条蛇而已，根本不会被关起来。"保罗简明地答道，每一个字都说得很大声，清晰得令人讨厌，就像在对一群孩子说话，"他死后就会变成蛇了。他一直都是一条蛇。"

"你认为奥利是动物精灵？"妮娜的母亲虚张声势地说，"为什么？因为他化妆了？联结时代已经结束了。"

"这不是我第一次参加竞技了。"保罗哼了一声，"他确实会魔法，让整个龙卷风消失得无影无踪。在有些地方，很容易翻过保护我们这个世界的高墙。现在，我终于知道我在这里找到了一个。"

"什么？"祖母擦去脸上的泪水，不小心在自己的脸颊上留下了一道奥利的血迹，"你刚刚枪杀了一个男孩。如果你想要我的土地……"

"别再假慈悲了。那个狐狸女孩呢？"

他知道瑞恩，知道她和奥利救了他的命。这个人情对保罗来说似乎并不重要。

"请你放过我的女儿吧。"母亲恳求道。

"别再假装自己是年度最佳妈妈了。"他嘲讽道，"是你允许你的女儿玩蛇的。"

"这简直是一场梦魇。"祖母哭着说。

"梦魇？"保罗的脸色变得严肃起来，他举起步枪，把枪口对准三个女人。

"野兽都这么叫他。你相信他们的故事吗？"

"不！"母亲说，"我们只是很害怕。"

接着，嘎吱嘎吱的脚步声响起。妮娜的父亲溜达着绕过房子，一只手藏在背后，另一只手挥舞着。"嘿，邻居。"他说，语气热情而亲切，他在书店安抚难缠的顾客时用的就是这种语气，"今天我们谁也不想惹麻烦。给我点儿面子，好吗？后退。把手举起来。给我的家人一点儿空间。这就是我的全部要求。如果你想重新考虑土地交易，没问题。"

骑士的态度从厌恶变成了警惕。他仿佛是在帮他们一个忙似的，向后退了几步，对妮娜的父亲说："我得把这事儿办完，先生。"

这时，妮娜意识到奥利周围积聚的血没有扩散。她轻轻地把祖母的手移到一边。

他胸口的洞不见了，连伤疤都没有留下。是祖母救了他。但她能做两次吗？要是骑士开枪，她能把所有人都治好吗？

"嘿，你藏了什么？"保罗问道。妮娜吓了一跳，确信他是在对自己说话。但事实并非如此。他在恶狠狠地瞪着她的父亲。"在我继续后退之前，让我看看你的手，伙计。我不是在玩。"

"只是一个玩具而已。"妮娜的父亲慢慢地拿出藏在背后的龙卷风娃娃。不管怎样，保罗没有意识到它的力量。他看得一头雾水。"把那东西放下。"他说，"去其他人那里。"

里奇小心翼翼地把娃娃放在一片草地上，就像放下一个刚出生的婴儿。它那安详的圆脸正对着天空微笑。里奇举起双手，走向艾丽西娅，在他的家人身边跪了下来。他们现在没有任何东西可以用来自卫了。

"那条蛇应该快走了。"保罗说，他的声音有些沙哑，"它死了吗?"说完这个问题,保罗做出了进攻的姿态,好像他已走投无路,现在必须决定是夹着尾巴偷偷溜走,还是龇牙咧嘴地发起攻击。他喃喃地说了些什么,直勾勾地看着祖母放在奥利胸口上的手。

然后,保罗又举起了步枪。

突然,他的靴子旁边闪过一道白光,这是野生水腹蛇在发起攻击之前,保罗得到的唯一警告。蛇牙咬穿了厚厚的皮革,没有造成任何伤害,但保罗仍然尖叫不止,双脚乱踢,把那个被奥利召唤出来的可怜英雄头朝下甩进了蒿丛。就在他分心的一刹那,一股水柱从那口老井里喷了出来,30 米、40 米,最后足有 50 米高,很快就变成一道从空中倾泻下来的瀑布。妮娜看到奥利坐了起来,浑身紧绷,甚至在颤抖,但当保罗意识到他的目标警觉起来时,奥利的力量已经完全耗尽,数吨的水往地上直直落下来。他没能让水柱弯曲,一滴水都没落在他们或保罗身上。

但也许不必如此。

妮娜恍然大悟,轻轻地啊了一声。

在洪水呼啸而下的背景下,奥利扭动着身体,用双臂环抱着那些保护他的人,将自己的脊背对着再次举起枪的骑士。在那一刻,妮娜知道他们的故事只有两种结局,所以她紧紧闭上眼睛,拥抱着自己的家人。

妮娜闻到了母亲头发里海洋的味道,闻到了泥土味,还有微风里夹杂的枯叶味。阳光虽然温暖,却十分柔和。妮娜睁开眼睛,看到了一个无底湖的湖岸。

"成功了!"奥利叫着,从其他人身边挣脱。他迅速清点了一下人数,一个、两个、三个、四个,然后,他站了起来,双手叉腰,扫视着这片区域。

"你带我们来映像世界了?"妮娜问,"还是说,这里是来世?"

"你们都还活着,"奥利保证道,"这里是我的家。只要在这里,这里也可以是你们的家。"

他抓住妮娜的手,扶她站起来。里奇和艾丽西娅试图把祖母扶起来,但老太太不理会他们的帮忙,自己一跃而起。"我感觉棒极了。"她说,"连膝盖都不疼了。"

"在这里塑造世界是最容易的。"奥利解释道。他看了看森林,若有所思地扶了扶眼镜。"你们想去看看艾米吗?他和治愈者在一起,她也许也能帮助你,奶奶。"

妮娜的父母似乎说不出话来,只是点点头作为回应,然后继续睁大眼睛盯着森林、太阳下的岩石、水和天空。

"好的。"妮娜翻译道。

"太棒了!我知道一条近路。"奥利挥挥手,示意他们向林木线走去,"我们得快点儿。我不知道你们什么时候会掉回地球。"

就这样,他们一起走进了森林。

第三十七章
骑士被风吹走了

他们消失了!

所有的人都不见了,至少看起来是这样。这充分说明了骑士为什么承担不起打偏的后果。那条蛇中弹死了,不可能有时间用魔法。但很明显,保罗的枪法在过去的几年里已变得生疏了,因为他一直专注于观察得克萨斯州这片"虚无之地"。至少现在他知道自己是对的。那个老妇的土地是一个交叉地带,这一家子蠢货一直在帮助和庇护动物人。他们会后悔的。这次碰面之后,他终于收集到足够的证据去联系国王了。

保罗试探性地朝这家人消失前坐过的空地开了一枪。子弹砰的一声射进了泥土里,扬起一片尘土。看来他们并不是隐形了。

他绕着房子外围走了一圈,在里奇放在地上的东西前停了下来。一个娃娃？为什么一个成年男子会带着玩具？保罗把它捡起来，翻转着查看，注意到它的腹部有一道缝。这是一个空心娃娃，也许里面藏着武器。可能是把刀，也可能是把手枪。

回到家后，保罗打开了娃娃，想看看里面是什么。

第三十八章
两周后

在祖母的土地边缘,一部分墙正在变成蚁丘。一小块又一小块,工蚁用破碎的沉积岩碎片来建造它们的巢穴。妮娜从远处观察着蚂蚁。她穿着不露脚趾的鞋子,把裤子塞进袜子里,但她很清楚,态度坚决的昆虫总能找到办法叮咬她。她将相机切换到视频模式,将镜头对准蚁丘最繁忙的部分,在那里,一群红色的蚂蚁涌进了锥形蚁丘顶部"火山口"附近的一个洞里。

"很好,放大并聚焦移动的目标:蚂蚁。"

视频的焦距越来越近,直到一只蚂蚁填满了整个数字屏幕,但妮娜的手不太稳,她无法识别出蚂蚁的种类。她的两只手在微微颤动,导致影像晃来晃去,好像她正在地震中拍摄一样。她需要拍摄一组出色的镜头,用于她关于飓风后果的最新系列报道。视频将上传到她的新公共账号"雷福奇县儿童"上。

一个星期后,蚂蚁们重建了它们的土丘之城,但最近的杂货店的屋顶上仍有一个大洞,沿河的房屋依然淹在洪水之中,他们所在地区有一半的树木不是叶子被刮掉了,就是从地里被连根拔起。她与海湾地区的其他故事讲述者合作,分享他们的经历:"豆豆软糖基尔"来自沃斯堡,龙卷风摧毁了她家的房子,她只能住在车里;杰罗姆来自休斯敦,他记录了当地一个收容所努力为所有在风暴中流离失所的猫狗寻找新家的故事;塞巴斯蒂安姐妹采访了她们的邻居,包括一家养老院的老人(这些老人一辈子没少经历飓风);婕斯暂时中断了她的美发系列视频,把注意力集中在政府救济资金分配不均的问题上。为了给"故事汇"选集出一份力,妮娜计划介绍祖母土地上的居民,讲述他们在风暴后几周经历的故事。"尼弗蒂。"她说,仍然把相机对准勤奋的红蚂蚁,"启动自动稳像仪……"

她的电话响个不停。一次,两次。那是发送者设置的"截止时间"提示音。"尼弗蒂,是谁在打扰我?"

"老朋友戴夫"有一个提醒。

真是出乎意料。看来戴夫团队把她从黑名单里删除了。她放下相机,让它垂挂在脖子上,打开了那封邮件。

收件人用户名:妮娜的故事
收到时间:上午 11:28
阅读时间:上午 11:29
主题:你启发了我

嘿,妮娜的故事!自从发布了你的视频《在闹鬼隧道遇到灰熊袭击》以来，我一直在关注你的作品。现在来看看我的直播吧。是你启发了我。

一定要看。我要发表演讲。这是链接。

祝好。

老朋友戴夫

这也太可疑了。妮娜想到了嘲鸫，心里有些纳闷……

但又能怎么样呢？这封邮件读起来就像戴夫团队的一封公函，最后的署名加大字号以示强调。嘲鸫真的那么善于模仿吗？也许吧。有人可以在一周内看完很多"老朋友戴夫"的视频。他们会读他的通告，以研究他的行为。

她点击了链接，页面转换到"老朋友戴夫"在"故事汇"上正在进行的直播。他站在他最喜欢的那个可以俯瞰山坡的阳台上，身后站着四个神情严肃的成年人，都穿着灰色或黑色的西装。"老朋友戴夫"则穿着一件闪闪发光的金色连体衣和一双鲜红色的靴子。他的笑容比他的衣服更明亮。

"开始吧！"戴夫喊道，他拍了拍手，他的热情激起了一阵低沉的掌声和欢呼声。山脚下一定有观众，不过镜头里看不见。"这个公告将改变人们的生活，所以请关注我。"

他看着镜头。妮娜有种不可思议的感觉，仿佛"老朋友戴夫"可以看到她，仿佛她是在透过窗户看他，而不是在看智能手机屏幕。这是戴夫的另一种艺术手法，这种做法屡试不爽，让他的故事显得亲切感十足。他会直勾勾地盯着镜头，好像在与数百万观众进行眼神交流。

"多亏了'故事汇',我目睹了飓风在海湾地区造成的破坏。我好像自己也在那里,和你们一起受苦。"他拍了拍自己的胸膛,"很多家庭都无家可归了。很多建筑化为了废墟。洪水暴涨,还停了电。甚至有一种蟾蜍因为这场风暴而岌岌可危。可怜的小家伙。蟾蜍从不伤害任何人。然后,我有了一个主意。这是最不可思议的发现。可以说是顿悟。你们知道这个词是什么意思吗?不要告诉我字典上的定义。我指的是可以塑造人生的启示性的实际体验。因为这就是我的经历。"

戴夫一拳砸在阳台栏杆上,继续说下去。

"我有能力用我的钱来减轻你们的痛苦。这是一笔不可思议的交易,你们不觉得吗?我的银行账户里有五亿美元。就算我想花也花不完。相信我,我试过了。我住在一栋彩色的豪宅里,完全是个幸运儿。几位律师,过来这边!正式宣布吧。现在,在全世界面前,我将捐出我的积蓄来帮助重建海湾沿岸。我希望我在'故事汇'上的朋友们能和我一起承诺,拿出自己的一些财富,为别人减轻痛苦。我们也许不能解决所有的问题,但我们可以让事情变得容易一些!"

掌声再次响起。律师们站在"老朋友戴夫"周围,把文件和笔塞进他的怀里。他在一个脸色阴沉、头发花白的男人的背上签了所有文件。

"这不是炒作。""老朋友戴夫"说,他的注意力又回到了镜头上,"我需要你们要求我对自己负责。是的,就是你。我可能会临阵退缩[①]。如果发生这种情况,告诉我不要再抱怨了,

---

[①] 此处英文为"get cold feet",所以下文说"买厚一点儿的袜子"。——译者注

去买厚一点儿的袜子。"

直播结束后，妮娜盯着蚂蚁，好像在向它们寻找答案。然后，她抛出了一个问题。

收件人用户名：戴夫团队
主题：你启发了我
　　亲爱的"老朋友戴夫"：
　　真的是你吗？"

一分钟后，答复来了。

收件人用户名：妮娜的故事
收到时间：上午 11:48
阅读时间：上午 11:48
主题：你启发了我
　　这是个好问题。"老朋友戴夫"到底是谁？是一个人，还是一段表演？
　　这个世界可能永远不会知道。

在妮娜继续追问之前，戴夫团队再次屏蔽了她。这也许是最好的结果。快到中午了。客人们很快就将到达。她走到土地的东部边缘，祖母和母亲已经在小溪边的一张旧野餐桌旁等着她了。眼下，他们是安全的。自从那次相遇之后，保罗就失踪了。似乎是出现了一场异常的龙卷风,把他和他的房子都卷走了,至于龙卷风是从哪里来的,妮娜则有所怀疑。他的露营车的银色碎片散落在乡间,但尚未找到尸体。很可能已经被郊狼吃掉了。反正当地人都是这么猜测的。假如有一天其他骑士找上门来,妮娜的家人会准备好保护他们的家园。她对此很有信心。

"看到蟾蜍了吗?"妮娜问她们。

"没有,不过十年前我在这里见过一只。"祖母指了指长在小溪另一边的一棵粗壮的橡树。它被风吹得哗啦哗啦响,有很多小树枝和树叶掉落下来,却仍然越长越结实。"蟾蜍极小,可以藏在任何地方。"

突然,妮娜注意到她的周边有动静。她转过身来,正好看到精灵们来到了地球。他们没有像流星一样坠落。周围空气清新,天光明亮,这些动物人却像是从雾中显现了出来。这一刻,他们还是田野上模糊的一团影子,下一秒,他们就像橡树一样实实在在了。奥利怀里抱着一个包袱,站在两个狼人中间。他一注意到有人类,就喊道:"我把他带来了!"

奥利穿过野草和灌木丛,荆棘挂在他的长裤上。随着他们之间的距离越来越近,妮娜注意到他的包裹是一个裹着羊毛毯子的柳条篮子:像是一团团的雪融化在绿色的纤维上。

"他就是艾米。"他说着,轻轻地把篮子放在桌上。奥利掀开盖子,只见一只小蟾蜍正睡在柔软的苔藓床上。

"你好。"她说,"久仰大名。"

艾米没有睁开眼睛。事实上,如果妮娜没有注意到他的后背正有节奏地上下起伏,很可能会误以为他是一个塑料玩具。

"他一直在睡觉。"奥利解释道,"都是那个病闹的。"

"他也许依然能听到我们说话。"祖母说,她的眼睛周围满是皱纹,充满了忧郁,"很高兴见到你,艾米。"

"我也很高兴见到你。"妮娜的母亲赞同道。

狼人恭敬地站在远处,双手背在身后。妮娜朝小的那个点了点头,看到他调整了一下新太阳镜,她笑了。然后,她看着奥利把艾米从篮子里抱起来,放在折叠的羊毛毯上。

"他一直想感受一下温暖的阳光。"奥利说。

他们围着桌子坐好,等待着。艾米所属的物种濒临灭绝,他们都觉得他只能在这里待一个钟头,然后就会被传送回去。里斯克和瑞恩正在无底湖边等他回家。"召唤他们吧。"奥利说,"请召唤他们吧。"

橡树的影子变长了。十五分钟在沉默中过去。妮娜不敢做出任何突然的动作。她甚至都没想过要把手上的一只红蚂蚁拂掉。假如蟾蜍艾米真能住在这里,那绝对是一次巨大的胜利。它们的大部分栖息地已经干涸,但祖母的土地受益于无底湖源源不绝的湖水,或许是让新居民蓬勃发展的好地方。她母亲的朋友,一名来自科考船的生物学家就是这么认为的。

十五分钟变成了三十分钟。没有蟾蜍出现。

但这并不意味着在野外就没有了。

这也并不意味着一切已经太迟了。

到了三十七分钟时,妮娜用眼角余光看到有动静。她转过身,望着小溪边。一片黄色的叶子摇晃着。一片草叶晃动起来。一些昆虫大小的东西在植物间移动,正向长凳靠近。

"看!"她站起来说,"哇。它们那么小!它们是什么?"

奥利轻轻地抱起艾米，把它放在一块空旷的地上。一群还不到一角硬币大的小蟾蜍把他团团围住。它们摇摇摆摆地走近，依偎在艾米的身边。它们的眼睛如同金色的斑点，背上布满了小点。妮娜数着：一、二、三、四、五、六。六只小蟾蜍。

似乎不可能只靠六只小蟾蜍维持艾米的生命。肯定还有更多的蟾蜍存在，比如大沼泽水坝的幸存者，或是生活在得克萨斯州零星土地上的蟾蜍。成群的蟾蜍被困在不断缩小的孤立的栖息地上。一定有！如果这是真的，就还有希望。

一只小蟾蜍跳到了艾米的鼻子上，坐在它带斑点的头顶上。

仿佛从沉睡中醒来，艾米睁开了眼睛。

第三十九章
一年后

日出时，我拆除了帐篷，从肥沃的泥土中撬出桩子，把铝杆捆成一捆，用麻绳固定住，然后把防水外壳整齐地折叠起来。这个帐篷也许未来某一天会有用，但我不打算把它搭在无底湖边了。

自从我从地球回来，这里发生了很多变化。

山谷里的郊狼正在我晒太阳的那块岩石后面盖一间小屋，那是一栋有两个房间的石头房子。他们告诉我房子会有一个圆屋顶，一个壁炉，还有用真正的玻璃做成的圆窗户。我在夏末回来之前，小屋就能完工。他们会举办一场盛大的宴会来庆祝我的回归。根据里斯克和瑞恩所说，山谷社区总是为新同伴建造房屋，虽然严格来说我并不属于他们的族群，我甚至都不住在山谷里，不过，用别人的话说就是，我"住得那么近。收下礼物吧,奥利。这没什么大不了的"。

我对着一堆堆手工凿成的石头笑了,我的小屋将由这些石块搭建而成。一吨又一吨的石头会通过手推车道运送。我想知道石头是从哪里来的。是从七山那边的山谷里挖出来的吗?以后我会问清楚。会有时间的。

现在,我把帐篷搬到岸边,穿过浅滩的芦苇,经过我的船,这会儿,它只靠一根绳子系着。我一直走,直到升起的假太阳温暖了地上的露珠。在一棵长满黄色蘑菇的倒地的树前,我拐上了一条穿过森林的小径。每走一步,我背上的杆子就会彼此碰撞。

啪嗒,啪嗒,啪嗒。

"早上好!"布莱斯特说着,从天上落到我的肩膀上,"我的包在船上。"瑞恩把我一半的衬衫都缝了垫肩,连我现在穿的棕色束腰外衣也缝上了,所以我不会被布莱斯特的爪子抓得生疼。

"你只带一个包?"

"这就够了。你知道我的生活方式。东西太多,鸟儿就会下坠,飞不起来了。"

几分钟后,我和布莱斯特来到了支流。一艘从一个退休了的鲇鱼狂徒那里借来的船屋正等在码头上。我们整晚都在装东西,现在我有了帐篷,除了出发,没有什么要做的了。

"所有人都上船。"瑞恩从左舷窗口探出身子喊道,"下一站,水坝镇。"

"我想睡觉。"里斯克大声嚷道。她低沉的声音从下层传来。那里的芦苇天花板上悬挂着吊床。我打算以我的形态睡觉,把摇床留给双胞胎姐妹。

在接下来的三个月里,我们的家就像一个大木屋上堆着的一个小木屋,而大木屋又堆在一条又长又窄的船上。至于这样的家是否稳固,我依然持怀疑态度,但我们试过几次,船可以轻松地在波涛汹涌的水面上浮动。只要避开瀑布,我和朋友们就可以保持干燥。

"你会爱上那座镇子的。"我说着爬上甲板,"那里的食物。娱乐……"

"娱乐?"瑞恩问道,"比如什么?"

"圆形剧场每周有两次演出。大多是喜剧,但我看过一部史诗爱情戏。当时我还很小,所有的戏剧性时刻都让我很困惑。啊!此外,过了伐木小径有一个天然洞穴,里面的传声效果非常好。音乐家每晚都在那里演出。我听着感觉声音有点儿大。也许我们应该只看喜剧。"

瑞恩哼了一声。"不可能比蓝莓酒节上一百只郊狼的嚎叫更响亮。"

"我们应该什么都体验一下。"布莱斯特说。

我穿过甲板,蹲在导航桌旁。艾米趴在一张折叠的羊毛毯子上,那是维斯特的毛毯。他在仔细研究我的支流地图。"你怎么看?"我问他,"我们准备好出发了吗?"

他若有所思地歪着头,然后在地图上沿着主河道跳跃,主河道是一条蓝色斜线,岔开形成无数条不同的路线。有无数条路线供我们选择,而那是我们可以生活的未来。

艾米张开嘴笑着,拍了拍我的手。然后,他用鼻子指着前面的路。

"太好了！"我赞同道，"我们走吧！"

不可能找到万能路，我也不指望它再次找到我。没关系。我将永远感激我与那条小路的唯一一次邂逅，感激它指引我回家。有一个地方，那里的水连接着两个世界，在那里，郊狼向怪物吐露心声，鹰和嘲鸫从古树中辨别启示，在那里，我最好的朋友在我身边晒太阳，在那里，我可以和新的家人度过漫长的时光，一起寻找已失联的家人。

我不再需要万能路了。

致谢

2019 年底，当我开始写《从天而降的小蛇》时，我的父亲，一个机智、聪明、真诚的好人，仍然和我们在一起。

后来父亲去世了，没能读到我的初稿。然而，在这些故事里，在每一页的每一个字里，我都能感受到他的存在。父亲是我最坚定的支持者。没有他，我不可能有现在的成就。做他的女儿，是我的福气。

爸爸。我爱你。我会永远爱你。

非常感谢我的编辑尼克·托马斯和莱文·科里多出版社辛勤工作的团队（阿瑟·A. 莱文、压力山德拉·赫尔南德斯、安东尼奥·冈萨雷斯·吉尔纳、梅根·麦卡洛，以及实习生桑加纳·塔库尔）。我的故事得到了优秀团队的帮助。还要感谢我的经纪人迈克尔·库里，以及我在"咖啡馆"的写作社区。

最后，感谢我所有的读者，你们是我出版书籍的理由。我希望你们喜欢这本书。